조선후기 통신사
필담창화집 연구총서 10

조선통신사 문헌 속의 유학 필담

朝鮮通信使文獻中的儒學筆談

김용진(金鏞鎭)·허경진(許敬震) 편

본 성과물은 제66차 중국 박사후 과학기금 연구프로젝트(第66批中國博士後科學
基金面上資助, 번호(編號) : 2019M662097)의 지원에 의해 이루어졌음을 밝힌다.

머리말

　도요토미 히데요시의 죽음으로 임진왜란과 정유재란의 7년 전쟁이 마무리되자, 조선과 일본의 외교를 중재하며 무역으로 생활하던 쓰시마에서 국교 재개를 주선하였다. 일본에서 국교를 재개하자는 서계(書契)를 보내오자 조선에서 이에 답하는 회답사(回答使)를 보낼 필요가 생긴 데다, 잡혀간 포로를 쇄환하기 위한 쇄환사(刷還使)도 파견하게 되었다. 1607년에 회답겸쇄환사라는 명칭으로 사절단을 파견하기 시작했지만, 더 이상 돌아올 포로가 없던 4차(1636년)부터는 태평성대나 쇼군(將軍) 계승을 축하하는 통신사를 파견하게 되었다.

　고려 말부터 파견된 통신사(通信使)라는 용어에는 서신(書信), 즉 국서(國書)를 주고받는 사신이라는 뜻도 있지만, 신의(信義)로 소통하는 사절단이라는 뜻도 있다. 통신사는 조선 전기에도 몇 차례 파견되었으며, 임진왜란 직전인 1590년에는 일본이 과연 전쟁을 일으킬 것인지 정세를 파악하기 위한 통신사를 파견하였고, 1596년에는 일본과 강화(講和)를 협상하기 위해 통신사를 파견하였다. 그러나 이 같은 통신사는 대개 일회적인 성격을 지니고 소규모 인원이 파견되었지만, 조선 후기에는 쇼군 계승 축하와 문화 사절의 성격을 띠고 대규모의 인원이 정기적으로 파견되었다. 그래서 흔히 '통신사'라고 하면 조선 왕조에서 1607년부터 1811년까지 12차에 걸쳐 일본 에도막부로 파견한 500여 명 규모의 외교사절을 일컫는다.

    일부에서 사용하는 '조선통신사'라는 용어는 실정에 맞지 않는다. '조선통신사'를 글자 그대로 번역하면 '조선으로 보내는 통신사'가 되니, 일본에서 통신사를 파견할 때에 사용할 수 있는 용어이다. 조선왕조실록을 살펴보면 조선 전기에는 '일본통신사'라는 용어를 사용하여 우리가 일본에 파견하는 통신사라는 점을 분명히 했으며, 조선 후기에는 '통신사'라는 용어만 사용하였다. '조선통신사'라는 용어는 임진왜란 중에 한·중·일 세 나라가 관련된 상황에서만 '조선의 통신사'라는 뜻으로 사용하였다. 따라서 조선 후기에 12차에 걸쳐 정기적으로 파견한 외교사절단은 '통신사'라고 부르는 것이 맞다.

    임진왜란 중에 중국과 일본은 외교가 단절되었는데, 명나라뿐만 아니라 청나라도 일본과 공식적으로 외교를 수립하지 않았다. 일본은 동아시아 한자문화권에서 외부와 단절된 상태였으며, 조선에서 파견되는 통신사를 통해서만 공식적으로 외교 및 문화를 소통하였다. 따라서 일본은 조선에 통신사를 요청할 때마다 다양한 분야의 전문가도 함께 파견해 달라고 요청하였다.

    조선에서 파견된 전문가들은 문서를 담당하는 문인(제술관, 서기) 외에 역관(譯官), 의원(醫員), 사자관(寫字官), 화원(畵員), 군관(軍官) 등이 있었다. 이들이 일본에 머무르는 동안 당지에 거주하거나, 혹은 교류를 위해 다른 지방에서 찾아온 일본 문사들이 통신사의 숙소에 찾아와 다양한 주제의 필담을 주고받았다. 이 가운데는 단순히 대륙의 지식이나 정보를 얻기 위한 필담도 있었지만, 자신의 지식을 조선 문인들로부터 확인받아 관직을 얻으려는 지식인도 있었고, 필담을 상업적으로 출판하여 돈을 벌려는 출판업자도 있었다. 이러한 필담들은 일본 문인이나 출판업자들에 의해 정리, 출판되었는데, 이 가운데 가장 돋보이는 주제가 바로 유학에 관한 필담이다.

유학 관련 주제는 조선과 일본 문인 사이에서 필담을 전개해나가는 가장 핵심적인 주제이자, 사상면에서 치열한 논쟁을 불러일으키는 중요한 영역이었다. 송나라의 주자학에서부터 명나라의 양명학, 나아가 조선의 성리학 내지 일본의 고학, 고문사학, 절충학에 이르기까지, 조선과 일본 문인 사이에는 수많은 유학 관련 논변이 있었는데, 이 가운데 정주학과 고학을 놓고 벌인 '싸움'이 가장 치열했다. 양국 문사들이 관심 있게 교류했던 유교 관련 내용은 시대에 따라 다를뿐더러, 심도에 있어서도 큰 차이를 보이고 있다.

이런 이유에서 유학 필담 문헌은 가장 진실한 역사적 사상 교류의 현장을 생생하게 그려낸 힘을 가졌다. 유학 필담은 유학이 조선과 일본에 전파된 후, 자체의 고유한 사상으로 자리 잡기까지의 역사적인 맥락을 생동감 있게 들여다볼 수 있을 뿐만 아니라, 특정한 시기, 양국의 사회문화나 사상면에서의 공통점과 차이점을 구체적으로 고찰해 볼 수 있는 중요한 창구이다.

이번 유학 필담 자료집의 출판은 200여 년간 통신사라는 매개체를 통해 조선과 일본 문인이 주고받았던 유학 관련 대화의 일면을 정리하여 독자들에게 선보인 것이다. 그러나 통신사 필담 자료가 모두 발견된 것이 아니기에, 앞으로도 유학 관련 필담 문헌들은 더 늘어날 것이며, 장차 이와 연관된 작업도 계속 이어갈 것이다. 여러 나라의 학자들을 공동 연구의 공간으로 초청하기 위해, 한국어·중국어·일본어·영어로 해제를 집필하였다. 관심 있는 분들의 많은 참여를 부탁드린다.

序言

　　长达七年的壬辰倭乱与丁酉再乱(万历朝鲜战争)以丰臣秀吉的死告终，朝鲜与日本遂进入外交调停阶段。两国通过以昔日的对朝贸易窗口--对马藩，为邦交正常化开展了斡旋，日方送来了恢复邦交正常化的文书，对此朝方需要遣回答使进行答复，同时亦需遣刷还使带回战争俘虏。1607年开始，朝方以回答兼刷还使的名义派遣使节团赴日，而至第四次(1636年)赴日之时，已经没有需带回的俘虏，转而以祝贺太平圣代和将军继承的名义派遣通信使。

　　通信使从高丽末期便开始派遣，字面含义为开展书信即国书交往的使臣，但亦有通过信义开展国与国交流的使节团之意。朝鲜王朝前期也曾派遣几次通信使，如壬辰倭乱爆发前的1590年，朝鲜为了摸清日本是否会发动战争曾专门派遣通信使赴日，而到了1596年，为了与日本协商讲和事宜也曾派遣通信使赴日。但这一时期的通信使大多只派遣一次，且人员规模较小。而到了朝鲜王朝后期，为了祝贺将军继承或是开展文化交流而派遣的通信使，则具备了相当规模，且会定期派遣。因此，狭义的"通信使"专指朝鲜王朝中的1607年至1811年间，先后12次派往日本江户幕府的外交使节，共计500人左右的规模。

　　需要说明的是，日本方面使用的"朝鲜通信使"一词与历史实情不符。如使用"朝鲜通信使"，应直译为"派往朝鲜的通信使"，为日方派遣通信使时使用。而据朝鲜王朝实录记载，朝鲜王朝前期曾使用的"日本通信使"一词，专指派往日本的通信使，至朝鲜后期则只使用"通信使"一词。而在壬辰倭乱时期，事关韩中日三国的事务时，为体现"朝鲜的通信使"之义，才使用"朝鲜通信使"。因此，朝鲜王朝后期分12次定期派遣的外交使节团宜使用"通信使"一词。

壬辰倭乱期间，中日两国处于断交状态，不仅明朝，清朝也未曾与日本正式建交。日本在东亚汉字文化圈中处于与外界割裂的状态，唯有通过朝鲜派遣的通信使，方能与外界开展正式的外交与文化交流活动。因此，日本邀请朝鲜派遣通信使时，特别提出可派遣各领域的专家一同随往。

为此，朝鲜派遣的专家除了负责文书工作的文人(制述官、书记)，还包括译官、医员、写字官、画员、军官等。这些人滞留日本期间，居住在当地或是为开展交流特地从其他地区慕名而来的日本文士，会专程拜访通信使居住的驿馆，开展主题丰富的笔谈活动。有的笔谈为单纯获取大陆的知识或信息而开展；也有些知识分子是想让自身的学识得到朝鲜文人认可，从而获取个一官半职；也有一些出版商是想通过出版笔谈文献赚取利润，从而参与笔谈活动。这些笔谈内容通过朝鲜文人或出版商得到了整理和出版，其中最受世人关注的主题则是有关儒学的笔谈。

儒学主题始终是朝鲜与日本文人开展笔谈活动的核心话题，亦是在思想层面引发热烈讨论的重要领域。从宋朱子学至明阳明学，进而到朝鲜的性理学，乃至日本的古学、古文辞学、折衷学，朝日文人之间有过许多精彩讨论，其中就程朱学与古学激发的思想"碰撞"尤为激烈。朝日两国文士就彼此关心的儒教内容进行交流，不仅随着时代不同有所差异，其深度也不尽相同。

因此，儒学笔谈文献具有真实还原历史舞台上所呈现的思想交流现场的强大魅力。通过儒学笔谈，我们可以清晰地看到儒学传入朝日两国后，变身为自身固有思想的历史脉络。同时，也是具体考察特定时期，两国社会、文化及思想层面所具有的共同点与差异性的重要窗口。

此次出版的儒学笔谈资料集，部分整理了朝日两国文人在200余年间通过通信使这一媒介所开展的儒学相关对话，以飨读者。之所以是部分，是因为通信使笔谈资料还在陆续涌现，未来相关发掘工作也将继续开展。为邀请各国学者共同进入这一研究领域，分别用韩语、中文、日语、英语执笔解题，希望得到大家广泛关注。

序言

　七年に渡った「壬辰倭乱」と「丁酉再乱」は豊臣秀吉の死により幕を閉じました、朝鮮と日本は外交調停段階に入りました。両国は対朝貿易を主とする対馬藩を通じて国交正常化のために斡旋しています、日側は国交正常化を復旧する文書を送ってきました、そのために朝鮮側は回答使を派遣し、回答します、また「刷還使」を派遣し戦争トリコを引き戻します。1607年以来、朝鮮側は回答兼刷還使の名義で使節団を日本に派遣しました、四回目(1636年)に日本に派遣した時に、引き戻すトリコがもういなくなっています、その代わりに太平聖代と将軍相続へのお祝いの名義で通信使を派遣していました。

　通信使は高麗の末期から派遣し始めました、文字通りにレターのやり取り、即ち国書をやり取りする使者です、ただし、信・義で国と国の交流を行う使節団との意味合いを含まれています。朝鮮王朝の初期にも通信使を数回にわたって派遣することがあります、例えば、壬辰倭乱が爆発する前の1590年に、朝鮮は日本が戦争を発動するかどうかについて、通信使を日本に派遣したことがあります、さらに1596年になると、日本と平和を協議するために通信使に日本に派遣することがあります。ただし、この時期の通信使は殆ど一回だけ派遣していました、また人が少ないでした。朝鮮王朝の後期に、将軍相続の祝賀や文化交流の展開のために派遣した通信使は、相当な規模があります、また定期的に派遣していました。従って、狭義の「通信使」とは、朝鮮王朝の1607年から1811年までの間を示しています、前後にわたって日本江戸幕府の外交使節を12回合わせて500人くらい派遣しました。

　ここに説明しなければならないことは、日本側に使わている「朝鮮通信使」との言葉が歴史の実情に合っていません。「朝鮮通信使」を利用すれば、「朝鮮に派遣する通信使」と直訳します、日側が通信使を派遣する時に利用します。朝鮮王朝の実録によれば、朝鮮王朝初期に使った「日本通信使」との言葉は、日本に派遣する通信使を示します、朝鮮後期に「通信使」だけを利用していました。一方、壬辰倭乱時期に、韓国・中国・日本との三国の事務に関わる時に、「朝鮮の通信使」の意味を表現するために、「朝鮮通信使」を利用していました。従って、朝鮮王朝の後期に12回にわたって定期的に派遣した外交使節団に対して「通信使」を利用したほうが良いです。

　壬辰倭乱期間において、日中両国は断交状態にありました、明朝だけではなく、清朝にも日本と国交正常化を行っていませんでした。日本は東アジアの漢字文化圏に外部と分割している状態に陥られています、朝鮮から派遣された通信使を通じて、外部と正式に外交と文化交流活動を行います。従って、日本は朝鮮からの派遣通信使を誘う時に、各分野から専門家が同行してもよいと提案していました。

　そのために、朝鮮が派遣した専門家は文書業務を担当する文官(制述官、書記)だけではなく、通訳、医者、記録官、絵描き、将校などを含みます。これらの人は日本に滞在する間に、現地に住んでいる、又は交流を展開するためにわざと来られた日本の文士が、通信使の宿に訪問して、主題豊富な筆談活動を展開していました。一部の筆談は単純に大陸の知識や情報を取得するために行われました。一部の知識人は自分の学問・知識を朝鮮の文人に認可してもらい、ちょっとした官職を取得するためでした。なお、一部の出版会社は筆談文献を出版することにより利益を図るために、筆談活動に参与していました。これらの筆談内容は朝鮮文人や出版会社が整理して、出版しました、その中に最も注目された主題は、儒学に関わる筆談でした。

儒学主題は、いつも朝鮮と日本の文人が筆談活動を行うコア話題でした、思想面によく検討した重要分野でした。宋の朱子学から明の陽明学まで、さらに朝鮮の性理学、ないし日本の古学、古文辞学、折衷学まで、朝鮮・日本の文人の間には多く、素晴らしい検討を行いました、そのうちに、程朱学と古学の思想「ぶつかり」はかなり激しかったです。日・朝両国の文士はお互いに関心を持っている儒教内容について交流を行いました、時代とともに多少異なっていますし、その深さも異なっています。

従って、儒学筆談文献は歴史舞台に現れた思想交流現場をリアルに復元する強い魅力を持っています。儒学筆談を通じて、我々は、儒学が日朝両国に伝わった後、自分固有の思想に変わっていく歴史ルートを見られます。また、特別な時期、両国の社会、文化及び思想レベルにおける共通点と差異を考察する重要な窓口になっています。

今回出版した儒学筆談資料集には、日朝両国の文人が200年余りの間に通信使を通じて展開していた儒学の関連対話を一部整理して、読者に捧げます。一部と言えば、通信使による筆談資料が続々と現れてきています、将来、発掘作業も引き続き展開する予定です。各国の学者が共同でこの研究分野に入るように、それぞれ韓国語、中国語、日

本語、英語で問題を解けています、より大いに注目されるように期待
しています。

Preface

The Japanese invasions of Joseon in 1592 that lasted for as long as seven years ended with the death of Toyotomi Hideyoshi and were followed by the diplomatic mediation between Joseon and Japan, for which the two countries relied on the Tsushima dominated by the trade with Joseon to normalize the diplomatic relations. Japan delivered a document of normalization of diplomatic relations which Joseon needed to reply to via the respondent envoy and send the returner envoy to return prisoners of war. Since 1607, Joseon sent envoys to Japan as respondent envoy and returner envoy. Since there was no prisoner of war to return by the fourth mission to Japan in 1636, Joseon turned to send communication envoys in the name of celebrating peace and prosperity and the succession of shoguns.

Since the late Goryeo, Joseon sent communication envoys, whose literal meaning is envoys engaged in diplomatic relations by delivering letters and documents, namely letters of credence, and envoys undertaking the exchange between the two countries through good faith. During its early period, the Joseon Dynasty sent communication envoys several times, for example, in 1590 before the Japanese Invasions of Joseon to find out if Japan would launch a war and in 1596 to negotiate with Japan over reconciliation, but most communication envoys were sent only once in a small number. The late Joseon Dynasty regularly sent many communication envoys who congratulated on the succession of shoguns or carried out cultural exchanges. For this reason, in its narrow sense, "communication envoys" were diplomatic envoys amounting to 500 or so sent by the Joseon Dynasty to the Tokugawa Shogunate of Japan 12 times successively from 1607 to 1811.

What needs explaining is that the term "Joseon communication envoy" used by Japan is not consistent with the historical fact. When in use, the "Joseon communication envoy" should be literally translated into "communication envoy sent to Joseon" that was used by Japan when sending a communication envoy. However, according to the Annals of the Joseon Dynasty, the Joseon Dynasty used the term "Japanese communication envoy" to exclusively refer to the communication envoy sent to Japan in its early period and only used the term "communication envoy" in its later period. During the Japanese Invasions of Joseon in 1592, it used the "Joseon communication envoy" only to mean "communication envoy of Joseon" in affairs concerning Joseon, China, and Japan. Therefore, the diplomatic corps regularly sent by the late Joseon Dynasty 12 times should be referred to as "communication envoys".

During the Japanese Invasions of Joseon in 1592, China-Japan relations were devastated. Like the Ming Dynasty, the Qing Dynasty did not establish formal diplomatic relations with Japan. When Japan was alienated from the East Asia Chinese-character culture circle, the communication envoys sent by Joseon were the only intermediate for formal diplomatic and cultural exchanges. Therefore, when requesting a communication envoy from Joseon, Japan would make a special proposal that experts from different fields should be sent along with the communication envoy.

To this end, the experts sent by Joseon consisted of not only literati responsible for documents (the Narrative Officer and the Secretary) but also interpreters, medical officers, writing officers, painters, military officers, etc., who dwelled in Japan or had conversation by writing on a variety of topics with Japanese scholars who deliberately traveled to the post houses where communication envoys lived out of admiration. According to the conversation by writing, some wanted to gather information or knowledge from the continent, some intellectuals aspired to be acknowledged by Joseon literati for their knowledge to obtain an official post, and some publishers joined the conversation by writing to publish books about them for profits. The contents of these conversation by writing were organized and published via Joseon literati or publishers, those on Confucianism grabbing the most attention.

Confucianism was always the core topic on which the conversation by writing between Joseon and Japanese literati unfolded and one of the important fields triggering heated discussions in ideological aspects. There were many intriguing discussions between Joseon and Japanese literati on Zhuzi doctrine in the Song Dynasty, Yangming doctrine in the Ming Dynasty, Joseon Neo-Confucianism, and Japanese ancient philosophy, ancient rhetorics, and eclectic studies, in particular the intense "collisions" of thoughts sparked by the Neo Confucianism and the ancient philosophy. Joseon and Japanese literati communicated over Confucianism-related topics that interested them and varied with times and in terms of depth.

Therefore, the literature of Confucian conversation by writing is an authentic rendering of the overwhelming charm of exchanges of thoughts in history. Through Confucian conversation by writing, we can get a clear picture of how Confucianism was localized after spreading to Joseon and Japan. Meanwhile, they serve as an important window for us to research on the similarities and differences in society, culture, and ideology of the two countries in specific period.

This anthology of Confucian conversation by writing has collected for readers the dialogues on Confucianism between Joseon and Japanese literati via communication envoys in more than 200 years, which is just a part because materials of communication envoys' conversation by writing continue to surface and we will carry on with our exploration. To invite scholars from different countries to join the research of this field, we have also published Korean, Chinese, Japanese and English versions in the hope of drawing extensive attention.

차례

조선통신사 문헌 속의
유학 필담

朝鮮通信使文獻中的儒學筆談

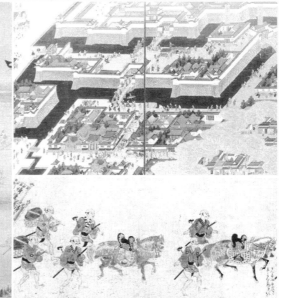

한사수구록
韓使手口錄

1682년, 도쿠가와 쓰나요시(德川綱吉, 1646~1709)의 습직을 축하하기 위해, 조선조에서는 윤지완(尹趾完, 1635~1718)을 정사로 하는 통신사 일행을 일본에 파견하였다. 『한사수구록(韓使手口錄)』은 바로 이때, 일본 문사 히토미 유겐(人見友元, 1629~1696)이 하야시 호코(林鳳岡, 1645~1732)와 함께 통신사 관소인 에도(江戶) 혼세이지(本誓寺)에 방문하여, 조선 문인들과 주고받은 필담들을 기록한 것이다. 『한사수구록』은 1책의 필사본으로, 현재 일본 국립공문서관(國立公文書館)에 소장되어 있다. 본서 이외에도 『인견죽동시문집(人見竹洞詩文集)』에 『한사수구록』이 실려 있고, 체재와 내용이 본서와 다소 차이가 있는 『한인수구록(韓人手口錄)』과 『학산필담(鶴山筆談)』도 현전하고 있다.

통신사 일행은 8월 21일 저녁에 에도(江戶)에 도착하여 19일간 머물렀는데, 그중, 유학에 관련된 필담 내용은 9월 2일의 기록에 실려 있다. 필담에 참여한 일본 문인으로는 히토미 유겐, 사카이 다다오(酒井忠雄), 닌 기미사다(任公定), 홋타 마사토라(堀田正虎, 1662~1729), 오노 세이스케(大野淸介) 등이 있고, 조선 문사로는 홍세태(洪世泰, 1653~1725) 한 사람이다.

히토미 유겐은 교토 출신으로, 에도시대 전기의 유학자이다. 본성은 오노(小野), 이름은 세쓰(節), 자는 기케이(宜卿), 별호는 가쿠잔(鶴山), 지쿠도(竹洞), 통칭은 유겐(友元), 마타시치로(又七郎)이며, 또한 인견학산(人見鶴山), 학산도인(鶴山道人)이라고도 하였다. 바쿠후(幕府)의 유관을 역임한 바 있다. 사카이 다다오는 호가 모코사이(忘己齋)이다. 닌 기미사다는 호가 게이도(溪堂)이며, 히토미 유겐에게서 수학하였다. 저서로는『임처사필어(任處士筆語)』가 있다. 홋타 마사토라는 아명이 오리베(織部), 성은 기(紀), 이름은 마사아키(正昭), 자는 덴민(天民), 호는 혼류사이(本立齋)이며, 관직은 이즈노카미(伊豆守)를 지냈다. 오노 세이스케는 성(姓)이 후지(藤), 호는 간란시(觀瀾子)이다. 홍세태는 본관이 남양(南陽)이고, 자는 도장(道長), 호는 창랑(滄浪) 또는 유하(柳下)이며, 제술관(製述官), 의영고주부(義盈庫主簿), 울산감목관(蔚山監牧官) 등을 역임한 바 있다. 1682년, 부사의 자제 군관으로서 일본에 다녀왔다. 저서로는『해동유주(海東遺珠)』,『유하집(柳下集)』14책 등이 있다.

필담을 들여다보면, 사카이 다다오는『논어집주(論語集註)』,『역경(易經)』,『시경(詩經)』에서의 의문점을 들어, "송나라 유학자로부터 잘못된 설명과 번잡한 해석이 나타나 본디 뜻을 잃어버린 것이 적지 않음"을 지적했고, 또한 정자(程子)의『전(傳)』과『역경몽인(易經蒙引)』을 비롯한 후대의 주석과 설명에 그릇된 점이 많음을 짚어 냈다. 이에 대해 홍세태는 자신의 견해를 피력하였다.

그 외에, 닌 기미사다는 조선에서의 유학 외 기타 학문에 대한 태도를 알아보고자 했으며, 경전에 나오는 난해한 문장과 단어에 대해 홍세태의 의견을 구하기도 하였다. 홋타 마사토라는 "기질" 등 문제를 두고 홍세태와 의논하고자 했으며, 오노 세이스케 역시 조선에 학문을 좋아하는 사람이 많은지에 대한 질문부터 시작하여, "거경(居敬)", "기질" 및 "유풍(遺風)" 등에 대한 의문점과 자신의 견해를, 성인들의 예를 들어가면서 하나씩 피력해 나갔다. 또한 히토미 유겐은 홍세태와 조선의 성균관에서 성리학을 배우는지와 생원시, 진사시에 관한 문답을 주고받았다.

【중문】 韩使手口录

1682年, 为祝贺德川纲吉(1646~1709)袭位, 朝鲜王朝派遣以尹趾完(1635~1718)为正使的通信使一行赴日。《韩使手口录》便是日本文士人见友元(1629~1696)与林凤冈(1645~1732)访问通信使馆所本誓寺时, 同朝鲜文士开展交流留下的笔谈唱和记录。现存『韩使手口录』为一册手抄本, 藏于日本国立公文书馆。此外, 别本《韩使手口录》收录于《人见竹洞诗文集》, 同时也存有体裁与内容上略有不同的两种异本, 即《韩人手口录》与《鹤山笔谈》。

朝鲜通信使一行于1682年8月21日抵达江户, 逗留了19天。『韩使手口录』里关于儒学的笔谈内容收入于9月2日的记录中。参与笔谈的日本文士有酒井忠雄、任公定、堀田正虎(1662~1729)、藤大野清介等, 而朝鲜方只有洪世泰(1653~1725)一人。

人见友元是指人见竹洞, 京都人, 江户前期儒者。本姓小野, 名节, 字宣卿, 号鹤山、竹洞, 通称友元、又七郎, 又称人见鹤山、鹤山道人, 历任幕府儒官。酒井忠雄, 号忘己斋。任公定, 号溪堂, 师承于人见友元, 著有《任处士笔语》。堀田正虎, 小名织部, 姓纪, 名正昭, 字天民、本立斋, 历任伊豆守一职。大野清介, 姓藤, 号观澜子。洪世泰，籍贯朝鲜南阳，字道长，号沧浪、柳下。历任制述官、义盈库主簿、蔚山监牧官等职。1682年以通信使副使的子弟军官身份参与了使行。著有《海东遗珠》《柳下集》14册等。

据笔谈所录，酒井忠雄阐述了对《论语集注》《易经》《诗经》等著作的见解，指出"则四书六艺之文，自有宋儒曲说繁解，而失本义者不少乎"，并挑出了后世的注释书，如程子的《传》《易经蒙引》等在解释经典时所犯的错误。对此，洪世泰也表达了自己的看法。

另外，日本文士任公定通过洪世泰了解了除儒学之外在朝鲜王朝盛行的的其他学问，并请教了其在解读经典时感到费解的文章与词汇；而堀田正虎围绕"气质"这一哲学命题与洪世泰进行了讨论；藤大野清介则从"贵邦多有好学者乎？"这一话题出发，针对"居敬"、"气质"及"遗风"等问题，结合先贤的诸多典故，阐述了自己独到的观点；此外日本文士人见友元向洪世泰咨询了朝鲜朝成均馆生员是否专学性理学以及生员试、进士试等相关问题。

【일문】 韓使手口録

1682年、徳川綱吉(1646～1709)の襲位を祝うため、朝鮮王朝は尹趾完(1635～1718)をはじめとする通信使を日本に派遣した。『韓使手口録』は日本の文士である人見友元(1629～1696)と林鳳岡(1645～1732)が通信大使館である本誓寺を訪問し、朝鮮の文士と交流を行った筆談と記録である。現存する『韓使手口録』は写本であり、日本国立公文書館に所蔵されている。また、別本『韓使手口録』は『人見竹洞詩文集』に収録されており、『韓人手口録』と『鶴山筆談』という体裁と内容のやや異なる二種類の異本もある。

　朝鮮王朝の通信使一行は1682年8月21日に江戸に到着し、19日間滞在した。儒学に関する筆談の内容は『韓使手口録』の9月2日に記録されている。筆談に参加した日本文士は酒井忠雄、任公定、堀田正虎（1662〜1729）、藤大野清介などがいるが、朝鮮側は洪世泰（1653〜1725）1名のみであった。

　人見友元とは人見竹洞のことである。京都人、江戸前期の儒者である。本名は小野、名が節、字が宣卿、号が鶴山、竹洞、総称が友元、又七郎であり、人見鶴山、鶴山道人とも呼ばれて、幕府の儒官を歴任する。酒井忠雄、号が忘己斎である。任公定、号が溪堂であり、人見友元に師事し、『任処士筆語』を著している。堀田正虎、幼名が織部、姓が紀、名が正昭、字が天民、本立斎であり、伊豆守を歴任する。大野清介、姓が藤、号が観瀾子である。洪世泰、本籍が朝鮮の南陽であり、字が道長、号が滄浪、柳下である。製述官、義盈庫主簿、蔚山監牧官などを歴任する。1682年は通信使副使の子弟将校として使行に参加した。『海東遺珠』『柳下集』14巻などを著している。

　筆談によると、酒井忠雄は『論語集注』、『易経』、『詩経』などの著作に対する見解を例に挙げ、「四書六芸の文には、宋の儒曲説の繁解があり、本義を失った人も少なくないだろう」と指摘した。また、後世の注釈書、程子の『伝』や『易経蒙引』などが経典を解説する際に犯した誤りを指摘した。これに対し、洪世泰も自分の観点を明らかにした。

　また、日本文士である任公定は洪世泰に、朝鮮王朝の儒学以外で盛んに行われている他の学問を尋ね、経典の解読において難解な文章と語彙を教えてもらった。堀田正虎は「気質」という哲学的命題をめぐっ

て洪世泰と議論した。藤大野清介は「貴国には学問が好きな者が多い
でしょう?」という話題から出発し、「居敬」、「気質」及び「遺風」などの
問題に対して、先賢の諸典故と結び付けて独自の観点を述べた。ま
た、日本文士である人見友元は洪世泰に朝鮮朝成均館の学生が性理
学を専攻しているかどうか、及び学生試問、進士試問などの問題を尋
ねた。

【영문】 *The Record of Conversation by Writing with Joseon Communication Envoys*

In 1682, in order to congratulate Tokugawa Sseunayosi (1646~
1709) on inheritance the throne, the Joseon Dynasty dispatched a
team of communication envoys headed by Yun Ji-wan (1635~1718)
to Japan. *The Record of Conversation by Writing with Joseon
Communication Envoys* is the essays of Japanese scholars Hitomi
Yugen (1629~1696) and Hayasi Hoko (1645~1732) visiting the
Communication Embassy Honsaeyiji to communicate with Joseon
scholars. The existing *the Record of Conversation by Writing with
Joseon Communication Envoys* is a manuscript stored in the National
Archives of Japan. In addition, another version of *the Record of
Conversation by Writing with Joseon Communication Envoys* is
included in *the poetry collection of Hitomi Chikudo*. At the same
time, there are also two different versions of *the Record of
Conversation by Writing with Joseon literati* and *the Record of
conversation by writing by Kakuzan*, which are slightly different in

genre and content.

The team of communication envoys from the Joseon Dynasty arrived in Edo on August 21, 1682, and stayed for 19 days. The contents of the confucianism essays were recorded in *the Record of Conversation by Writing with Joseon Communication Envoys* on September 2. Japanese scholars who participated in the essays included Hitomi Yugen, Sakayi Dada-o, Nin Gimisada, Hotta Masatora (1662~1729), Ono Saeyiseuke, etc., on the Joseon side, only Hong Setae (1653~1725) participated in the essays.

Hitomi Yugen was born in Kyoto, and was a confucian scholar in the early Edo period. His original surname is O-no, forename is Ssesseu, courtesy name is Kikeyi, pseudonym is Kakuzan or Chikudo. He is generally called Yugen or Matasichiro, and generally kown as Hitomi Gakujan or Gakujan Taoist. He served as a Confucian Official of Bakuhu. Sakayi Dada-o's pseudonym is Mokosayi. Nin Gimisada's pseudonym is Keyido. He was studied under Hitomi Yugen. He has a writing called *the Conversation by Writing of Nin Gimisada.* Hotta Masatora's childhood name is O-ribe, surname is Ki, forename is Masaaki, courtesy name is Tenmin, pseudonym is Honryusayi. He served as a governor of Izu. Ono Saeyiseuke's surname is Huji, pseudonym is Kanransi. Hong Setae's native place is Namyang, courtesy name is Dojang, pseudonym is Changrang or Ryuha. He served as the Narrative Officer, the Registrar in Uiyeonggo, the Herding Officer in Ulsan and so on. He went to Japan as a Deputy Envoy' children officer in 1682. His writings included *Haedongyuju* and *the Collected Works of Yuha* in fourteen volumes, etc.

According to written records, Sakayi Dada-o cited his opinions on such works as the *Analects of Confucius Variorum*, the *Book of Changes* and the *Book of Songs*. He stated that "The Four Books and the Six Arts have their own complicated interpretation by confucian scholars in the Song Dynasty, and there are quite a few parts loss of the original meanings." He also pointed out the mistakes made by later annotations (such as Cheng Zi's *Biography* and the *Reference of the Book of Changes*) in explaining the classics. In this regard, Hong Se-tae also clarified his views.

In addition, Japanese scholar Nin Gimisada learned about other knowledge prevailing besides confucianism in the Joseon Dynasty from Hong Setae, and consulted him on articles and vocabulary that he was puzzled when interpreting the classics; while Hotta Masatora discussed with Hong Setae around the philosophical proposition of "Temperament"; Ono Saeyiseuke expounded his own unique viewpoints starting from the topic of "Are there many studious persons in your country", aiming at the problems of "the act of respect", "temperament" and "legacy", and combining with many allusions of the sages; and Japanese scholar Hitomi Yugen also consulted Hong Setae about whether the scholars of Sungkyunkwan specialize in Neo-Confucianism, and the related issues such as student and advanced scholar examinations.

한사수구록
韓使手口錄

二日午前, 到本誓寺, 水野右衛門大夫忠春、秋元 攝津守喬朝、
大久保 安藝守忠增、館伴內藤左京亮義槪、小笠原大介在中堂, 招
安判事、成翠虛等書大字, 畵師咸東岩作水墨。翠虛請余問座客之
封號[1], 余書示之。醫官鄭斗俊亦在座, 安藝守使之診脉, 問其藥劑。
翠虛書字多多似倦勞, 余書示曰: "足下若勞, 則宜歸旅館。多謝。"
翠虛答曰: "使道將有招問事, 後日更拜爲計, 然大字何其小數書之
耶? 想其疲勞而然耶? 呵呵。"

於是翠虛揖去, 安判事猶書大字。堀田織部正昭、兵部俊兼及酒
井權佐忠雄, 各來觀焉。今日與對馬太守約到願行寺, 故洪滄浪及
李三錫、李華立等, 先在願行寺。忠雄伴任處士先到願行寺, 與滄
浪筆語。

忠雄問曰: "頃雖接淸儀, 未通姓名。僕是靜修齋之弟, 名忠雄, 號
忘己齋。今日欲靜話, 故來[2]願受敎誨。"滄浪答曰: "僕甚荷靜修公厚
誼, 今遇足下, 如拜靜修公, 誠爲幸矣。靜修公來, 則僕那不企待?"
忘己曰: "靜修亦今日來, 有官事未果, 雖到夜必來會。【今夜靜修有官事
而不至。】滄浪讀之點頭。忘己又問曰: "達巷黨人, 實知孔子者也。所

---

1 원본에는 '戶'로 되어 있으나, 오기이므로 '號'로 바로잡음.
2 원본에는 '未'로 되어 있으나, 오기이므로 '來'로 바로잡음.

以極稱其又曰: '蓋慕聖人不知者也.' 若斯則可曰惜哉, 而以大哉嘆美之, 則其義燦然無可疑也. 孔子稱堯曰: '大哉, 堯之爲君也! 蕩蕩乎民無能名焉.' 若以黨人爲惜孔子不成一名於藝, 則亦以孔子爲惜堯不得一名於民耶? 以予觀之, 則四書六藝之文, 自有宋儒, 曲說繁解, 而失本義者不少乎!" 滄浪答曰: "黨人之意, 蓋稱極稱孔子, 而惜其不得行道於世, 以成其名矣. 《集註》則以爲孔子之行道與不行皆天也, 孔子亦不以不行其道爲歉焉, 則其成名與不成名, 固不足言矣. 是所謂不知者也."

忘己曰: "受誨固然, 得此說, 如披雲霧耳." 又問曰: "格物之義, 古來說多, 想是《易》所謂精義入神之理乎?" 滄浪答曰: "愚意以爲格物致知, 然後無不通, 可以入聖神之域矣." 忘己問曰: "《中孚六三》曰: '得敵, 或皷或罷, 或泣或歌.' 程《傳》曰: '或鼓張, 或罷廢.'《蒙引》曰: '或鼓、或罷是活字, 主擊鼓言, 是奮發之意.' 程《傳》《蒙引》二說, 皆非也. 鼓師進也, 罷師還也.《儀禮》言語之禮云: '朝廷曰退, 燕遊曰歸, 師役曰罷.' 楊子《法言》曰: '酈食其說齊罷歷下軍.' 一證也.《漢書高帝紀》曰: '帝乃西都洛陽, 夏五月, 兵皆罷歸家.' 二證也." 滄浪答曰: "所論儘好, 但以我所得, 不當遽非先賢之言也."

忘己問曰: "子曰: '素隱行怪, 後世有述焉, 吾弗爲之矣.' 疏曰: '素讀爲傃, 傃猶鄕也, 謂無道之世, 身鄕幽隱之處, 應須靜默, 若行怪異之事, 求立功名, 使後世有所述焉.《集註》素, 按《漢書》當作索, 蓋字之誤也. 索隱行怪, 言深求隱避之理'云云. 群書之中, 引用經典與元文[3]不同將處半未必所引正元文[4]誤也. 凡解經典者, 經典之文, 其脫誤分明, 不得已而後, 因群書之中所引之文, 解之可也.

---

3 원본에는 '史'로 되어 있으나,《人見竹洞詩文集》에 따라 '文'으로 바로잡음.
4 원본에는 '史'로 되어 있으나,《人見竹洞詩文集》에 따라 '文'으로 바로잡음.

俄以所引爲是而舍元文[5]，則經典橫生瘡疣，其害尤大也。何子容曰：
'漢人引用經文，與今本多不同，間有可以證其闕誤，然傳繆亦不爲
無之，不可以漢人所引爲是。'蓋各得其師，不同如此，況探頤索隱？
《周易》之繫辭，儒學之根柢也，未必求隱僻之理。以予觀之，則素如
字讀，而可文義燦然，脈絡貫通乎！"滄浪答曰："愚意以爲經解，當
從朱晦菴先生爲正。"忘已問曰："《詩·鄘風》升彼虛矣，以望楚矣。'
管子曰：'狄人伐衛，衛君出，致於虛，桓公築楚丘以封之。'註虛地
名。《詩》所謂升彼虛矣，朱註曰'虛故城也'者，恐是失於考乎！"滄浪
曰："此論極有見，但以其故城故改尋之，可見其中興之意。"忘已問
曰："貴國有龜卜耶？我邦無知之之人，故問焉。"滄浪答曰："弊邦亦
無之。"任處士問曰："貴邦尊宗朱文公，則排老、莊之言乎？"滄浪
曰："凡爲儒者，莫不法孔、孟而尊程、朱。至於老、莊之學，則只取
其格言而已。" 任處士又問： "自古雖稱孔、孟， 或有刺孟、非
孟、疑孟之書，且如司馬公猶有此說，如何？"滄浪曰："天地間孔、
孟如日月，不可廢一。司馬公之言，愚不敢信。"忘已問曰："不可磯
亦不孝也'，此義難辨細聞之。"滄浪曰："此義古人多有解之者，終是
不快活。"忘已問曰："不佞不好詞章之學，唯以存養省察爲工夫耳。
請聞靜坐之說。"滄浪答曰："詞章之學，一小技也，君子宜不敢取。
收心靜坐最是向學，工夫及其熟也，則人欲消而天理明矣。"忘已又
問："靜坐之受用如何？"滄浪曰："居常讀書，學聖賢之事，無事時當
靜坐澄心，不使雜鬧底意思于吾靈臺，則吾心之明，如鏡之磨，漸自
光明，無不洞然矣。"忘已曰："此靜坐之說，與李延平同得聞命。"滄
浪首肯。忘已曰："美談不知日夕，將今弄筆墨之人來，姑止，重來受
敎誨。"滄浪曰："獲聞淸談，亹亹不厭，自今以可繼拜乎？"

---

5 원본에는 '史'로 되어 있으나，《人見竹洞詩文集》에 따라 '文'으로 바로잡음.

織部、兵部及余, 到願行寺, 滄浪與忘己齋、任處士, 相對坐于南廂。滄浪見織部、兵部及余, 相揖而書呈織部曰：“見足下儀貌端重, 可知其尊貴人也。可敬可敬。”且問：“讀過幾家書乎？”織部答曰：“僕爲武官, 常以騎射爲業, 無讀書之暇。然如《四書》《孝經》《小學》等, 則平日稍澄心讀之。”滄浪曰：“武官而能爲學, 尤爲奇特。”

余自側書示曰：“姓紀、名正昭、字天民, 元老之次子本立齋卽是也。”滄浪書呈織部曰：“向因鶴山, 得聞大名。今按淸範, 不勝欣幸。”本立齋問曰：“善人之子孫或絶, 不善人之子孫或嗣, 有此理乎？”滄浪答曰：“此天理, 不可知者。古今賢人君子之不能無憾也。”本立曰：“聞故鄉有老母, 我贈之以我邦畫工之丹靑三、方圓之香盒二, 因足下達之。”滄浪答曰：“古云：‘老吾老, 以及人之老。’閣下之謂也。感荷千萬。”

滄浪危坐, 余曰：“可穩坐。”滄浪笑謝而安坐。

本立問曰：“人之氣質, 依學問之故而變乎？又不變乎？”滄浪答曰：“天稟之强弱淸濁, 雖不可變, 人能學問, 則粗者精, 虛者實, 蕩者定, 守者固。”

此間俊兼、忠雄, 使李三錫、李華立寫字, 東巖作畫。余以通事與滄浪時時相言耳。滄浪書示余曰：“僕每對足[6]下不語而意自通矣。”

元老家臣等數輩, 奉從本立齋而來, 中有大野淸介者能學。於是書呈滄浪曰：“僕姓藤、氏大野, 名淸介, 號觀瀾子。公何鄉人？何姓名而何官？”滄浪答曰：“勤示姓名多感。僕姓洪, 名世泰, 字來叔, 號滄浪子, 官爲僉正。副使老爺以僕稍和文墨, 辟爲裨將而來矣。”淸介問曰：“先生離鄉萬里, 室家須相思, 羈旅顧惓之情, 不堪想像。曷月曷日而出於朝鮮乎？且聞渡海艱難也。布帆得無恙乎？洋中或見

---

6 원본에는 ‘定’으로 되어 있으나, 《人見竹洞詩文集》에 따라 ‘足’으로 바로잡음.

怪物乎?"答曰:"客中之懷, 不言可想。僕以五月初八日發程, 六月
十八日開洋, 風浪蕩激之中, 僅得無恙, 而亦無見怪事。"清介問曰:
"貴邦多有好學者乎?"答曰:"弊邦最尚文學文章之士, 代不乏人, 故
有小中華之說。"清介問曰:"僕自成童好讀書, 未得其要。近頃竊
意, 心昏昧而好讀書, 是甚無益也。只其心無欲, 則心頭清明, 書與
心相照, 文義迎刃而解。且無物役其心, 而擴然大公也。此所謂居敬
者乎? 以是觀之, 則初學先須用敬, 不可以與書竝讀。古人自八歲
入小學, 而學洒掃應對之事, 是自然居敬也。如今無此等事, 故皆馳
空文, 而無踐履之實, 多博文强記之徒, 而寡忠信篤敬之人, 是教之
不明故乎! 如何用工夫?"答曰:"讀書必以窮理踐實爲主, 則無空文
之蔽。敬者, 不可須臾離也。讀書而不爲敬者, 非也; 爲敬而不讀書
者, 亦非也, 當讀書而爲敬矣。然愚論何足取也? 須問於博雅之士。
且何不問於鶴山、整宇諸名儒乎?"清介問曰:"宋儒有變化氣質之
說, 以余觀之, 則不能無疑。蓋氣質稟有生之始, 無可變化之理。且
夷、惠則聖人, 而顏、孟則亞聖也, 皆不能移其性, 而有清和溫嚴之
不同。只氣質則不可變化, 欲則可克去之, 欲旣克去則天眞也。雖有
氣質不同者, 不害皆謂之聖賢, 如何?"答曰:"有生知之聖, 有學而
至於聖之聖。生知之聖, 堯、舜、禹、湯、文、武、周、孔是也。學
而至於聖之聖, 顏、孟以下是也。若其氣質之不同, 則堯、舜、周、
孔皆不同也, 然則何害於其爲聖乎? 變化之說, 愚以爲必有此理也。
試觀草木乎! 人之培養者, 易爲豐而枝條不曲, 生於朽壤之內者, 多
有穢惡而擁腫不中, 人亦何異於是也? 讀書而學聖賢之道, 則蒙者
有知, 賢者益善, 其非變化之效乎?"清介問曰:"事君之道, 以義乎?
以誠乎?"答曰:"事之以義, 報之以忠。"清介謝曰:"玄談奇論, 仍慕
高明之盛德。願書自警之一律, 以敎僕之不肖。"

余在側書示曰:"足下雖太勞, 宜吟案之。"滄浪答曰:"僕平生見文

士, 未嘗不盡心。況足下曁諸名士在座? 誠未知勞也。"滄浪卽書曰: "率爾口占錄, 示座上諸公。以義事吾君, 以孝事吾親, 終身行此道, 方爲君子人。語雖俚, 義或可取。壬戌季秋, 滄浪草。"

清介揖謝懷之。余把片紙次韻, 而書示曰: "移孝忠其君, 致忠顯其親。能事洪子語, 宜不愧天人。鶴山稿。"滄浪把片紙, 見之欣然擊扇, 收入袖中。

清介又聞曰: "恭聞貴邦之先君, 所謂殷 三仁 箕子也。今猶其姓乎?"滄浪答曰: "箕子之世, 已過數千歲, 易姓者屢, 唯其子孫在耳。"清介問曰: "聞貴邦有三代之風猶存焉。三年之喪, 亦行之乎?"答曰: "三年之喪, 自國王至庶人。"

本立齋問曰: "爲學者勤之倦勞, 則必病者多。想夫爲學者不益, 強健何到病乎? 是亦怠惰之疾乎?"滄浪答曰: "學者刻苦太甚, 則病或生焉, 怠惰強爲, 則病亦生焉。刻苦者, 當養氣; 怠惰者, 當務敬。"本立問曰: "武王伐紂之事, 千古論者多。乃爲忠臣者, 爲可乎? 爲不可乎?"答曰: "武王奉天命順人心, 不得已有孟津之役, 然異於堯、舜之禪矣。"本立曰: "足下所載者, 何名乎? 若脫之而隱, 則請脫却乎! 但貴國之法然則難容言。雖然一面, 而兩心已熟乃如舊, 議雖所脫而無妨乎!"滄浪答曰: "其斜笠也。弊邦之人, 加冠則必著此。著之已習, 少無所勞。今承脫之之語, 足見愛人之厚意也。"

余書示曰: "昨賜芳簡, 偶多官事, 未作報。所附之兩品, 卽達于和州太守及整宇。和太守云: '今夕至, 則面話謝之, 有官事, 未知至否。'先使僕謝之。整宇云: '紛冗之間, 被寄佳什幸甚, 佗日呈和章, 謝之。'云云。就言, 昨日二兒, 至宿館多所謝, 然座客多, 而足下用筆力亦多, 故期佗日。"滄浪答曰: "二郎君極佳, 大有鶴山風度, 異日必能縱家聲, 鶴山其有福人哉!"余曰: "昨副使老爺, 賜筆墨於二兒, 多謝。足下爲僕被謝之幸甚。"滄浪曰: "老爺見二郎君, 極其嘆美, 目之以鸞鳳之雛。足下生子, 何其若是之奇也? 僕纔有一子, 不勝健羨之至。" 余問曰: "貴男年幾許? 旣讀書耶?" 滄浪答曰: "二子夭, 今有一兒, 而纔三歲矣。" 余問曰: "聞成均館員五百人, 其生員專學性理乎? 或又有生員、進士兼之者乎?" 答曰: "成均館儒生, 皆誦法孔子, 常讀四書六經。國家有取士之規, 有生員試、進士試, 或有兩中之者。"

　滄浪出副使所筆之書目, 所謂《水滸傳》《後西游記》《玉支機》《玉嬌梨》《平山冷燕》《肉蒲團》《傳香集》《夢金苔》《掀髥談》《金粉惜》《催曉夢》《濟顚全傳》云云。滄浪書示曰: "隨所得覓借爲幸。此不唯不佞欲見之, 老爺無聊之中, 欲一覽破寂。雖一二冊, 未可惠借耶? 見後卽當完璧[7]耳。"

　余出《陳希夷睡圖》請曰: "或人切請於僕, 謂此圖畫工常信之所繪也。足下贊之多幸。" 滄浪曰: "何難? 欲直書畫帖之空乎? 別書他紙乎?" 余指畫帖之空, 而使之書贊而曰: "足下姓名之印[8], 則此行不佩之乎?" 滄浪答曰: "姓名印[9]則在釜山日忘却, 不携來矣。" 又曰: "不楷書而草書乎?" 余曰: "楷書特可也。" 余曰: "僕所藏有《寒江獨釣圖》, 常信所畫也。足下好柳柳州之詩, 欲贈之, 不知納之乎? 然則他日可呈之。" 滄浪曰: "古圖文人之所嗜, 何幸如之?" 余曰: "今所示之書目, 或有電矚者, 僕不藏之。《水滸傳》更覺在家藏之中, 搜索而呈之。其餘亦可有藏之者, 若然則可呈之。" 滄浪曰: "《水滸傳》明日未可惠借耶?" 余曰: "搜得呈之耳。" 滄浪曰: "聞足下有《黃勉齋集》, 信否? 願借暫時之覽。" 余曰: "是朝三所頻求也, 僕不藏之。十

7　원본에는 '壁'으로 되어 있으나, 오기이므로 '璧'으로 바로잡음.

8　원본에는 '卬'으로 되어 있으나, 《人見竹洞詩文集》에 따라 '印'으로 바로잡음.

9　원본에는 '卬'으로 되어 있으나, 《人見竹洞詩文集》에 따라 '印'으로 바로잡음.

數年前, 聞西京人藏之太秘。今欲借之, 道路太阻, 其實否亦不可知之。若以數日問之, 可察其實否。今草草之間, 朝三頻求之, 最難得之。聞貴國亦有藏此集, 太秘之者然乎?" 滄浪曰: "此集自中國而來, 弊邦之人, 亦多藏之。僕常好觀之, 而恨其多有誤字, 欲覽貴國所藏, 而考較之耳。然足下旣無所藏, 則難得而見矣。" 余曰: "卷數幾許? 僕數年前所見, 今思之有八卷, 如何?" 滄浪曰: "弊邦所刊行, 則或有七八卷, 或四五卷, 細者或數卷, 蓋隨篇而爲之故也。"

滄浪書示曰: "異日相別之後, 雖隔萬里, 自釜山常有馬島往來之便, 不侫當寄書札於朝三, 因以傳致於足下。未知得免浮沉, 而必傳之否?" 余曰: "僕亦未知之, 料知被寄朝三可達之。" 滄浪曰: "公見不侫奉靜修公書, 其言如何? 恐不合掛於長者之眼。" 余答曰: "往傳足下所書於靜修齋, 齋主讀之大喜, 謂終身之孝心, 不可不如此, 且其所自警者, 一一足爲戒省, 譬如瞑眩之藥, 能愈其疾也。今夕不來, 定知其太有遺憾耳。往日, 其所謂之《靜修齋記》, 未知旣告副使老爺乎否? 且又元老所請之《靜字記》, 亦可被書乎否?" 滄浪答曰: "老爺欲搆之, 而因公冗紛擾, 且以微恙, 尙未出藁, 然從當書送耳。"

▶영인본은 448쪽 참조.

조선인필담병증답시
朝鮮人筆談幷贈答詩

1682년, 도쿠가와 쓰나요시(德川綱吉, 1646~1709)의 습직을 축하하기 위해 조선조에서는 통신사를 일본에 파견하였다. 『조선인필담병증답시(朝鮮人筆談幷贈答詩)』는 두 가지 판본, 즉 도쿄도립중앙도서관과 한국 국립중앙도서관 소장본이 있다.

유학에 관한 필담 자료는 국립중앙도서관 판본에 실려 있고, 이 내용은 1682년 사행 때 제작된 또 다른 필담창수집『상한필어창화집(桑韓筆語唱和集)』의 내용과 일치하다. 이는 9월 29일, 교토(京都) 혼코쿠지(本國寺)에서 일본 문사 다키가와 조스이(瀧川如水)와 조선의 학사 성완(成琬, 1639~?), 홍세태(洪世泰), 안신휘(安愼徽, 1640~?), 이담령(李聃齡, 1652~?) 등이 함께 나눈 필담이다.

다키가와 조스이는 에도시대 중기의 유학자이자 의사이며, 이름은 즈이유(昌樂), 자는 쇼라쿠(隨有)이다. 성완은 본관이 창녕(昌寧)이며, 자는 백규(伯圭), 호는 취허(翠虛)이다. 관직은 찰방에 이르렀고, 제술관의 신분으로 일본에 들어갔다. 저서로는 『취허집(翠虛集)』 4권 2책이 있다. 안신휘는 본관이 순흥(順興)이며, 역관(譯官)이다. 자는 백륜(伯倫), 호는 신재(愼齋), 장륙헌(藏六軒)이다. 관직은 동지중추부사(同知中樞府事)에 이르렀고, 부사의 상통사(上通事) 신분으로 일본에 다

녀왔다. 이담령은 본관이 경주(慶州)이며, 자는 백로(百老), 호는 붕명
(鵬溟), 담주거사(潭洲居士), 반곡(盤谷), 취옹(醉翁)이다. 종사관 서기
의 신분으로 일본에 다녀왔다.

다키가와 조스이는 당시 일본에서 큰 유학자로 명성이 있었던 에도
의 기노시타 준안(木下順菴, 1621~1698)이 자신과 같은 동문임을 언급
하면서 적극적으로 조선 측 문사들에게 필담을 요청하였다. 그는 일
본에 학문이 전해 들어온 과정과 현재의 상황을 조선인에게 소개하면
서, 조선에서의 학문 발전 양상에 대해서도 알아보고자 하였다.

전반 필담을 놓고 볼 때, 다키가와 조스이는『주역(周易)』,『춘추(春
秋)』,『시경(詩經)』과 같은 경전 주석의 문제점에 대해 다양한 고사들
을 인용하면서, 장황하게 자신의 견해를 펼쳐 보였다. 하지만 이에 대
한 조선 문사의 답변은 대체로 매우 간략한 것으로 보인다.

【중문】朝鲜人笔谈并赠答诗

1682年, 为祝贺德川纲吉(1646~1709)袭位, 朝鲜朝派通信使赴
日, 记录此次文化交流活动成果的《朝鲜人笔谈并赠答诗》共有两种版
本, 即东京都立中央图书馆藏本与韩国国立中央图书馆藏本。

其中, 有关儒学的笔谈资料载于韩国国立中央图书馆所藏本, 内容
与1682年使行时记录的另一笔谈唱和集《桑韩笔语唱和集》一致。主要
内容为同年9月29日, 日本文士泷川如水在京都本国寺与朝鲜学士成
琬(1639~?)、洪世泰(1653~1725)、安慎徽(1640~?)、李聃龄(1652~?)
等开展交流的笔谈记录。

泷川如水, 江户中期儒者、医师, 名昌乐, 字随有。成琬, 籍贯朝鲜

昌宁，字伯圭，号翠虚。历任察访一职，使行身份为制述官。著有『翠虚集』四卷二册。安慎徽，籍贯顺兴，译官，字伯伦，号慎斋、藏六轩。历任同知中枢府事，使行身份为副使上通事。李聃龄，籍贯庆州，字百老，号鹏溟、潭洲居士、盘谷、醉翁。使行身份为从事官书记。

据笔谈所载，泷川如水积极邀请朝鲜文士参与笔谈唱和。笔谈之初，他提及了自己的同门，当时在日本家喻户晓的儒学家木下顺庵（1621~1698），继而向朝鲜使节介绍了儒学在日本的传入轨迹及发展现状，同时也试图了解朝鲜的儒学发展情况。

泷川如水借用大量的典故，对《周易》《春秋》《诗经》等经典的注释问题发表了独到见解。然而观其效果，泷川如水虽热情地畅所欲言，但朝鲜文士的答辩却并不十分积极。

【일문】 **朝鮮人筆談并贈答詩**

1682年、徳川綱吉(1646~1709)の襲位を祝うため、朝鮮は通信使を日本に派遣し、その際の通信使文学、文化交流活動を記録した『朝鮮人筆談并贈答詩』は2種類のバージョンがある。つまり、東京都立中央図書館の蔵本と韓国国立中央図書館の蔵本である。

儒学に関する筆談資料は韓国国立中央図書館の所蔵本に載せられている。その内容は1682年の使行時に記録されたもう一つの筆談集『桑韓筆語唱和集』と一致する。主な内容はこの年の9月29日、日本文士である滝川如水が京都本国寺で朝鮮学者である成琬(1639~?)、洪世泰(1653~1725)、安慎徽(1640~?)、李聃齢(1652~?)などと行った交流の筆談記録である。

滝川如水、江戸中期の儒者、医師であり、名が昌楽，字が随有である。成琬、本籍は北朝鮮の昌寧県であり、字が伯圭、号が翠虚である。歴代視察の職を歴任する。使行時の身分は製記官である。『翠虚集』四巻二冊を著している。安愼徽、本籍が順興であり、訳官、字が伯倫、号が愼斎、蔵六軒である。同知中樞府事を歴任する、使行時の身分は副使通事である。李耼齢、本籍は慶州であり、字が百老、号が鵬溟、潭洲居士、盤谷、醉翁である。使行時の身分は従事官書記である。

滝川如水は積極的に朝鮮文士を招待して、筆談に参加し、筆談の初めに同門の木下順庵(1621~1669)に言及し、彼が当時日本ではすでに有名な儒学者であり、朝鮮使者らに儒教の日本における伝来の軌跡と発展の現状を紹介し、同時に朝鮮の儒学発展状況について理解しようとした。

筆談によると、滝川如水は大量の典故を引用し、『周易』、『春秋』、『詩経』などの経典の注釈問題に対して独自の見解を発表した。記録から見ると、滝川如水は熱心に話しているが、朝鮮文士の答弁はそれほど積極的ではなかった。

【영문】 *The Conversation by Writing and Poems of Response with Joseon Scholars*

In 1682, in order to congratulate Tokugawa Sseunayosi (1646~1709) on inheritance the throne, the Joseon Dynasty dispatched a team of communication envoys to Japan. There were two versions of *the Conversation by Writing and Poems of Response with Joseon*

Scholars to record the literature and culture exchange of the communication envoys, namely, the collection of the Tokyo Metropolitan Library and the collection of the National Library of Korea.

Literary materials on confucianism contained in the collection of the National Library of Korea are consistent with another collection of *Collections of Poems Exchange of Japan and Joseon* recorded in 1682. The main content is the essay records that Japanese scholar Takigawa Zoseuyi communicated with Joseon scholars Seong Wan (1639~?), Hong Setae (1653~1725), An Sin-hwi (1640~?), Lee Damlyeong (1652~?) in Honkokuji, Kyoto on September 29 that year.

Takigawa Zoseuyi was a confucian scholar and physician of the middle Edo period. forename is Cheuyiyu, courtesy name is Syoraku. Seong Wan's native place is Changnyeong, courtesy name is Baekgyu, pseudonym is Chwiheo. He served as a Visiting Officer, and went to Japan as a Narrative Officer. He has the writing called *the Collected Works of Chwiheo* in two copies of four volumes. An Sin-hwi's native place is Sunheung, and was a translation officer. His courtesy name is Baekryun, pseudonym is Sinjae or Jang-ryukheon. He served as a Main Central Official, and went to Japan as a Senior Interpreter of Deputy Envoy. Lee Damlyeong's native place is Gyeoju, courtesy name is Baekro, pseudonym is Bungmyeong, Damjugeosa, Ban-gok, Chwi-ong. He went to Japan as a Secretary of Officer.

Takigawa Zoseuyi actively invited Joseon scholars to participate in the exchange of poems. At the beginning of the exchange of poems, he referred to his classmate Kinosita Zun-an (1621~1698), a well-known Confucian scholar in Japan at that time. He also explained the introduction and development of confucianism in Japan to Joseon envoys, and tried to understand the development of confucianism in Joseon.

According to the conversation by writing records, by citing a large number of allusions, Takigawa Zoseuyi expressed his unique views on the annotations of the *Ancient Text of Zhouyi*, the *Spring and Autumn Annals*, and the *Book of Songs*. Judging from the essay records, Takigawa Zoseuyi is quite enthusiastic and open-minded, but the Joseon scholars' replies are not so positive.

조선인필담병증답시
朝鮮人筆談幷贈答詩

天和二 壬戌 九月 廿九日

於京都本國寺，朝鮮國成琬學士及洪世泰、安愼齊、李聃齡，與
瀧川昨非菴昌樂筆語。

奉呈上滄浪洪公之吟詞壇。

幅巾處士瀧川昨非菴隨有子，謹啓。

一. 中秋上旬，公東行前，初接淸容，見荊州一面，如登龍門，喜
躍有餘。與先生結交，如雲龍井蛙蒙不棄，何幸如之哉。以譯官由普
謁，則迂遠也，故命管城子與楮先生，爲筆語，而代譯官，通兩情矣。

一. 公及學士、儒士之姓氏、貴字、尊號，書之示之。願聞之。

　　答　　　　　　　　　　　　　　　　　　　　　　洪滄浪

學士 製述官 成均館進士 成琬 號翠虛 又號海月軒

上判事 前主簿 安愼徽 號愼齋

前直長 鄭文秀

前正 劉以寬

李聃齡 號鵬溟 或號潭洲居士 又號盤谷

洪世泰 僉正 號滄浪子

寫字官之姓名、尊號，如何？示之。

李三錫 號雪月堂 李雪峯之子

李華立 號寒松齋

一. 遙聞朝鮮者周舊邦, 而周時封殷太師, 教以禮義田蚕, 作八條之教, 無門戶蔽, 而人不盜戰矣。曾武王時, 封箕子, 親聖人之國, 而聖人之臣民也。後王後民化遺風荷賢恩, 處仁遷義, 至今羨鄒魯遺教不頹敗, 夏周學術無陵夷焉。今日域之後學, 慕貴國者, 以有聖賢之遺風之故也。

一. 今也三使及貴體, 且成學士、扈從之上下、警蹕官人, 越千里之鯨波, 涉百里之犬牙, 遠遠驛程, 遙遙海路, 無恙到東武。隣國聘問[1]之禮事畢, 及歸帆, 是珍重幸甚。至祝。

答   洪滄浪

如公示諭, 三使及上下官人、馬島太守, 無難無災, 海陸安穩, 而到蓬壺東武, 盡隣盟之禮, 西入華洛。歸國亦有近, 惟幸也。

一. 予同門之高第木下順菴, 生在東武, 與公及成均館學士, 有文談爲筆語, 有詩篇酬答, 通兩國之情, 欣躍有餘, 日先自東武寄書告予有之。諸其贈答之佳什, 盥手嗽口, 復圭欲及一唱三嘆, 是余願也。

答   洪滄浪子

如所呈示, 公之同門學士與木下順菴, 鴻儒於東武。通筆語, 博瞻

---

1 원본에는 '間'으로 되어 있으나, 오기이므로 '問'으로 바로잡음.

廣識之良材，華夷亦希有之眞儒也。且亦有詩章酬和，蒙靑眸受顧面，欣然幸甚。尤欲爲皈國遠朝之助矣。

▶영인본은 427쪽 참조.

瀧川昌樂
謹問。

一. 周武王封箕子於朝鮮，箕子傳河圖洛書、洪範九疇於遼東之李氏，李氏之子葉孫枝，世爲家業。李氏之後裔，傳之菁川姜沆，所公素知也。姜沆傳之日東儒宗北肉山之廣胖藤歛夫惺窩，而《易》旣東矣。惺窩，以河圖洛書、《周易》《春秋》《詩》《書》，傳之我師松永昌三及林羅山。此二學士，惺窩師之伐柯，而靑於藍者也，惺窩旣沒，文不在玆歟。爾來再傳，而昌三傳其子松永昌易、同姓永三及木下順菴、某瀧川昌樂，其餘，皆日本俗傳之固陋癖學，而不足取者也。其姜沆之苗裔，今猶存乎？仰願聞之，曲告之。

卽答。姜沆之後嗣苗孫，今則亡。中葉其後裔，賣名衒學，貪得耽利，逢流刑而貶剝於官祿，遇赦死路矣。惟餘臭名耳。

一. 宋董眞卿之《周易會通》二十卷，有朝鮮本，而無大明國之板本也。此梓板，今存貴國乎？予從來欲需之矣。

一. 互卦之說，邵雍纔說，而無全言，雖朱晦菴不說之，董眞卿，言之詳也。全篇載而有《會通》，而乾坤二卦無互，如何？詳示之。

一. 孔子《大象傳》《小象傳》者，指何理義而說之乎？願聞之，審示之。

一. 乾下乾上 如此，在每卦之上，而六十四卦，俱繫之，何人註之乎?

一. 《繫辭》者, 孔子之精力在此書, 《周易》之深理, 皆籠之。殊我儒, 知人間一生生死之去來, 知幽冥鬼神之情狀。又曰: "精氣爲物, 游魂爲變矣。" 朱註曰: "陰精陽氣, 聚而成物, 神之伸也。魂游魄降, 散而爲變, 鬼之歸也。" 生死鬼神, 皆陰陽之變, 天地之道也。樂按, 人死而燒之, 則爲灰, 埋之成土。此時魂魄, 寓何處而爲變爲人鬼乎? 殊有佛氏七七之說, 故大藏一覽, 尊者說摩達多曰: "中有極多矣, 住七七四十九日, 定結生故也。迷中有住經七日, 不久住故也。" 以是有詭言癖說, 邪誕矢妄之說蜂起, 殊不知, 《韻語陽秋》曰: "人生四十九日, 七魄全, 其死四十九日, 而七魄散, 是以有七七之說。" 夫生死, 氣之聚散也。不散不死, 禮之有復孝子情, 而致其情而止矣。味此言, 則佛氏言近理, 而大亂眞誣民惑衆, 甚多矣。我儒有人鬼有形質, 天陰則往往鬼哭, 而與人接之說。蓋誠論之, 是氣逆, 則其魄氣, 降散碍凝, 現形質, 乘陰氣, 往往鬼哭矣。又氣順, 則散冥, 實魄歸泉矣。董仲舒曰: "有一鬼蓬頭, 手提屠刀, 勇而前歃。" 其祭者, 是逆氣所爲變, 是其證也。然爲浮屠事, 而朱熹²不說之, 鄭子産、漢鄭玄、高誘、且淮南子、楊升菴等集, 亦雖有魂魄聚散之說, 不及人物生死, 鬼神游魂, 爲逆氣凝滯, 而爲變之說矣。林子獨從識神而變者, 以夢說之。其言曰: "自太虛中來者, 元神也, 遂化爲識神矣。故其夢都從識神而變, 釋氏四生六道, 亦從游魂而變, 故孔子曰: '游魂爲變。'" 此說得之乎? 吁! 雖近理, 非的理。夫夢, 寓五藏爲之, 魂寓肺魄寓肝, 而見夢, 燒其肺肝而爲土灰, 則魂魄識神, 寓何處, 爲夢乎? 爲土灰, 則其七魄心神, 散而歸太虛而成空, 爲天地氣, 又滿太虛, 此時何夢之有哉, 豈地獄天堂之有哉? 是林子亦非的說。莊

---

2 원본에는 '喜'로 되어 있으나, 오기이므로 '熹'로 바로잡음.

周曰："死生亦爲大也。"釋氏以謂，"生死事大，無常迅速，而其氣順，則歸天地，而一念三千，萬法一心。無上正[3]等正覺，涅槃妙心，實相無相，不生不滅之妙體者。因臨終正念，無心無念，眞空妙智，順氣之工夫也。"吁！三聖如三鏡，其氣正順，而聚散於天地之間，況於儒家，豈可忽之乎？常拳拳服膺，守幽明生死游魂變鬼神之理，引而伸之，觸類而長之，雖不中不遠，乘化以歸盡，樂夫天命，復奚疑矣？而於生死游魂之說，無的說。詳亦我渴心願之。

答云，生死鬼神游魂說，今古之眞儒，亦無正說嘉言，何？況於腐儒哉。

一. 前十卦後十卦之說，朱子雖說之《啓蒙》，日東儒士，失其正傳，暗然。卜筮考之，有捷徑之理乎？聞之說，喩之。

一. 河圖方位，南有火，西有金矣，而洛書方位者，南有金，西有火者，何乎？曲示之。

一. 人生一生，本卦之占。戰國時，有鬼谷先生，斷易之說，而無眞儒。邵、程、朱、陸之正說，而謂不足是信用，棄而如土。然近世，有邵康節之玄玄合璧說，一生年月日時之本卦，詳也。貴國，亦有占於人生一生之本卦乎否？願聞之。

一. 《春秋》經者，聖人之志，在此書，讀之行之，則正五倫，定名分。因之，亂臣賊子輩，有勸善懲惡，而不蒙首惡之名，千載不易之常法也。然宋王安石，斷[4]爛朝報，不列學官，先聖筆削之書，棄而不用，人主不得聞講說，學士不得相傳習，而宋末遂有夷狄北轅之禍。孔子曰："我[5]志在《春秋》，行在《孝經》。"二書抹去，禍及國家，宣尼

3　원본에는 '上'으로 되어 있으나, 오기이므로 '正'으로 바로잡음.

4　원본에는 '爲'로 되어 있으나, 오기이므로 '斷'으로 바로잡음.

之書, 可謂靈矣。故曰：“畏聖人之言矣。”御講官春秋館李彦綱公及
弘文館兼經筵侍讀官春秋館朴慶後公， 通讀於五經， 宏瞻之才華，
豪縱之臣筆。有弘文館之號，則通六經秘矣。是經學之淵源，尤酌而
可探知者也。

一. 公者，親炙于兩大人，化德通經，不言而知焉。我日本，亦以十
三經爲聖學之階梯。殊以義易、麟經爲儒家之學業，而不可一日而闕
也。曾聞貴國，有陳哲之《春秋集解》之細註，幷熹[6]本之《春秋私考》
之箋解，及曹學佺能之《春秋義略》之註釋，今猶存朝鮮之板行本
否？

一. 經，元年春王正月者，雖千歲不決之論，略扣問難。王，天王
也。紀年書王，以見周之正朔，行于天下也。按《春秋》年月，或用周
正，或用夏正，或云以夏時冠周月，論不一矣。經用夏正，傳用周正，
林氏、左氏，故從周正。學者，自不宜悖經而從傳也，然傳文亦有用
夏正者，于其本文，駁出自見。胡氏，始用夏時冠周月，以調劑之，
依之從取夏正也。《詩》《書》《周禮》所言時月，皆與夏正合也，而《春
秋》何獨不然？且若革周正，則《春秋》之所謂正月者，魯史之三月，
而二百四十二年之事，皆非當時之日月矣。聖人豈爲之哉？如謂以
夏時冠周月，意必如十一月爲正月，而時仍爲仲冬，正月爲三月，而
時仍爲孟春，是謂孟仲失其倫。又如夏五六月，而在周已七八月，秋
八九月，而在周已十一月，是謂時序乖其度，與先王平秩四時之義，
舛矣。且夫子，周臣子也，所修《春秋》，魯史之舊文也。以易世之時，
而冠昭代之月，義之所不敢出也。然則時與月，俱從夏正者，于義何
居？願聞之。

5　원본에는 ‘我’로 되어 있으나, 오기이므로 ‘吾’로 바로잡음.
6　원본에는 ‘喜’로 되어 있으나, 오기이므로 ‘熹’로 바로잡음.

一．公子益師卒，是益師者，隱公之叔父，貴戚之卿而親，然却薄其終，而不書官不日。然辛酉三月夏辛卯尹氏卒，是尹氏，路人，他姓之卿而疏，然却厚其終，隆其卒，而書氏書日。此尹氏家父者，據《詩‧小雅》《節南山》之篇，‘節彼南山，有實其猗，[7]赫赫師尹，不平謂何．’又曰：‘尹氏太師，維周之氐．秉國之鈞，四方是維．’以之見之，周尹吉甫之苗裔，而世卿書氏。公羊子曰：「其稱尹氏，貶而譏世卿也．」左氏因舊史訛文，缺一口字加之，爲君氏聲子，遂爲此曲說，而不知聖筆未嘗有也。左氏之說，不足信矣。尹氏，非尹吉甫之末，而有他尹氏乎？未可知。按胡氏曰：「尹氏，天子大夫，譏世爵．」《左氏傳》曰：‘夏尹氏卒，聲子也．’此二說，俱非的據，餘有正說之明乎？願聞之，曲示之。

答。旅館倉卒，不暇考追，而欲言之，以及疏答也。

一．秋九月乙丑，晉趙盾弑其君夷皇。

《左傳》晉靈公不君。趙盾驟諫，公患之。趙穿攻靈公於桃園，殺之。宣子未出山而復。太史書曰：‘趙盾弑其君．’宣子不服，對曰：「子爲正卿，亡不越境，反不討賊，非子而誰？」孔子曰：「董狐古之良史，書法不隱，趙宣子古之良大夫也，爲法受惡。惜也！越竟乃免。」樂謹按，使越竟而免，則如宋萬之行殺，而奔陳者，即爲無罪乎？夫子言不誤，恐不若是誣？貴國春秋館，二大人侍講講筵，振三寸爲帝王師，說之有深理，冀曲示之。

答。未考之，未聞講說矣。

一．《詩》，夫聖人教鯉，使逸面墻。是以雖貴魯詩，中華大明日東，

---

7 원본에는 ‘有實其猗猗’라고 되어 있으나, ‘猗’ 한 글자는 연문임.

亦失其傳, 雖朱文公, 不讀之, 是以不知魯詩之貴矣。蓋齊詩、韓詩、毛詩, 次之。按《前漢書》《儒林傳》曰：“魯申公培, 小與楚元王交, 俱事齊[8]人浮丘伯, 受詩。申公歸魯, 退居家教, 終身不出門。弟子自遠方至, 受業者千餘人。”申公, 獨以《詩經》爲訓, 疑者則闕弗傳。申公卒時, 以《詩》《春秋》授弟子, 爾來傳傳, 傳山陽張長安。張生兄子游卿, 爲諫議大夫, 以魯詩授元帝。以後在明朝, 西蜀虎頭山人韋調鼎玉鉉傳之, 而以魯詩之意註《詩》, 號之曰, 《詩經備考》。予亦讀之, 知意味深長也。借問, 貴國, 有魯詩之板本乎否? 曲示之, 我欲求之。

一. 宛[9]陵梅聖兪, 全集六十卷, 有貴國之梓板, 而無中華大明國之鏤刻, 今猶有此板本乎? 曾朱晦菴曰：“唐後無詩, 唯有梅堯臣之詩。”同朝諸公甘之, 二程、溫公、歐、蘇、安石、黃、陳曹愛之。故司馬光哀挽詩云, ‘我得聖兪詩, 於身果何如。留爲子孫寶, 勝有千金珠。’又王安石挽詩曰：“頌歌文武功業優, 經奇緯麗散九州。貴人怜公靑兩眸, 吹噓可使高吟樓。”又“曾王文康, 嘗見而歎曰：‘二百年無此作矣。’雖知之深, 亦不果薦也。若使其幸得用於朝廷, 作爲雅頌, 以詠歌大宋之功德, 薦之淸廟, 而追商、周、魯頌之作者, 豈不偉哉?”如此諸賢, 稱譽嗷嗷兮。

余讀其詩, 知之去誕棄諛, 八百餘年, 掃去朽枯, 如噺元氣, 變化百殊。“夫外見蟲魚草木風雲鳥獸之狀類, 往往探其奇怪, 內有憂思感憤之鬱積, 其興於怨刺, 以道羈臣寡婦之所歎, 而寫人情之難言。蓋愈[10]窮愈工, 然則非詩之能窮人, 殆窮者而後工也者。”滁州歐陽

8 원본에는 ‘齊’로 되어 있으나, 오기이므로 ‘齊’로 바로잡음.
9 원본에는 ‘苑’으로 되어 있으나, 오기이므로 ‘宛’으로 바로잡음.
10 원본에는 ‘兪’로 되어 있으나, 『완릉집(宛陵集)』 서문의 ‘愈’를 따름.

脩, 評之。兪少蔭補爲吏, 抑於有司[11], 困於州縣, 苦陲沈, 自以不得
志者, 樂詩而發之矣。其妻之兄子謝景, 初懼其多而易失也, 取其自
洛陽, 至于吳興以來, 所作次爲六十卷矣。吁! 可使食無肉, 不可机
無聖兪之詩也。如此之千金珠玉詩, 無註解而知之者, 少也。然東坡
怨刺譏詐, 山谷散亂屈曲之, 蘇黃之詩集, 以有注釋, 而周行于世,
何乎? 予潛方之, 杜詩多註者, 李詩寡註解, 世間幸不幸之類如斯。
然貴國有聖兪之詩集之鏤板者, 溯洄詩流之淵源, 知詩道之玄味之
至乎? 予從來欲求之矣。

一. 李律述註之作者, 莆林兆珂孟鳴父之傳, 在何書乎?

一. 杜律集解之註者, 邵夢弼之傳, 在何書籍乎?

一.《古文後集》製序者, 旰江鄭本土文之傳, 新渡雜書小說, 楊升
菴之集,《百千年眼》《千一錄》《野客叢書》等之集, 不載之。彼賤種
野夫, 而減花滿溪黃四娘耶?

一.《七書講議》撰者, 施子美之傳, 未審, 告之。

一.《七書句解》作者, 江白虎之傳, 未詳, 願聞之, 曲示之。

一. 貴邦, 聖人封國, 而文獻足, 而多珍書古籍, 而有勝於中夏大
明者矣, 故深問之也。

答。右數件之問訊於我, 蔽邦亦考之, 未知之, 未知所出于何書也。
且昔日罹兵火, 珍書金經, 悉燔失焉。

一. 及第之事, 諸書所載, 未詳。中華與貴國之登科, 其擧人官制
試官, 略同乎, 又有同異乎? 狀元、榜元、甲第之品節, 有之乎? 冀
曲書而示之, 欲聞之。

答。及第之品, 與中華大明國略同, 而所損益, 可知耳。

---

11 원본에는 '同'으로 되어 있으나, 『완릉집(宛陵集)』 서문의 '司'를 따름.

一. 詩樂諧音之說，玉山夏俊作《禮敎儀節》，說之雖詳，五音、六呂、六律之調子，節奏八音不和。貴國，亦歌周詩而爲舞樂，願聞之。夏浚，以瑟笙鼓，當六呂、六律，鼓四上尺工合六之字，皆取淸濁相應，繫毛詩而歌之，而雖調音律，我日本未詳矣。願聞之。

關大四關南工雎林尺鳩仲上 在仲上河林尺之大四洲林尺 窈南工窕仲上淑林尺女仲上 君仲上子林尺好黃合述大四

如此敎之，有捷徑之術，曲示之。

答。詩樂諧音之說，未詳也。右一卷，卷而還璧之矣。

《桑韓筆語唱和集》終

▶영인본은 422쪽 참조.

지기한담
支機閒談

　『지기한담(支機閒談)』은 『칠가창화집(七家唱和集)』 중의 한 권으로 필사본이며, 일본 국립공문서관에 소장되어 있다. 1711년, 도쿠가와 이에노부(德川家宣, 1662~1712)의 장군 습직을 축하하기 위해, 조선조에서는 신묘년 사행단을 일본에 파견하였다. 『지기한담』은 당시 바쿠후(幕府)의 유관이었던 미야케 쓰구아키(三宅緝明, 1674~1718)와 조선통신사 정사 조태억(趙泰億, 1675~1728), 부사 임수간(任守幹, 1665~1721), 종사관 이방언(李邦彦, 1675~?), 제술관 이현(李礥, 1653~1718), 서기 홍순연(洪舜衍, 1653~?), 엄한중(嚴漢重, 1665~?), 남성중(南聖重, 1666~?)과 주고받은 필담 시문을 모은 것이다.

　유학에 관한 필담은 미야케 쓰구아키와 엄한중이 주고받은 것이 대부분이고, 미야케 쓰구아키와 이현의 필담, 즉 이황(李滉, 1501~1570)과 이이(李珥, 1536~1584)에 대해 논의를 주고받은 글들이 소량으로 수록되어 있다.

　미야케 쓰구아키는 교토 출신으로, 에도시대 중기의 유학자이다. 자는 요카이(用晦), 호는 간란(觀瀾), 단잔(端山), 창명(滄溟)이며, 통칭은 구주로(九十郎)이다. 전후로 아사미 게이사이(淺見絅齋, 1652~1711)와 기노시타 준안(木下順庵, 1621~1699)에게 수학한 바 있다. 저서로는 『중흥감언(中興鑑言)』, 『조자아(助字雅)』, 『열사보수록(烈士報讐錄)』, 『관란문집(觀瀾文集)』, 『관란년록(觀瀾年錄)』 등이 있다. 엄한중은 본관이 영월(寧越)이고, 자는 자정(子鼎), 호는 용호(龍湖)이며, 찰방(察訪), 첨정(僉正), 현감(縣監) 등을 지냈다. 이현은 본관이 안악(安岳)이고, 자는 중숙(重叔), 호는 동곽(東郭)이며, 호조정랑(戶曹正郎)을 지냈다.

『지기한담』에서 일본의 유관이었던 미야케 쓰구아키는 주자학이 공자, 맹자 사상을 잇는 정통 유학임을 주장하였고, 주자학이 당시 일본 문인들에게 널리 수용되고 있었음을 제시하는 한편, 주자학 자체에 존재하는 폐병들도 지적해 나섰다.

주목할 점은, 미야케 쓰구아키가 엄한중과 나눈 역대 중국 유학자들에 대한 의견들이다. 예를 들면, 원나라 이전의 유학자들과 설선(薛瑄, 1389~1464)에 대한 미야케 쓰구아키의 의견에 대해 엄한중은 대개 공감을 표시했지만, 명나라의 유학자들인 정민정(程敏政, 1445~1500), 진헌장(陳獻章, 1428~1500), 왕수인(王守仁, 1472~1529) 등에 대해서는 부정적인 입장을 밝혔다.

또한 미야케 쓰구아키가 명나라 유학자 구준(丘濬, 1421~1495)에 대한 견해를 들 수 있는데, 이는 엄한중의 강한 반박을 초래했다. 엄한중은 구준의 학문이 특이하고 황당하다고까지 했다. 이에 대해 미야케 쓰구아키는 한발 더 나아가, 회신을 통해 자신의 의견을 계속 피력하였다. 그는 학문의 조예나 풍취로만 봤을 때, 구준이 동시대 유학자 설선에 미치지 못할지는 모르나, 그의 정직하고 돈후한 품격은 명나라에서 쉽게 찾아볼 수 없을 것이라고 진일보 강조하였다.

미야케 쓰구아키는 조선의 거유인 이황이 주장한 "사단칠정(四端七情)" 내지 "생명미의(性命微意)" 부분에 대해서는 긍정적으로 평가하는 반면, 기타 문장에 대해서는 서슴없이 부정적으로 평가하였다. 즉『계몽전의(啓蒙傳疑)』를 읽고서, 그 서술의 어수선함과 두서가 모자란 점은 고인의 청정함과 정련함에 미치지 못한다고 판단하였다. 또한『기상시책(氣象蓍策)』이란 그림은 더욱 억지를 부린 것 같은 느낌이 들며, 실수가 곳곳에서 보인다고 평가하였다. 하지만, 이황의 학문에 대한 심후한 기초와 심신을 수양하고 교양을 쌓는 엄밀한 태도는 오히려 이 모든 결점을 포용할 수 있는 힘을 가진다고 평가하기도 했다.

미야케 쓰구아키는 또한 일본의 유학자 야마자키 다카요시(山崎敬義)에 대해 소개하였고, 그의 역학은 태고학파의 오묘한 이치를 꿰뚫은 것이며, 학문은 구양학파의 진수를 전수받은 것이라고 높이 평가하였다. 엄한중은 우선 야마자키 다카요시에 대해 미리 알지 못한 점에 대해 사과하였고, 이어서 이황 외의 기타 조선 유학자들에 대해서도 더 깊이 소개하였다.

한마디로, 미야케 쓰구아키와 엄한중은 비록 일부 중국 유학자들에 대한 평가가 엇갈리기는 했지만, 주자학이 유학의 정통이라는 관점에 대해서는 시종일관 공감을 표시하고 있다.

【중문】 支机闲谈

《支机闲谈》属《七家唱和集》中的一卷，为手抄本，藏于日本国立公文书馆。1711年，为祝贺德川家宣承袭将军之位，朝鲜派出辛卯年使行团赴日。《支机闲谈》记录了时任幕府儒官的三宅缉明(1674~1718)与朝鲜通信使正使赵泰亿(1675~1728)、副使任守幹(1665~1721)、从事官李邦彦(1675~?)、制述官李礥(1653~1718)、书记洪舜衍(1653~

?)、严汉重(1665~?)、南圣重(1666~?)等人之间的往来诗文笔谈。

　　文本所记录的大部分儒学笔谈是由三宅绯明与严汉重两人开展的，但也有收录三宅绯明与李礥以朝鲜儒者李滉(1501~1570)、李珥(1536~1584)为话题交流的少量笔谈内容。

　　三宅绯明，籍贯东京，江户中期儒者。字用晦，号观澜、瑞山、沧溟，通称九十郎。初始师从于浅见絅斋(1652~1711)，后为木下顺庵(1621~1699)门生。著有《中兴鉴言》《助字雅》《烈士报雠录》《观澜文集》《观澜年录》等。严汉重，籍贯宁越，字子鼎，号龙湖。历任察访，金正，县监等职。李礥，籍贯安岳，字重叔，号东郭。历任护曹正郎。

　　纵观《支机闲谈》，日本儒官三宅绯明主张朱子学是传承孔孟思想的正统儒学，揭示了朱子学在当时被日本朝野人士广泛接受的事实，但又指出了其弊病所在。

　　值得关注的是，严汉重对历代中国儒者所持观点与三宅绯明截然不同。对于三宅绯明所举的元朝以前的儒者及明朝薛瑄(1389~1464)，严汉重均表示认可，但对于明朝的学者，如程敏政(1445~1500)、陈献章(1428~1500)、王守仁(1472~1529)等人则给予了否定态度。

　　另外，可举三宅绯明对明朝儒者丘浚(1421~1495)的见解，直接遭到了严汉重的驳斥，严汉重认为丘浚的学问奇特而荒谬。对此，三宅绯明也不甘示弱，在回执信里继续展开论辩，他进一步指出，论及学识造诣的深浅、识趣的高低，丘浚可能有不如同代儒者薛瑄的地方，但他正直且敦厚的品性，就算在明朝也是罕见的。

　　朝鲜大儒李滉唯崇朱子学，对此，三宅绯明肯定了其"四端七情"至"性命微意"的部分。此外，三宅绯明对李滉的文章评价道，之前读《启蒙传疑》时常怀疑所述纷乱而缺乏头绪，不及古人的净爽与精炼。《气象蓍策》一图更是牵强附会、漏洞百出。但对于李滉讲论学问的深厚功底、修身养性的严谨态度，确是可以补其不足，一美遮千丑的。

三宅缉明还对日本的儒者山崎敬义做了介绍，认为山崎敬义的易学造诣掌握了太古学派的精义，学问规范则得到了九峰学派的真传。严汉重先是对山崎敬义未曾有闻表达了歉意，继而对李滉以外的朝鲜儒学者们做了更多介绍。

由此可见，三宅缉明与严汉重虽然对评价某些中国儒者存在分歧，但在朱子学是儒家正统观念这一点上是达成共识的。

【일문】 支機雑談

『支機雑談』は『七家唱和集』の一巻で、写本として日本国立公文書館に所蔵されている。1711年、徳川家宣の将軍継承を祝うため、朝鮮は辛卯年使節団を日本に派遣した。『支機雑談』は、当時の幕府儒官であった三宅緝明（1674~1718）と朝鮮通信使正使である趙泰億（1675~1728）、副使である任守干（1665~1721）、従事官である李邦彦（1675~?）、製述官である李礥（1653~1728）、書記である洪舜衍（1653~?）、厳漢重（1665~?）、南聖重（1666~?）等との往来や詩文の筆談が記録されている。

文書に記録されているほとんどの儒学筆談は、三宅緝明と厳漢重の二人によって行われた。しかし、朝鮮儒者の李滉（1501~1570）、李珥（1536~1584）を話題にして三宅緝明と李礥が交流を取る少量の筆談内容も収録されている。

三宅緝明、本籍は東京であり、江戸中期儒者、字が用晦、号が観瀾、瑞山、滄溟、総称が九十郎である。初は浅見絅斎に師事した(1652~1711)、後に木下順菴(1621~1699)門下生となる。『中興鑑言』『助字雅』『烈士報讎録』『観瀾文集』『観瀾年録』などを著している。厳漢重、本籍は寧越であり、字が子鼎、号が竜湖である。察訪、僉正、県監などの職を歴任する。李礦、本籍は安岳であり、字が重叔、号が東郭である。護曹正郎を歴任する。

　『支機雑談』を見ると、日本儒官である三宅緝明は朱子学が孔孟思想を継承する正統儒学であると主張し、朱子学が当時の日本の朝廷と民間人士に広く受け入れられていた事実を明らかにしたが、その弊害も指摘された。

　注目すべきは、厳漢重が歴代中国儒者に対する観点は三宅緝明と全く違う。三宅緝明が挙げた元朝以前の儒者及び明の薛瑄(1389~1464)について、厳漢重は認めているが、明の学者、例えば程敏政(1445~1500)、陳献章(1428~1500)、王守仁(1472~1529)などに対しては否定的な態度を示している。

　また、三宅緝明が明の儒者である丘濬(1421~1495)に対する見解は、直接厳漢重から非難を受けたことを例に挙げることができる。厳漢重は、丘濬の学問が奇異ででたらめであると考えている。これに対して、三宅緝明も負けず、返信の中で論争を継続して展開し、彼はさらに学問造詣の深さ、識趣の高低に論及し、丘濬は同時代の儒者である薛瑄に勝らないところがあるかもしれないが、彼の正直で温厚な性格は、明朝でもまれであると指摘した。

　朝鮮儒学の大学者である李滉は朱子学のみを崇拝し、これに対して、三宅緝明は『四端七情』から『性命微意』までの部分を肯定している。また、三宅緝明が李滉の文章に対する評価は、以前『啓蒙伝疑』を読み、時々その記述における複雑で手がかりがないことを疑い、古人の清浄さと精錬に及ばない。『気象菁策』はさらに牽強付会であり、抜け穴だらけの図である。しかし、李滉の学術講演における深い基礎と修養に対する厳格な態度は、まさにその不足を補うことができ、一美は千醜を隠すことができる。

　三宅緝明は日本の儒者である山崎敬義についても紹介し、山崎敬義の易学造詣は太古学派の精義を掌握したとして、学問規範は九峰学派の真伝を得た。厳漢重は山崎敬義については聞いたことがないことを謝罪し、李滉以外の朝鮮儒学者たちについてさらに紹介した。

　これから分かるように、三宅緝明と厳漢重は幾人かの中国儒者に対する評価が異なるが、朱子学は儒家の正統観念であるという点では共通認識に達している。

【영문】 *The Exchange of Poetry and Thought between Japan and Joseon*

The Exchange of Poetry and Thought between Japan and Joseon is a volume from the *Collection of Poems for Seven Scholars*, which is a handwritten copy and stored in National Archives of Japan. In 1711, in order to congratulate the Tokugawa Yienobu on inheriting the position of General, the Joseon sent a delegation of Xinmao-Year to Japan. *The Exchange of Poetry and Thought between Japan and Joseon* records the poetry and prose exchanges between Miyake Sseuguaki (1674~1718), a Confucian Official of Bakuhu, and Chief

Envoy Jo Taeeok (1675~1728), Deputy Envoy Lim Sugan (1665~ 1721), Officer Lee Bang-eon (1675~?), Narrative Officer Lee Hyeon (1653~1718), Secretary Hong Son-yeon (1653~?), Eom Hanjung (1665~?), Nam Seongjung (1666~?).

Most of the conversation by writing about Confucian in the text was carried out by Miyake Sseuguaki and Eom Hanjung, but there is also included a little bit of conversation by writing content by Miyake Sseuguaki and Lee Hyeon, about the confucian scholars of Joseon, is Lee Hwang(1501~1570) and Lee Yi(1536~1584).

Miyake Sseuguaki was born in Kyoto, and was a confucian scholar of the middle Edo period. His courtesy name is Yokayi, pseudonym is Kanran, Tanzan, Changmyeong, and he is generally called Kuzuro. He was taught by Keyisayi (1652~1711) and Kinosita Jun-an (1621~1698) successively. His writings included *Jungheunggam-eon, Joja-a, Ryeolsabosu-rok, the Collected Works of Kanran, the record by Kanran,* etc. Eom Hanjung's native place is Yeongywol, courtesy name is Jajeong, pseudonym is Ryongho. He served as the Visiting Officer, the Official in the central government, the County Supervisor. Lee Hyeon's native place is An-ak, courtesy name is Jungsuk, pseudonym is Donggwak. He served as a Government Official in charge of household registration, tribute, money and cereals, etc.

Throughout *The Exchange of Poetry and Thought between Japan and Joseon*, the Japanese Confucian Official Miyake Sseuguaki advocated that Zhu Zi's Philosophy was orthodox confucianism inheriting confucianism and Mencius, revealing the fact that Zhu Zi's Philosophy was widely accepted by the Japanese government and the public at that time, but pointing out its drawbacks.

It is worth noting that Eom Hanjung's views on Chinese confucians in the past dynasties are quite different from those of Miyake Sseuguaki. Eom Hanjung acknowledged the confucians before the Yuan Dynasty and Xue Xuan (1389~1464) in the Ming Dynasty cited by Miyake Sseuguaki, but negated the scholars in the Ming Dynasty, such as Cheng Minzheng (1445~1500), Chen Xianzhang (1428~1500), Wang Shouren (1472~1529).

In addition, Miyake Sseuguaki's views on Qiu Jun (1421~1495), a Confucian in the Ming Dynasty, were directly refuted by Eom Hanjung, who regarded Qiu Jun's knowledge as peculiar and absurd. In response to this, Miyake Sseuguaki was not to be outdone and continued to argue in his letter of reply. He further pointed out that Qiu Jun might not be as good as Xue Xuan (a Confucian of the same generation) in terms of the depth of knowledge and attainment, but his integrity and forthright character were rare even in the Ming Dynasty.

Lee Hwang, a learned scholar in Joseon, only worshipped Zhu Zi's Philosophy. To this end, Miyake Sseuguaki affirmed the part from "four origins and seven sentiments" to "life micro meaning". In addition, Masaaki Miyake commented on Lee Hwang's article that he often doubted the confusion and was lack of clues in the Enlightenment, which was less refreshing and refined than the ancients. The picture of the Meteorological Divination is far-fetched and full of loopholes. However, Lee Hwang's profound knowledge and rigorous attitude toward self-cultivation can make up for shortcomings, and the beauty hides a thousand ugliness.

Miyake Sseuguaki also introduced Japanese Confucian Yamazaki Takayosi and believed that Yamazaki Takayosi's Yi-ology had mastered the essence of the Taigu School, while his academic norms were the authentic tradition of the Nine Peak School. Eom Hanjung first expressed his regret for not having heard of Yamazaki Takayosi, and then made more introductions to Joseon confucian scholars besides Lee Hwang.

Thus, although there are disagreements between Miyake Sseuguaki and Eom Hanjung on the evaluation of some Chinese Confucians, there is a consensus on the orthodoxy of confucianism in Zhu Zi's Philosophy.

지기한담
支機閒談

送嚴書記序   觀瀾

孔、孟之後, 程、朱之學, 距千歲。天下之學士, 固多矣。程、朱
之後, 以迄于今, 距幾百歲。天下之學士, 又增多矣。上以是敎誘,
下以是求仕。父兄督子弟趨, 自朝而野, 戶誦家說, 日極其盛。使
孔、孟、程、朱復生, 亦將顧其長之流行至此。自爲駭愕, 而及索
心, 知其意, 而躬體其全者, 則何其鮮也? 殆寥寥響絶而跡熄。趙宋
之季, 承其警咳也。親去其典刑也, 近及門私淑之徒, 如蔡、黃、
李、朱諸公, 猶其傑焉。元有許魯齋、劉靜修, 所趣, 旣不能回, 而
至明, 有薛文淸、丘文莊, 雖其精神輝光, 不能以鼓振一時, 潤化百
世。而識之卓, 守之約, 傳之厚, 由之正, 一皆有所淵源, 不與夫事
佔畢訓詁之末, 而論簡捷虛誕之域者侔, 蓋萬而得一焉。其後, 遼之
東, 至退溪李子, 專尙朱氏, 嘗窺所著一二, 或辨四端七情者, 擴充
制抑之方, 因之益判。或指己爲仁者, 體認克治之功, 因之彌切。自
凡性命微意, 章句緖論, 潛深縝密, 莫衒莫速, 循循然, 以窮其所至,
終乃就卑反內, 禮動而義行。又其後, 我邦有山崎敬義者出, 亦專尙
朱氏, 易則原太古之精義, 範則明九峰之全數, 自凡濂洛關閩, 揚摧
表揭, 分析經緯, 所述以垂世, 幾乎數十百卷。而其所爲歸, 不出濂
歸, 應則忠信篤敬之間, 終身持論, 諄諄言漢之董, 隋之王, 唐之韓。

非思不覃也, 非言不詳也。唯其不欺之察, 所以不臻乎極。嗚呼! 世距幾歲, 壞阻幾千里, 而其意之合, 若執契于左也。若按音于譜, 而計數于籌也, 則所謂萬而得一者, 將見之貴境與我邦, 豈不偉哉! 明人嘗有論貴境之文者, 其意, 倨然以中夏文明自處, 及隨訂其所爲學, 則尙釋雜老, 刻章琢句, 沾沾喜以才子相爲標榜, 不復知古聖賢之大法要道, 屬而在外矣。此謂羞而變夷, 可也。而擧世倀倀唯名之徇, 景仰慕效, 不置父兄子弟, 亦皆以是督而趨之。今而孔、孟、程、朱再起, 復將悔且怨, 其言之流弊, 至此之不違, 宜乎? 能知其意, 體其全者, 絶無而僅有也。方今, 我邦之踵山崎氏而起者, 世不乏人。而如貴境設科, 造材俊, 又如林。自王京至里閭, 挾詩書, 談仁義, 欲以砥行于家, 而建業于國。其能繼退溪氏, 以傳其宗者, 比比而然歟? 僅僅而存歟? 有能增基瑩光不已, 以出其上者邪, 無也? 蓋行中諸公, 皆其人焉。而特與足下從容東海, 亦辱一言之知, 及送其旋, 以財也, 則褻。以言也, 則陋。卒擧我邦所有能以道學自任, 與貴邦先賢, 同其指趣之人, 以贈焉。請其齎歸。

與嚴書記副帖　　　　　　　　　　　　　　　　　　觀瀾

僕於我邦多士之中, 每推山崎氏爲稱首, 意願託足下齎致此言, 使學晦齋、退溪風者, 知異代殊域, 亦未嘗無同調共趣之人, 匪敢詫也。垂諒是祈。今日海前, 亦復兄弟分袂之際, 將難爲情, 海陸邈矣。爲道保愼。

臨書有感, 因占餘楮　　　　　　　　　　　　　　　觀瀾

卽識一離由一逢, 不平劍氣竟難融。鄕人若問仙山事, 愉快憂悲到處同。

復觀瀾書　　　　　　　　　　　　　　　　　　　　嚴漢重

敬奉惠牘, 辭意勤摯, 圭復再三, 若對芝宇。僕與足下, 各在海陸
數千里外, 風壤自別, 影響不及。倘非兩國修聘之會, 則安得與足下
同在一席, 賡和詩篇, 吐論衷曲耶?良覿無幾遠別在卽, 私悰惘惘,
若有所失。贈人以意, 古人攸行, 而降及季世, 此道幾廢。足下, 不
以不佞爲無似, 辱賜盛諭評騭古今講確道學。僕雖庸鹵, 其敢容嘿?
蓋吾道之盛衰, 不以世代之下, 壤地之偏有間, 而其晦其明, 實係斯
文之幸不幸耳。尚矣, 孔、孟不敢容議, 而程、朱繼開之切, 亦何可
量也? 若廷平、元定、勉齋、西山, 可謂需時之碩才, 衛道之宏儒
也。彼魯齋、靜修, 雖其天姿旣美, 學術頗精, 生乎左袵之世, 未贊
右文之治, 吁! 可惜矣! 明興雖有程篁墩、陳白沙、王陽明諸人, 間
有駁雜之病, 亦多偏係之失。而至如文淸之學, 純實無僞, 博洽多
聞, 肯以此爲巨劈, 可乎?所謂丘濬者, 爲學詭異, 立論謬盭, 以岳
飛爲未必恢復, 稱秦檜爲宋忠臣。意見如此, 其他可知。此不得不辨
也, 粤若我國之退溪李先生, 萬人號稱東方朱子。其造詣之超邁, 學
問之純正, 足下已悉之, 今不必疊床。而前乎退溪, 有靜菴趙先生光
祖、寒暄金先生宏弼、一蠹鄭先生汝昌、晦齋李先生彦迪, 俱以今
世之才倡明爲己之學, 蓍龜於國, 表準於世。其卓卓可稱者, 惡可殫
記於尺牘?後乎退溪, 有漢岡鄭先生述、栗谷李先生珥、牛溪成先
生渾, 率皆養德山林, 羽儀淸朝。國家待以賓師, 士林仰若山斗。踵
是而繼出者, 代不乏人。方今有儒相明齋尹先生拯, 卽其人也。聖朝
禮遇, 夐出千古。旌招屢煩, 終不幡然, 位至台鼎, 迹在丘園, 年高
德邵, 擧國敬慕。其他讀書求旨, 砥礪名行者, 指不勝屈。古人所謂
道在東者, 傳不誣也。仰惟貴邦, 俗尙丕变, 文敎蔚興, 宜其名儒輩
出, 扶植斯道, 而至若山崎氏, 以足下所云論之, 則蓋亦淹貫墳典,
探賾義理, 眞可謂好學君子。而疆域旣分, 聲聞不逮, 獨使異邦之人

不聞盛名，甚可恨也。明人云云之說，誠不滿一哂也。我國，自殷太師說教之後，國俗一變，士趨歸正，自我聖朝開叛之後，尤至大焉。文物彬彬，賁飾洪猷。雖三尺童子，皆知貴王而賤霸，崇儒而斥佛，尙釋雜光，不知大道云者，豈非乖戾之甚者乎？僕之東來也，與諸君子相和詞章者，多矣。未嘗聞窮格之說矣。今者，獲承來書，聞所不聞之語，良幸良幸。但臨行卒卒，未盡所蘊，略將草草數語，僅僅塞責，知罪知罪。惟冀恕諒而寬貸焉。別日此迫，更晤無路。臨楮冲悵，不知所喻。不備。

　辛卯仲冬。

　　和　　　　　　　　　　　　　　　　　　　　　　　　嚴漢重
　誰料良朋海外逢，一團和氣蕩春融。驪駒唱斷河橋路，黯黯離懷去住同。

　　復嚴書記書　　　　　　　　　　　　　　　　　　　　觀瀾
　僕所奉寄，則送文耳。不料臨行匆匆之際，再得見教，論討反復，良爲感佩，適有事故，通書松浦生，因裁片楮，敢此報謝。大抵學者通病動涉矜勝，固非李退溪家風所貴，顧足下莫以僕所報爲爭是非，而鬪意氣者，幸甚。來簡云："文淸爲巨劈，可乎？"此段落後，語脉難得領會。其以薛氏爲可尙邪，則正與鄙意合。以爲不足尙邪，則所趣大異，宜措勿論也。丘文莊以岳飛爲未必恢復，是於時勢，各有所見。始不以爲道義心術之累。況金兵之强，比宋十倍，勝敗之跡，未猝易以書生紙上語而斷也。其以秦檜爲宋忠臣，則此老好高奇，矯衆論之弊，然耳。然辨夷夏，正內外，其終身精力所用，正在乎斯一部。世史正網，昭然可見，豈以裂冠毁冕，稱臣金虜爲是者邪？特其造詣深淺，識趣高卑，固有不及文淸。而由之正與信之厚，蓋亦朱明一代，非所易得矣。【僕序文以由之正信之厚論文莊，請更被審】且夫訂學脉以論先輩，自當有體性，乃高德偉績，如王守仁，苟於門路，有所乖馳，則義當棄之不顧，而若文莊之學之正，豈可卒然摘其小疵，遺其大醇，而衍義之補學的之編，亦豈可以爲詭異謬盭而論耶？僕讀退溪《啓蒙傳疑》，常疑所說煩雜，失古潔靜精微。《氣象著策》一圖，尤涉牽強紛錯。而至其講學之醇，養心之密，未嘗援彼誤，以蔽此美。僕之議退溪，則僭矣。而其略小而取大，亦曰尙論之體，當然也耳。貴國之學，原于殷太師，則敬聞命矣。蓋範之無傳，退溪以爲憂，中間二千餘載，一得一失，至金大猷，實始知高程、朱。其之所得，未知與鄭達可，孰爲淺深。達可文章、經濟、氣節、忠慨，前後無此。但其所講說，與胡雲峰四書通胳合而已。則識見所造，略可窺測。而自孝復古出，大加精明以至退溪，然後集其成而得其要矣。是僕之所以於貴國特誦退溪，不遑它及也。而於我邦，專擧山崎敬義，亦此意耳。得承退溪之後，有栗谷、牛溪諸公，多矣。好學君子，風化之盛，足可欽仰。前文所云，明人論貴國文者，指王世貞。語見其集。而所云尙釋雜老，亦以批世貞之學。來簡似未悉鄙意，請更被審。來簡又云，我邦俗尙丕變，文教蔚興。然其實，我邦上世尙文，中葉事武。乃至今日，組章繪句之巧，未能及古，而韜鈐橐鞬之業，則日益精，以今之武幷古之文，是又僕所拭目而望覩也。嗚呼！一別眞是後水不可舟回，恨天慳良緣。不使僕與足下，復獲對床，把筆以傾倒所懷也。臨紙茫茫，何所奉思？不備。

呈趙正使　　　　　　　　　　　　　　　　　　觀瀾
大命司賓延遠人，黃金闒豁日華新。雲中潟影度珠砌，陌上笳聲流繡闥。儀比鵁鴒眞世瑞，材如瑚璉是邦珍。歡和結作氤氳氣，直自層城薄九旻。

▶영인본은 400쪽 참조.

問　　　　　　　　　　　　　　　　　　　　　　　　　　觀瀾

李晦齋、李退溪之於朱學，平正醇粹，可謂得其宗者，固攸欽服。晦齋，則有退溪所述行狀，可考。至退溪事跡，亦必有門人子弟所錄，未得傳而見之。爵里、世系，爲何仕？自何朝至何朝？足下如有所記，請被錄示。

答　　　　　　　　　　　　　　　　　　　　　　　　　　李礥

退溪李先生學問之醇粹，貴國諸公旣已稔聞，不須更容贅說。先生本以慶尙道醴川人，官至二相，字景浩。其平生事跡，已有名賢之撰次，國家特設書院，爲多士藏修之所矣。宣廟末年際，遇特隆。我東李栗谷先生，亦其門人也。

問　　　　　　　　　　　　　　　　　　　　　　　　　　觀瀾

得承退溪氏後，有能振其宗風者李栗谷，可欣也。栗谷名字，爲何？有論述，可得而見者乎？我國有山崎敬義者，實唱朱學之嚆矢。當遠客歸心日覺忩。海門寒□，又饕風休嫌，雪意偏蕭索，和氣氤氳，滿塵濃。

再呈李學士　　　　　　　　　　　　　　　　　　　　　觀瀾

料館事匆冗，再晤難果，而旋斾亦期促矣。敢敬一杯侑以鄙什。

生爲使佐足稱豪, 無限長風送節旄。銀鶻搏空秋色動, 玄鼉吹浪海光高。酣歌且按勾麗韻, 意氣將投日東刀。此去瑤地三萬里, 復飛觴羽進葡萄。

▶영인본은 382쪽 참조.

疊和　　　　　　　　　　　　　　　　　　　　　　　　　觀瀾
材似精金鍊不銷, 瑩然光逐月槎遙。古文上軌東西漢, 逸氣旁馳左右遼。學有淵源由法範, 風傳俎豆守箕條。相逢欲致殷勤意, 籬落縱橫菊亦凋。

再呈李學士, 見其善飮, 因賦呈　　　　　　　　　　　　　　觀瀾
就貴國所印小學集成也, 抽取本註以登于梓。 世賴知有考亭原本, 貴國之惠多矣。但外篇本係秦漢以後文字一書之體, 合無註釋。而嘉言善行內三條有下訓處, 題爲東註字, 亦缺脫。蓋爲鑄字所誤而然。宋、元、明板傳我境者, 並無考亭原本。不知貴國除集成所收外, 別有本註以行乎?【時坐客重沓唱酬交起, 不暇見答, 而日已曛黑矣。】

再問　　　　　　　　　　　　　　　　　　　　　　　　　觀瀾
前所問小學東註一事, 請見敎示。

答　　　　　　　　　　　　　　　　　　　　　　　　　　李礥
日已曛黑, 眼暗不能書, 當待明仰復, 明間取去如何? 此子平生, 略有豪氣, 未嘗以不平之氣, 留於方寸間矣。今日相到, 不能吐一音相酬, 方言之不相通, 最是不平有也。呵呵。【學士手指予呈詩稱豪之字

지기한담(支機閑談)　**69**

以云。】

復【此答，數日後所贈】　　　　　　　　　　　　李礥

　教意備悉，我國栗谷李先生者，宣廟名臣，嫡傳李退溪先生正統
緒。其學以明義利，正王覇爲本，以「天道策問」，登魁科。所謂三度
策問題者，天朝能文章者，所出，而中朝之人，不能對。我國使臣得
其題而來，出於科場。栗谷先生之作，以高等上之中爲第一。其所對
之策，流入於中朝，其後，天使之來，先生以兵曹判書，爲遠接使。天
使，聞其名曰：“是，製「天道策」者邪？”仍與抗禮，執手論交。其敬
待，如此矣。名珥，字叔獻，官至兵、吏部尙書兼大提學，年四十九
早卒。有文集數十卷行世。曾已配享於夫子聖廟矣。先生道義之友，
同時有牛溪成先生。成先生，名渾，字浩源，號牛溪。其道學之高明，
與栗谷同。亦登崇于朝官，至吏曹參判，亦躋享聖廟矣。古今學者，
非不多矣。經綸之才，推栗谷爲第一，豈不韙哉？我國《小學》有二
本，一則朱文公舊註也，一則李栗谷先生刪繁就要，且補闕遺，以便
考閱，進講於經筵。卽今士大夫家，皆以新本，敎子弟。蓋其註釋詳
悉無遺，簡約不繁，而猶不悖於晦菴本旨，舊本亦曾經大賢之手，豈
有疑晦之處爲不可讀乎？《小學》一編，實學聖路頭工夫，而貴國亦
刊布於國中，右文之治，卽此可知矣。幸甚幸甚。眼昏淸草悚悚。

▶영인본은 378쪽 참조.

상한훈지
桑韓塤篪

『상한훈지(桑韓塤篪)』는 정사 홍치중(洪致中, 1667~1732), 부사 황선(黃璿, 1682~1728), 종사관 이명언(李明彦, 1674~?) 등 조선통신사 일행이 도쿠가와 요시무네(德川吉宗, 1684~1751)의 습직을 축하하기 위해 일본에 건너갔을 때, 미노(美濃), 오와리(尾張) 등지에서 그곳 문사와 조선 문사 간에 주고받았던 필담 내용을 1720년 세오 요세쓰사이(瀨尾維賢, 1691~1728)가 일본 교토 경화서방(京華書坊) 규문관(奎文館)에서 편찬 간행한 필담창화집이다. 『상한훈지』는 목판으로 된 일본형보판(日本享保版)이며, 11권 11책이고, 한국 국립중앙도서관에 소장되어 있다.

유학 필담이 수록되어 있는 『상한훈지』 제7권은, 9월 8일, 일본 문인 미즈타리 야스나오(水足安直, 1671~1732)와 미즈타리 야스카타(水足安方, 1707~1732), 후지와라 이키(藤原維祺), 이토 류슈(伊藤龍洲, 1683~1755)가 조선통신사 신유한(申維翰, 1681~1752)과 서기 강백(姜栢, 1690~1777), 성몽량(成夢良, 1718~1795), 장응두(張應斗, 1670~1729) 등을 오사카의 객관 니시혼간지(西本願寺)에서 만나 주고받은 필담과 창화를 묶은 것이다.

유학에 관한 필담은 주로 미즈타리 야스나오와 신유한 사이에서 이루어졌다. 미즈타리 야스나오는 에도시대 중기의 유학자이다. 이름은 야스나오(安直) 또는 노부요시(信好), 자는 주케이(仲敬), 호는 헤이잔(屛山), 마이사이(昧齋), 교켄(漁軒), 세이쇼도(成章堂), 통칭은 한스케(半助)이다. 아사미 게이사이(淺見絅齋, 1652~1711)에게 배웠고, 후에 오규 소라이(荻生徂徠, 1666~1728)를 사숙(私淑)하여 소라이학(徂徠學)을 주창하였다. 사행 당시, 히고(肥後) 구마모토번(熊本藩)의 문학(文學)이었고, 저서로는『사강(史綱)』,『항해헌수록(航海獻酬錄)』,『수유당팔경기(垂裕堂八景記)』,『산기선생행실(山崎先生行實)』,『용아문집(龍兒文集)』,『병산시고(屛山詩稿)』등이 있다. 신유한은 본관이 영해(寧海)이고, 자는 주백(周伯), 호는 청천(青泉)이다. 관직은 봉상시첨정(奉常寺僉正)에 이르렀고, 제술관의 신분으로 사행에 참여하였다. 저서로는『해유록(海遊錄)』,『청천집(青泉集)』등이 있다.

필담에서 미즈타리 야스나오와 신유한은 우선 조선과 일본에서 주자의『소학(小學)』과『근사록(近思錄)』의 간행에 대해 정보를 주고받았다. 또한, 조선의 유학자 김종직(金宗直, 1431~1492), 이언적(李彦迪, 1491~1553)의『대학장구보유(大學章句補遺)』, 이황(李滉, 1501~1570)의『도산기(陶山記)』, 정구(鄭逑, 1543~1620)의『오복도(五服圖)』, 이이(李珥, 1536~1584)의『성학집요(聖學輯要)』,『격몽요결(擊蒙要訣)』, 김장생(金長生, 1535~1598)의『상례비요(喪禮備要)』와 관련된 사항에 대해 궁금한 점을 주고받았다.

【중문】 桑韓塤篪

1719年, 为祝贺德川吉宗(1684~1751)承袭将军之位, 朝鲜朝派遣使节团赴日。《桑韩埙篪》记录了以正使洪致中(1667~1732)、副使黄璇(1682~1728)、从事官李明彦(1674~?)为首的朝鲜通信使节在日本美浓、尾张与当地日本文士开展交流的笔谈唱和内容。1720年，濑尾维贤(1691~1728)在日本京都京华书坊奎文馆编辑刊行了《桑韩埙篪》。现存《桑韩埙篪》为木刻日本亨保版，共有11卷11册，藏于韩国国立中央图书馆。

载有儒学笔谈的《桑韩埙篪》第七卷，是9月8日，日本文人水足安直(1671~1732)、水足安方(1707~1732)、藤原维祺、伊藤元熙(1683~1755)与朝鲜使节申维翰(1681~1752)、姜栢(1690~1777)、成梦良(1718~1795)、张应斗(1670~1729)等在大阪客馆西本愿寺开展交流的笔谈及诗歌唱酬记录。

有关儒学的笔谈交流，主要是由水足安直与申维翰两人展开。水足安直是江户中期儒者，名安直、信好，字仲敬，别号昧斋、渔轩、成章堂，通称半助。师承浅见䌹斋(1652~1711)，后受到荻生徂徕(1666~1728)的影响，提倡徂徕学。使行当时担任肥后熊本藩的文学一职，著有《史纲》《航海献酬录》《垂裕堂八景记》《山崎先生行实》《龙儿文集》《屏山诗稿》等。申维翰，籍贯朝鲜宁海，字周伯，号青泉。历任奉常寺金正一职，使行身份为制述官。著有《海游录》《青泉集》等。

据笔谈记载，水足安直与申维翰首先交流了朱子著作《小学》《近思录》在朝鲜朝和日本的刊行情况。随后，双方就朝鲜朝儒家学者金宗直(1431~1492)、李彦迪(1491~1553)及其著作《大学章句补遗》，李滉(1501~1570)及其著作《陶山记》，郑逑(1543~1620)及其著作《五服图》，李珥(1536~1584)及其著作《圣学辑要》《击蒙要诀》，金长生(1535~1598)及其著作《丧礼备要》等话题进行了探讨。

1719年、徳川吉宗(1684~1751)の将軍継承を祝うため、朝鮮は日本に使節団を派遣した。『桑韓塤篪』は正使である洪致中(1667~1732)、副使である黄璇(1682~1728)、従事官である李明彦(1674~?)などの朝鮮通信使節が日本の美濃、尾張で現地の日本文士と交流を行った筆談内容を記録している。1720年、瀬尾維賢(1691~1728)は日本の京都京華書坊奎文館で編集刊行された。現存する『桑韓塤篪』は木版日本亨保版で、全部で11巻11冊あり、韓国国立中央図書館に収蔵されている。

儒学に関する筆談内容は主に『桑韓塤篪』の第七巻に記載されており、1791年9月8日、日本の文人である水足安直(1671~1732)、水足安方(1707~1732)、藤原維祺、伊藤元熙(1683~1755)と朝鮮使節である申維翰(1681~1172)、姜栢(1690~1777)、成夢良(1718~1795)、張応斗(1670~1729)などが大坂の客館である西本願寺で行った詩歌唱和交流に関する筆談を記録している。

儒学に関する筆談の交流が主に水足安直と申維翰二人によって行われた。水足安直が江戸中期の儒者、名が安直、信好、字が仲敬、別号が昧斎、漁軒、成章堂、総称が半助である。浅見絅斎に師事する(1652~1711)、後に荻生徂徠(1666~1728)の影響を受け、徂徠学を提唱する。当時の使行が肥後熊本藩の文学、『史綱』『航海献酬録』『垂裕堂八景記』『山崎先生行実』『竜児文集』『屏山詩稿』などを著している。申維翰、本籍は北朝鮮の寧海であり、字が周伯、号が青泉である。常寺僉正を歴任した、使行時の身分は制述官である。『海遊録』『青泉集』などを著している。

筆談によると、水足安直と申維翰はまず朱子の著書『小学』、『近思録』が朝鮮と日本での刊行状況を交流した。その後、双方は朝鮮の儒家学者である金宗直(1431~1492)、李彦迪(1491~1553)とその著書『大学章句補遺』、李滉(1501~1570)とその著書『陶山記』、鄭逑(1543~1620)とその著書『五服図』、李珥(1536~1584)とその著書『聖学輯要』、『撃蒙要訣』、金長生(1535~1598)とその著書『喪礼備要』などの内容について検討した。

【영문】 *The Brotherhood between Joseon and Japanese Scholars*

In 1719, in order to congratulate Tokugawa Yosimune (1684~1751) on inheriting the position of general, the Joseon Dynasty dispatched a delegation to Japan. *The Brotherhood between Joseon and Japanese Scholars* records the essay exchanges between Chief Envoy Hong Chijung (1667~1732), Deputy Envoy Hwang Seon (1682~1728), Officer Lee Myeong-eon (1674~?) and other Joseon Communication Envoys and local Japanese scholars in Mino and Owari in Japan. In 1720, Se-o Yosesseusa (1691~1728) edited and published this book in Kuiwen Library of Kega Bookshop in Kyoto, Japan. The existing book is wood engraving and preserved by Japan, composed of eleven volumes and eleven copies, stored in the National Library of Korea.

　Conversation by writing on confucianism are mainly contained in Volume 7, recording the poetry and prose exchanges between Japanese scholars Mizeutari Yaseuna-o (1671~1732), Mizeutari Yaseukata (1707~1732), Huziwara Yiki, Yito Ryusyu (1683~1755) and Joseon envoys Sin Yuhan (1681~1752), Kang Baek (1690~1777), Seong Mong-ryang (1718~1795) and Jang Eungdo (1670~1729) in Nishi Hon-ganji Temple, a house for distinguished guests in Osaka.

The communication about confucianism is mainly carried out by Mizeutari Yaseuna-o and Sin Yuhan. Mizeutari Yaseuna-o was a confucian scholar in the early Edo period. His forename is Yaseuna-o or Nobuyosi, courtesy name is Zukeyi, pseudonym is Heyizan, Mayisayi, Kyoken, Seyisyodo, and he is generally known as Hanseuke. He inherited the teachings from Asami Keyisayi (1652~1711), and later, under the influence of O-kyu Sorayi (1666~1728), advocated Sorayi learning. He served as a Civil Official of Higo Kumamoto. His writings included *the History Outline, the Record of Respond on the Voyage, the Record of Eight Scenic Spots of Suyudang, the Life of Yamazaki, the Collected Works of Ryong-a, the Poetry Manuscripts of Heyizan,* etc. Sin Yuhan's native place is Yeonghae, courtesy name is Jubaek, pseudonym is Cheongcheon. He served as a official in charge of the sacrifice, and went to Japan as a Narrative Officer. His writings included *the Record of Voyage, the Collected Works of Cheongcheon,* etc.

According to the essay records, Mizeutari Yaseuna-o and Sin Yuhan firstly exchanged their views on publication of Zhu Zi's works *Xiaoxue* and *Reflections on Things at Hand* in Joseon and Japan. Later, both sides discussed Confucians of the Joseon Dynasty and their works: Kim Jongjik (1431~1492), Lee eonjeok (1491~1553) and his book *Addendum to Chapters of the Great Learning*, Lee Hwang (1501~1570) and his book *Records in Taoshan*, Jeong Gu

(1543~1620) and his book *Diagram of Fuwu*, Lee Yi (1536~1584) and his book *Summary of Saint Study* and *Secrets to Shocking the Ignorant*, Kim Jangsaeng (1535~1598) and his book *Complied Materials for Funeral*, etc.

상한훈지
桑韓塤篪

筆語

一.

【屛山】“聞朱子《小學》原本, 行于貴國, 不勝敬羨。弊邦所行, 則我先儒闇齋山崎氏, 抄爲《小學集成》所載朱子本註而所定之本也。貴國原本與集成所載本註, 有增減異同之處耶?”

【靑泉答。】“朱子《小學》, 則我國固有刊本, 人皆誦習而專尙朱子本註耳。貴國山崎氏所鈔書, 未及得見, 不知其異同之如何耳。”

【屛山問。】“《近思錄》, 亦貴國有原本而行耶? 葉采之所解, 貴國書生讀以資其講習否?”

【靑泉答。】“《近思錄》, 亦有刊本, 而葉氏註, 諸生皆誦習耳。”

一.

【屛山】“貴國儒先寒暄堂金宏弼, 從佔畢齋金氏而學, 佔畢何人耶? 名字如何?”

【靑泉答。】“佔畢齋金氏, 諱宗直。”

一.

【屛山】“貴國《儒先錄》所載李晦齋《答忘機堂書》, 其言精微深詣,實道學之君子。我國學者，仰慕者多。晦齋所著《大學章句補遺》《續或問》《求仁錄》，未見其書以爲憾，顧必其書各有立言命意之別。願示大略。"

【青泉答。】"晦齋所著《大學章句補遺》，則大意在於止於至善章，本末章有所疑錯而爲之。然先生亦以僭妄自謙，不廣其布。後生之得見者蓋寡，今不可一一枚擧。"

一.

【屏山】"僕嘗讀退溪李氏《陶山記》，已知陶山山水之流峙，不凡之境也。聞陶山卽靈芝之一支也，今八道中屬何州郡耶。陶山書堂、隴雲精舍等，尙有遺蹤耶?"

【青泉答。】"陶山在慶尙道禮安縣，書堂精舍宛然猶在，復立廟宇於其傍，春秋享祀。"

【屏山問。】"李退溪所作陶山八絶中，有卲說靑天在眼前，零金朱笑覓爐邊之句，零金朱笑，何言耶?"

【青泉答。】"零金朱笑，未及詳，或詩家別語。"

一.

【屏山】"嘗看貴國石刻書，殘缺僅存紙半片者，題曰《宋季元明理學通錄》，其下記爲退溪李氏所著，不知有全書否? 有則願教大意及卷數。"

【青泉答。】"《理學通錄》，我國卽今之所罕傳關之。"

【屏山問。】"聞退溪之後有寒岡鄭氏、栗谷李氏、牛溪成氏、沙溪金氏等，蔚蔚輩出而道學世不乏其人，實貴國之榮也。顧諸氏皆有所述其經解，遺書以何等題名耶?"

【青泉答。】"寒岡有《五服圖》，栗谷有《聖學輯要》《繫蒙要訣》等書，牛溪有本集，沙溪有《喪禮備要》。”

一．

【屏山】“《東國通鑑》，貴國必當梓行之書也，聞無此書，不知然否？”
【靑泉答。】“《東國通鑑》，尙有刊本行世。”

右靑泉所答九件，張書記錄之。

▶영인본은 372쪽 참조.

화한문회
和韓文會

    1748년 도쿠가와 이에시게(德川家重, 1711~1761)의 습직을 축하하기 위해, 조선왕조에서는 통신사를 일본에 파견하였다. 『화한문회(和韓文會)』는 나니와(浪華)에 거주하던 일본 문사 루스 도모노부(留守友信, 1705~1765)가 조선의 제술관 박경행(朴敬行, 1710~?), 서기 이봉환(李鳳煥, 1710~1770), 이명계(李命啓, 1714~?)와의 만남을 기록한 필담창화집이다. 『화한문회』는 상·하 2권 1책으로 된 목판본으로 나니와의 호문당(好文堂)에서 간행되었다.

    루스 도모노부는 에도시대 중기의 유학자이며, 자는 기켄(希賢), 시 지쓰(士實), 호는 기사이(希齋), 가쓰노(括囊), 레이신(靈神), 통칭은 다이조(退藏)이다. 저서로는 『속어역의(俗語譯義)』, 『칭호변정(稱呼辯正)』, 『서명해부록(西銘解附錄)』, 『화학역통(和學譯通)』 등이 있다. 박경행은 본관은 무안(務安)이며, 자는 인칙(仁則), 호는 구헌(矩軒)이다. 관직은 국자감 전적(典籍), 홍해부사(興海府使) 등을 지냈다. 이봉환은 본관이 전주(全州)이며, 자는 성장(聖章), 호는 제암(濟庵), 우념재(雨念齋)이다. 관직은 봉사(奉事), 양지현감(陽智縣監)을 지냈다. 저서로는 『우념재시고(雨念齋詩稿)』가 있다. 이명계는 본관이 연안(延安)이고, 자는 자문(子文), 호는 해고(海皐)이다. 저서로는 『해고집선(海皐集

選)』이 있다.

루스 도모노부는 스승인 미야케 쇼사이(三宅尙齋, 1662~1741)를 통해 일본의 대표적 주자학자 야마자키 안사이(山崎闇齋, 1619~1682)의 학맥을 이어받았다. 따라서 그는 조선의 문사들에게 주자학을 매개로 한 강한 동류의식을 지니고 있었다. 그는 일본의 학문이 크게 발전하여 원나라, 명나라 이래 중국의 수준보다도 높은 경지에 도달했음을 조선의 학자들에게 알리고, 나아가 광범위한 유학의 논쟁들을 비롯하여 일본 주자학과 조선 주자학 간 학문적 이동점에 대해 치열한 토론을 벌이고 싶어 했다.

『화한문회』에서 루스 도모노부는 청나라가 오랑캐의 풍속을 세상에 행하고 있기 때문에, 유학의 도가 동쪽으로 옮겨왔다고 강조하였으며, 조선과 일본 양국을 일컬어 "위대한 동방의 주나라(大東周)"라고 일컬었다. 그는 우선 조선 유학자들의 일본 고학에 대한 우려에 대해 해석을 한 후, 일본의 정통 주자학 내지 그 발전 상황에 대해 소개를 하였다.

또한 조선의 이황(李滉, 1501~1570)과 일본의 야마자키 안사이를 나란히 거론하면서, 주자 성리학에 관한 치열한 논쟁을 펼쳤다. 뿐만 아니라, 루스 도모노부는 중국의 양명학은 물론 일본 고의학의 창시자 이토오 진사이(伊藤仁齋, 1627~1705), 고문사학의 주창자 오규 소라이(荻生徂來, 1666~1726) 등을 모두 정학인 주자학에 대항하는 이단이라고 비판하였다.

한마디로, 『화한문회』는 주자학을 추종하는 양국 문사들 사이에 형성된 기본적인 연대감, 동질감을 바탕으로 주자학에 대한 진지한 학문적 질의를 담고 있으며, 동시에 주자학이라는 공통분모에도 불구하고 양자 간 학문의 결이 사뭇 달라지고 있음을 구체적으로 확인할 수 있는 기록이라고 볼 수 있다.

【중문】 和韩文会

1748年，朝鲜朝为祝贺德川家重(1711~1761)袭位，派遣通信使赴日。《和韩文会》记录了本次使行的制述官朴敬行(1710~?)、书记李凤焕(1710~1770)及李命启(1714~?)与当时居住在浪华的日本文士留守友信(1705~1765)会面时的笔谈唱和。《和韩文会》分上下两卷共一册，为木刻板，由日本浪华的好文堂刊行。

留守友信是江户中期的儒者，字希贤、士实，号希斋、括囊、灵神，通称退藏。著有《俗语译义》《称呼辩正》《西铭解附录》《和学译通》等。朴敬行，籍贯朝鲜务安，字仁则，号矩轩。历任国子监典籍、兴海府使等。李凤焕，籍贯全州，字圣章，号济庵、雨念斋。历任奉事、阳智县监。著有《雨念斋诗藁》。李命启，籍贯延安，字子文，号海皋。著有《海皋集选》。

留守友信师承三宅尚斋(1662~1741)，学问上属于日本代表性朱子学者山崎闇斋(1619~1682)学派，有关朱子学的研究与朝鲜文士产生了强烈的共鸣。他认为日本朱子学的造诣已比元、明以来的中国本土朱子学更为精进，进而旁征博引，试图以"日朝朱子学异同"为题与朝鲜使节开展一场大讨论。

留守友信认为，中国进入满人统治时期后，已被夷狄习俗所侵染。因此，他强调儒学的道统已经转移到了东方，将日朝两国同称"大东周"。交流中，他首先消除了朝鲜儒士对日本古学的忧虑，进而介绍了日本的正统朱子学及其发展盛况。双方围绕朝鲜李晃(1501~1570)与日本山崎暗斋对朱子性理学的研究展开激烈讨论。

此外，留守友信批判了中国的阳明学，将伊藤仁斋(1627~1705)创始的日本古义学与荻生徂来(1666~1726)主导的古文辞学一并列为违背正统朱子学的异端学说。

总之，从《和韩文会》的记录中可以看出，由于两国文士共同推崇朱子学，彼此间形成了强烈的连带感和认同感，由此就朱子学话题提出了许多真知灼见。同时也应看到，尽管有朱子学这一共同分母，但涉及到具体发展脉络这一问题时，双方却存在着显著分歧。

【일문】 和韓文會

1748年、朝鮮は徳川家重(1711~1761)の襲位を祝うため、通信使を日本に派遣した。『和韓文會』は、その際の使節一行の製述官である朴敬行(1710~?)、書記である李鳳煥(1710~1770)、李命啓(1714~?)と当時浪華に住んでいた日本文士である留守友信(1705~1765)と面会した際の筆談と唱和を記録している。『和韓文会』は上下二巻の計一冊に分かれており、木版板として日本浪華の好文堂で刊行された。

留守友信が江戸中期の儒者であり、字が希賢、士実、号が希斎、括嚢、霊神、総称が退蔵である。『俗語訳義』『呼び方論証』『西銘解付録』『和学訳通』などを著している。朴敬行、本籍は北朝鮮の務安であり、字が仁則、号が矩軒である。国子監典籍、興海府使などを歴任する。李鳳煥、本籍が全州であり、字が聖章、号が済菴、雨念斎である。奉事、陽智県監を歴任する。『雨念斎詩薰』を著している。李命啓、本籍が延安であり、字が子文、号が海皋である。『海皋集選』を著している。

留守友信は三宅尚斎(1662~1141)に師事し、学問は日本のを代表する朱子学者である山崎闇斎(1619~1682)学派に属し、朱子学の研究問題で朝鮮文士と強い共鳴を得た。彼は日本の朱子学の造詣が、元・明以来の中国本土よりも深いと考え、多くの儒学的素材を引用して、朝鮮使節と「日朝朱子学異同」の問題について激しい交戦を行った。

『和韓文会』の記録によると、留守友信は中国が清朝の統治期に入ってから、夷狄習俗の範疇になったと考え、そのため、彼は儒学の道統がすでに東方に移転し、日朝両国を共に「大東周」と称した。交流の中で彼はまず朝鮮儒士が日本古学に対する憂慮を相殺し、その次に日本の正統な朱子学とその発展盛況を紹介し、双方は朝鮮の李晃(1501~1570)と日本の山崎闇斎が朱子性理学に対する研究をめぐって激烈な論争を行った。

また、留守友信は中国の陽明学を批判し、日本古義学の創始者である伊藤仁斎(1627~1705)と古文辞学の主導者である荻生徂来(1666~1726)を共に正統朱子学に反する異端説とした。

要するに、『和韓文会』の記録から、両国の文士は共に朱子学をあがめ尊ぶことによって、基本的な連帯感と共感を形成し、それに基づき朱子学に対して誠実な学問見解を提出した。しかし同時に、朱子学という共通の分母があるが、双方は具体的な発展脈絡の問題で著しい相違を形成した。

【영문】 *Literary Exchanges between Joseon and Japanese Scholars*

In 1748, in order to congratulate Tokugawa Yiyeshige (1711~1761) on inheritance the throne, the Joseon Dynasty dispatched a team of communication envoys to Japan. *Literary Exchanges between Joseon and Japanese Scholars* records the essays and poems when Narrative Officer Park Kyeonghaeng (1710~?), Secretary Lee Bonghwan (1710~1770) and Lee Myeongkye (1714~?) met with Japanese scholar Ruseu Tomonobu (1705~1765) who lived in Naniwa at that time. *Literary Exchanges between Joseon and Japanese Scholars* is written in one book consisting of two volumes, wood engraved and published in Homun School in Naniwa, Japan.

Ruseu Tomonobu was a confucian scholar of the middle Edo period. His courtesy name is Kiken, Shizisseu, pseudonym is Kishayi, Kasseuno, Reyishin, and he is generally called Tayizo. His writings included *the Explanation of proverb, the Identifying and correction of Appellation, the Appendix of Ximingjie(Zhu xi), the Translate and Interpret Japanology, etc.* Park Kyeonghaeng's native place is Mu-an, and his courtesy name is Yinchik, pseudonym is Guhyeon. He served as the official in charge of classics imperial academy, and the governor of Heunghae. Lee Bonghwan's native place is Jeonju, and his courtesy name is Seongjang, pseudonym is Je-am or Wu-nyeomjae. He served as the Internal Management Officer (official of the inner palace hospital, military institute, meteorological observation office, jongmyo office, etc.), and the County Supervisor of Yangji. He has a writing named *the Poetry Manuscripts of Wu-nyeomjae.* Lee

Myeongkye's native place is Yeon-an, and his courtesy name is Ja-mun, pseudonym is Haego. He has a writing named *the Anthology of Haego.*

Ruseu Tomonobu inherited the teachings from Miyake Shyosayi (1662~1741) and belonged to the school of Yamazaki Ansayi (1619~1682), a Japanese representative scholar for Zhu Zi's Philosophy. Ruseu Tomonobu strongly resonated with Joseon scholars in study of Zhu Zi's Philosophy. He believed that the academic achievements obtained by Japanese in Zhu Zi's Philosophy were more profound than those of native Chinese since the Yuan and Ming Dynasty, cited a large number of confucian materials and tried to have heated discussion on "similarities and differences of Zhu Zi's Philosophy in Japan and Joseon" with Joseon envoys.

According to the record of *Literary Exchanges between Joseon and Japanese Scholars*, Ruseu Tomonobu believed that China adopted the barbarian customs under the reign of Qing Dynasty. Therefore, he emphasized that the confucian orthodoxy had been transferred to the east and called Japan and Joseon as "Big Dongzhou". In the exchanges, he firstly eliminated the Joseon confucian scholars' concerns on Japanese ancient study, and then introduced the Japanese orthodoxy Zhu Zi's Philosophy and its great development.

Both sides made warm debate on research of Zhu Zi's Neo-Confucianism conducted by Joseon Lee Hwang (1501~1570) and Japanese Yamazaki Ansayi. Moreover, Ruseu Tomonobu criticized the Yangming doctrine and thinks that the founder of Japanese ancient learning school Yi-to-o Zinsayi (1627~1705) and the advocator of ancient language school O-gyu Sorayi (1666~1726) violate the Japanese orthodoxy Zhu Zi's Philosophy .

In a word, according to the record of *Literary Exchanges between Joseon and Japanese Scholars*, it can be known that both Japanese and Joseon scholars advocated Zhu Zi's Philosophy, had basic sense of relevance and acceptance, and sincerely put forward the academic views on Zhu Zi's Philosophy on such basis. However, at the same time, both sides had significant disputes on development process of Zhu Zi's Philosophy.

화한문회
和韓文會

龢韓文會 序

龢韓文會者, 吾括囊先生與韓客所筆語唱酬之書也。蓋葩藻之文, 實學之要, 無不兼備, 使客知吾邦明洙泗濂洛關閩之正學。於是乎學士嘆以爲第一人物第一文學。然客館冗劇, 不能盡所懷, 臨別有悵然之歎。蓋道一 則雖四海萬邦, 各異風俗, 而其心之所妙契, 如合符節。臻于馬島, 眷戀不已, 復寄書浪華, 亦足以觀其意也。

曩者安敬啓笥索館中所筆者, 次敍錯亂, 筆畫潦艸, 令人讀不能曉。相共評閱參訂以爲一書, 乃謂同志曰, 先有萍水諸集, 今也非敢欲以此書追而與之比。然鏤版行于世, 庶有益乎? 若不早圖, 事迹無傳, 其及圖之乎? 圖之此爲時矣。以請先生, 先生弗許曰, 此所謂大市賣平天冠也。因卷懷不更擧矣。頃書肆植田氏來請不已, 乃議彊先生。敢不自揣述編次之大略, 以弁篇端云爾。

寬延戊辰陽月下澣, 門人岡田安敬敍。

▶영인본은 367쪽 참조.

和韓文會 上

嘗聽周 武王克商, 箕子率殷人五千, 避入朝鮮, 武王因封之。都平壤, 教民禮義田蠶織作, 設八條之教, 行井田之制, 然中葉衰弛。至于麗氏之末, 程 朱之書, 始至而道學可明, 近世有退溪 晦齋之徒出而唱起正學。余讀其書識其人, 素切遙仰。

今玆朴學士 李 柳三書記之徒 從三聘使承命來賀我柳營之榮祚, 道經浪華。余因蘭庵 紀氏之紹介, 屢得相見。其屬文作詩也, 筆翰如飛, 初若不措意, 見者皆服其敏捷。議論確實, 能蹈伊洛關閩之正轍, 加旃官階, 一遵明制, 體貌不變於胡, 寔足以觀箕邦文教之美矣。頃一二生徒, 纂輯爲二卷, 題曰, 和韓文會, 聊記所感以遺于家云。戊辰之秋, 波遠釣徒括囊識。

▶영인본은 363쪽 참조.

筆語

稟　　　　　　　　　　　　　　　　　　　　　　括囊

僕聞之詞藻者, 學問餘事, 文章一塵, 皆非本領工夫。惟於身心上用力, 最要。身心之功有餘力, 則游焉息焉, 可也, 於是未曾習聲病之技。時暢雅懷, 時披堙鬱, 任於中心之所感, 無復拘巧拙。使字造句, 出乎凡陋, 實有韻鄙語也哉。故今日不欲屢鳴布鼓於雷門, 以使群公發洗耳之歎。顧雅筵清奐, 不在必多, 取諸吐露心情以足換舌耳。即信筆揮出, 或無知所止焉。假令鏗金戛玉, 亦唯一場鬧言語, 非君子之所貴也。僕嘗慕周 孔之道, 一隨程 朱之訓。然固陋寡聞淺識多惑, 願沐教澤開我茅塞。因呈疑問。

仕元之臣許魯齋爲之冠冕, 而薛敬軒極褒之, 丘瓊山極貶之, 使學者抱騎牆不決之疑, 是實係夏夷出處之大義, 固非泛然史評也。伏請明斷。

右問<u>朴學士</u>, 一觀手推以示<u>海皐</u>而私語, 卒無答語。

稟 括囊

諸公襟懷瑩徹, 如風欞月牖, 韻致清曠, 似雪山氷壑。其登科第,
實掇蟬之手也。昔日科場因何等題目, 首錄賢書?

復 濟菴

<u>矩軒</u>登癸丑進士, 壬戌庭試。<u>濟菴</u>登癸丑進士, <u>海皐</u>登辛酉進士。

今按此答, 徒言其歲, 不言科場以何等品題被試, 所答, 非所問也。

稟 括囊

貴邦<u>思齋</u>金氏所作警民編, 近傳于我邦。僕得一觀, 足以振起愚
民。蓋金氏名字鄉里及學術淵源 可得聞與? 請見錄示。

復

<u>金思齋</u>名<u>正國</u>, 爲學術之純正文章之古雅。立朝大節行己, 諸訓
藹然爲鄒邦宗師, 警民編特其作宰時一施, 爲一政令之演出者也。

稟 括囊

<u>江府</u>有<u>山宮維深</u>字<u>仲淵</u>者, 僕莫逆友也。才敏志篤, 以扶植斯文
爲念。諸公留止於<u>江府</u>之間, 不知得通刺於賓館, 接見於諸公否。若
來謁, 則請告僕爲先容。

復 濟菴

<u>山宮</u>氏若接面於<u>江戶</u>, 則敢不拭靑而致高明之意? 但僕輩無粲花
之論焉, 有齒牙之假耶。

今將辭席因搆一律，敬布謝悰　　　　　　　　　　　　括囊

浪華一處士，寂寞好樓居。不臥茂陵病，仍觀長者車。惠詩同白
雪，授訓比丹書。歸去壁間揭，煥然照敝廬。

敬奉呈醉雪柳詞宗梧右　　　　　　　　　　　　　　　括囊

使星遙度搆江隈，影入波間摘藻來。彩鳳映雲天色動，玄鼇衝浪
海光開。揮毫徐就遠遊賦，擁節常欽專對才。千古清風交會地，歡心
終日坐樓臺。

與製述官朴學士書　　　　　　　　　　　　　　　　括囊

日本國大坂留守友信奉書，朝鮮國矩軒朴公案下。昨始接光霽，
旣知筆海翻瀾，學山聳秀，足以爲挺世之器。但音吐不同，爲可恨
耳。顧僕之不似，獨以懶散過甚，周還群公之間，誠可愧也。然各天
絶域，唯是風馬牛之不相及，而一朝邂逅於咫尺之間，吐露心膽者，
猶然故人情誼也。天假良遇如此，而不爲之盡言，恐不免失人之譏
焉，故敢陳瞽言。

僕弱少時，讀金臺于琨，吃盡苦中苦，方爲人上人之語，勃然奮
厲，以爲聖可學也。於是朝夕於師門磨礱之務。然蹇足之步距驊騮，
萬萬自疑終身役役而不見其成功。因謂古今異時，聖愚殊質，學不
可能也，持此說，旣久之。一旦恍然悔悟，竊謂宇宙之間，道一而已
矣。雖倭漢壤絶而風殊，以乾父坤母之稱觀之，則豈唯四海兄弟也
哉？宇內人類，皆同胞也，而其所具之性，無彼此之別，則道之爲
一，可知也。故一心之妙，通乎天地，亘乎萬古，至其當道，不多讓
他。僕之心於是乎有恃焉。

輓近文學振起，人誦戶讀，盛則盛矣。然徒愛其文辭之工，而不察
其義理之悖，各自是其所是。甚者，拾明儒誇高詖辭之餘唾，矜誕衒

沽 飾其虛忘, 以眩惑後生, 直謂上學三代之文, 閩洛不論也, 擧世
傾動, 若夜蟲之就火。

然唱道學於其間者, 亦世不乏人, 而獨推闇齋山崎先生爲儒宗。
識者號稱日本朱子, 其學問之純粹造詣之卓越, 可謂繼往聖開來學
矣。其所著述編輯之書數十百卷, 梓行于世。使弟子治經傳[1]熟省於
正文朱註之意, 而不注目於元明諸儒之末疏。嘗言釋詁訓解彌多,
正文大註彌閡, 實甚於洪水猛獸之災者也。著中和集說, 以發明未
發已發之微旨, 撰仁說問答及玉山講義附錄, 以推演仁愛之親切,
成性論明備錄以開示氣質本然之性。又於周易, 則有朱易衍義, 於
洪範, 則有全書。

平素指導以居敬窮理之功, 詳出處而尙行實。貴王道而賤霸業,
行四時之薦居三年之喪, 以獎誘其徒。於是一變從古善道者, 甚衆,
皆先生倡之。於小學, 則不取陳克菴句讀。其意謂不翅刪本註而亂
成書, 且其註釋亦失朱子編輯之旨矣。然弊邦無朱子原本, 因就貴
邦所印小學集成中抄出正文及本註以上梓, 別著小學蒙養集以培其
根也。於近思錄, 則以葉氏集解爲弌本旨不鮮, 乃復朱子之舊以與
學者。

又嘗謂朱先生之後, 知道者, 明薛文淸胡敬齋貴國李退溪, 是也,
故吾黨學者, 呼稱三錄者, 讀書錄居業錄自省錄, 是也。獨胡敬齋不
通易學, 爲可惜也。山崎先生易簀之後, 升堂覩奧, 號稱高弟, 在京
師則絅齋淺見先生尙齋三宅先生, 與江戶左藤直方先生, 三人是
也, 三宅先生, 乃僕所師事也。

僕嘗竊謂世儒敎人, 不問齡之長幼學之淺深, 湊合於一堂中。日
講授以四書六經而反覆輪環, 終而復始。然經傳中有小學焉有大學

---

1 원본에는 '專'으로 되어 있으나, 오기이므로 '傳'로 바로잡음.

焉，如此則如告懿子以一貫之道告顏淵以無違之孝。乃背馳於聖學之次序，所以學者往往獵等凌節也。蓋就經書中，隨學者造詣之淺深而說喻之，則庶幾其不差矣，不可必隨篇卷之序，逐一說喻也。

又按有盛世之學焉，有衰世之學焉。至學校之政，不修而異端雜出於其間，則當知其教學之指趣，異於古而後，得師道之正也。請試論之。近世有偏曲之儒焉，其所爲所教者，皆同宗六經師周孔，而所道者異也，而混乎邪正爲一者，易辨而似正，而非者難曉也。何則天下之是非，無所定，世各是其所是，非其所非。此是其是非其非，則同。而其所是者，非眞是，其所非者，非眞非也。是以，分離乖隔，不知孰是孰非也。眞知其爲眞是非而後，知世儒之所謂，是非之不是非也。先賢推明乎大原焉，漏洩乎天機焉。

中庸太極圖說冲漠無朕說之類，皆衰世之書也，蓋欲使人由大原而尋繹統緒，以認得斯道之準的也。此雖異於三代敎人之法，然其實同一揆也耳。顧以初學之淺識欲驟第，其原如之何其可及也？因近思錄首篇，載道體之意，默識乎先賢之微意，則於爲學之法，亦將有見解矣。

此教學之所以古今隨時而有異同也。一則論行遠，必自邇，一則論求派，必自源，二者，如矛楯齟齬而不相悖也。僕平素用心於聖學，如此，足下以爲如何？俾僕得仰觀大邦君子之德容文物之風彩，則雖固寡聞淺識，不能有得，而比之文人詩客徒費日於筆墨之間者，將大有徑庭，敢述區區所見，以污高聽。幸不恡叩盡教我。不備。

延享五年，戊辰孟夏廿四日。

副啓
昨所問許魯齋一事，以坐客唱酬不暇，見答而不敢請耳。願不吝傾儲教我。

與濟菴 李書記書　　　　　　　　　　　　　　括囊

日本國大坂 留守友信，奉書朝鮮國濟菴 李書記足下。昨肇挹清
儀，多日積懷，嗒然氷釋，不堪懽懌。諒惟足下，胸羅萬象，筆燦菁
華，化雨弘施，文風丕振，每覩高詩，傾心敬服。特修數字，託阿比
留氏轉達，聊以寫鄙意耳。

　僕聞之也，學之要在知道，故聖門之敎，以窮理爲先。以無師友爲
孤陋之學，平素就有道，而講明其所疑，乃可以浹洽而通貫矣。若不
能窮理者，足於已知已達，而不窮其未知未達，此其所以於理未精
也。僕生蓬蒿之下，瓲礦礫之間，弱羽纖鱗，無所依附。今幸遇於君
子之至，欲以素絲之質而就朱藍之染。

　謹按昔神禹治洪水，錫洛書，法而陳之。相傳至殷太師，殷太師
授武王，其他莫得傳授。所以聖賢相傳之際，敬畏貴重 待得其人
者，彰然不可掩也。然後世湮晦，其數不傳，故或不知洪範因洛書而
出，或知禹 箕因洛書而作，不知其皆出於天而不涉於人爲也。妄易
置圖書，以謬認易範之本原，託言出於陳圖南之類。朱文公旣訂其
誤闡其幽，九峯 蔡氏，受父師之託，沈潛反復數十年，遂成洪範皇
極內篇。眞西山稱與三聖之易同功。厥後無能講明其數者，而至顧
氏，不知範數之妙，妄斥議眞西山之說也耳。吾邦闇齋山崎先生獨
心得之，遂表章皇極內篇，以加校訂，定爲上中下三卷，而冠洛書於
洪範篇，以爲首卷，取周易全書所載，以爲末卷。且發揮理數與占卜
之微旨，錄于其後，凡六卷題曰，洪範全書。

　斯道也，元 明諸儒，不能窺其微，唯薛敬軒得其旨矣。其於洪範
數也，造化氣數天理人事，皆具，書之易也，其樞要，在五之皇極。
蓋圓圖內數與內數相對，皆爲十，外數與外數相對，爲十。至於夏至
五之五，則獨無對。然八十一數，無不得五而後成焉。一得五而爲五
之右六，四得五而爲右下之九，六得五而爲右下之一。餘數皆如此。

此九峯以夏月之末, 爲土用之末宮, 而所以稱至德者也, 此合參天兩地之數, 而位於中央, 所以圖書之數, 皆以五爲中也。

朱文公曰, 中者爲主而外者爲客, 正者爲君而側者爲臣。山崎先生曰, 五中一點, 貫乎縱橫, 縱亦三, 橫亦二, 此三才一貫, 所以爲中數也。範曰, 五皇極, 則大學之至善, 是也。數曰, 五之五中, 則中庸之中和, 是也。君子無所不用其極, 致中和, 天地位焉, 萬物育焉, 至矣哉, 大矣哉。故至於五數, 諄諄示皇極之道, 最足以窺禹 箕用心之微意矣。吾邦上古聖神, 號天地之中心, 曰天御中主尊。蓋五與土倭音同義, 而以中五爲帝王御極之要道也。而國君則之, 則士民以治焉, 士民則之, 則四肢百骸以治焉。此與夫堯 舜 禹授受一中者, 如合符節。其他因理數, 以奉太占龜卜之敎。雖日出處日沒處之異, 其妙契如此者, 以有宇宙一理千聖一心之實也。

夫範數之浩浩, 妙道精義之所寓, 而討論及此者, 極知僭踰懷慙之甚。然景慕之情, 不能已。試奉平日耳剽者, 以質諸有道耳。冀足下憐僕跛鼈之醜, 明垂淸誨。嘗聞之也, 退溪先生憂箕範失傳, 歷世茫茫可嘆也。夫近世明儒著述之書, 傳吾邦者汗牛充棟, 不可勝數, 而無足爲斯道之羽翼者, 況於易範之妙乎? 又聞之也, 貴邦前乎退溪先生, 有趙靜菴 金寒暄 鄭一蠹 李晦齋, 後乎退溪先生, 有鄭寒岡 李栗谷 成牛溪 尹明齋, 此諸先生幷倡明道學, 蓍龜於國表準於世。若有語及箕範者, 則亦幸無各傳焉。所恃者書, 所致者心, 願足下垂察焉。悵悵不次。

延享五年, 戊辰初夏廿四日。

與海皐 李書記書　　　　　　　　　　　　　　　括囊
日本國大坂 留守友信, 奉書朝鮮國海皐 李書記足下。吾黨諸生僉曰, 韓客簪筆曳裾乎是行者, 皆彬彬文學君子, 奚啻稱梁園鄒下之才也？則莫不延頸思從游之款者也。僕亦恐獨失千載之遇於一朝也，時翹首西望久之。昨幸遂披雲，謬荷盛眷僕也，白屋鰍生，增榮改價，感謝不已。竊謂足下寬厚包含之量，雖空空鄙夫之言，猶必察焉。宜乎人之樂告以善也，因叨恃愛，瑣瑣冒于清聽。

蓋四聖之易，其所主各不同。而學者往往不辨于此，亂經文雜傳義，使四聖之易混而不明矣。朱子之後，古易遂亡而據今易者，俑於天台董氏，而成於大全者，實朱子之罪人也。薛敬軒曰，朱子本義，依古易次序，自爲一書。不與程傳雜，最可見象占卜筮，教人之本意。後儒摘以附程傳之次，失朱子之意矣，其見卓矣。其他格論散見錄中，貴邦退溪李子答鄭子中書，康節之術，二程不貴云云之說，亦得其旨矣。如蔡虛齋已知古易之不可不復，而其作蒙引，則依今易者，殊不可曉也。胡敬齋以理學爲倡，而以朱子言易爲卜筮而作爲非也。卽胡氏之賢尚有此惑，況其下此者乎？

按古易上下經與十翼，凡十二篇也。今易，漢費直俑之，鄭玄王弼體之，作主解。呂祖謙復古易，而朱子據之作本義。其後天台董氏復今易，而大全據之，於是乎易道晦塞矣。

吾邦闇齋山崎先生復古易，一用本義而不混程傳。更著朱易衍義三卷，其上卷，明古易今易之別，中卷，發明啓蒙之旨，下卷。泛說易道之要領，學者先讀此書而後，及啓蒙本義，則庶幾有得朱易之旨矣。敢問，貴邦亦因朱子之定本而用古易否？

嘗聞之也，貴邦道學大闡，禮義盛行。正德中東郭李氏，隨聘使來時，答人書曰，惟我諸老先生一以程朱兩夫子爲繩墨。非其道不措也，非其書不讀也。王陸兩儒之學，旣與程朱異趣，則學程朱者，其可尊尚之耶？我國尊聖學斥異端，甚嚴且截，豈可容曲學？拘儒倡鼓邪說於其間，爲吾道之蟊賊，而莫之禁乎？僕嘗信其爲人也，而知足下之學亦循舊轍而出乎醇正。儻意有所思而不言，何以見愚陋之區區, 質疑于君子? 因叨敍數語, 伏請是正, 亦惟少垂諒。不宣。

<u>延享</u>五年, 戊辰桐月廿四日。

和韓文會 上終

▶영인본은 361쪽 참조.

和韓文會 下
筆話

上括囊足下 矩軒

向自<u>浪城</u>, 發向<u>東武</u>時, 承見足下長書。私心欽仰, 竊欲得一暇作答, 以攄區區鄙懷。而長路撼頓 泊無開心處, 尙爾闕然, 何嘗少忘? 再昨又承見委書, 責以前書之不答。心竊愧赧, 必欲於未發前一幷修謝, 而連日迎接諸君子, 又復遷就矣。卽又賜委枉, 加以別語之貺, 是何洪量, 不少芥滯, 藏容至此耶? 且感且愧, 無以自容。

初書所敎之意, 行遠必自邇, 求泒必自源, 十字極是儒門正正門路, 僕何敢更容一言?。唯願由是而更進竿頭一步, 則可以一蹴聖域, 是區區之望也。僕有所懷, 若非足下, 僕不當以是語聞也。僕見<u>日東</u>學者, 專以排斥<u>程 朱</u>爲第一能事, 蓋自<u>二藤仁齋</u>以下, 皆然耳, 今則已成膏盲之症。僕雖有瞑眩, 焉得以用之?

僕見足下書與詩, 已熟矣。唯足下可以付之回瀾之責, 故爲此眷眷之說, 幸望留意焉。<u>孔 孟</u>後千五百年世界長夜。而只幸有濂洛一派, 復明已絶之學, 至今撑柱乾坤。人而不知此道, 則無以立於世矣。其忍開口詬罵, 不知其自歸於西江拍頭之流波耶? 臨別, 不任耿耿, 爲此縷縷, 足下豈有此弊耶? 蓋欲曉諭諸迷。務尋正脉也。四坐紛悤之際，書不達意，唯在諒悉。

復

忽辱面喻，副以瓊篇。其提舉聖學入域之要領，啓發愚魯之憒悱者，深切痛快，實入骨髓矣。近世此方有伊藤仁齋者，其所著論孟古義大學正本中庸發揮等書，行于世，其說浸充溢矣。先輩絅齋淺見先生捴其巢窟，砭其病根，於是乎漸次衰廢，今也百存一二。又有倡陽明之學者，僕先師不得已辨詰剖折，竭力闢之，其黨亦幾亡矣。又近有姓物，字茂卿，號徂徠者，博覽高才，善文章。初學古文辭，以于鱗元美爲標的，乃溯而治經，創立新見，著學則辨道辨名三書，命之曰古學。然其所教，不過模放春秋戰國秦漢之文也，而以此爲脩辭之道，斥居敬窮理存養省察之功夫爲邪說，觀思孟周程張朱，如蟊賊以欺世盜名。而海內黃口鮔生之小有才者，靡然從之。

其徒太宰德夫張皇其說，以倡古學，譏議山崎闇齋，目之曰道學先生。以道學二字爲綽號也，猶宋朝稱僞學，其罪過於徂徠也。夫文者，載道之器也。彼不載道，徒以文字爲翫戲之具，猶農夫得彤弓以驅鳥，南夷得衮衣以負薪，噫亦陋哉！其於吾純儒之道，何曾彷彿夢見耶？

當是時也，僕開口先排徂徠及太宰氏，將以芟除莠蔚，澄淸海內。唯恨落魄之寒士，徒勞而無功耳。雖然僕終身之志，無他，在明正路闢邪說而已矣。

再復

蒙賜回教，快差披霧見天。不意扶桑以東，有此長夜之燭也。僕之言非謂足下之萬一是病也，欲以開導狂瀾耳。此事所關甚重，非足下無以救得。他日聞日東有正路之學云，則僕尙再拜賀足下之力耳。

在東武, 與中村深藏論辨甚苦, 而扞格不入, 無一分之效, 可歎也已。

稟   括囊

孔門專以仁爲教, 自孟子沒以來千五百年, 知此仁者, 鮮矣。唯河
南兩程子, 始發明之, 其丁寧親切之訓, 可謂盡矣。朱子又以未發之
愛, 開示仁之意旨, 洞發揮古聖賢之微旨, 無復餘蘊。蓋已發之愛,
彰然易知, 未發之愛, 渾乎難見。然未發之前, 敬以存其心, 則於已
發之際, 有可試知未發之愛之氣象者也。朱子曰, 本來之生意, 洩洩
融融, 渾厚慈良。朱子論未發之愛者, 多矣, 未有若此語之深切著明
者也。蓋敬則有嚴厲之意, 而如與未發之愛, 相反者。然不敬以收斂
其心, 則其氣象無以存也。近世諸儒體認此意思者, 鮮矣。凡以愛說
仁爲要, 故註之曰, 愛之理, 心之德也。

而元 明諸儒以爲愛者用也, 愛之理者體也。此說妄矣。此愛, 便是
未發之愛也, 而已發之愛, 依然在其中, 此乃體用一源之謂也。此義
不明, 則失聖賢之本旨, 遂向別路走去。高明以爲如何? 伏請指敎。

復   矩軒

愛屬性情, 敬是工夫。敬者, 欲四情之發, 皆得中和也, 不可以整齊
嚴肅之故, 謂有妨於仁愛之意也。若論仁愛之體用, 則仁是體, 愛是用
也, 而其所以愛之理, 則乃是仁, 而謂之體亦可也, 若專以愛謂之體,
則亦未安。未發屬體而爲仁, 已發屬用而爲愛。未知高明以爲如何

再復   括囊

辱承高喩, 愚非疑敬之與愛相乖戾也, 謂不敬則不可存未發之愛
耳。蓋仁字對已發之愛洎惻隱字, 則仁固體也。然以天命之性貫體
用動靜論之, 則仁亦兼體用, 然愛亦有動靜體用也。未發之愛者, 體

也，就心靜時而言，已發之愛者，用也，就心動時而言。來示云所以愛之理，則乃仁，愚謂此愛字，指已發之愛耶，然則非朱子之意。朱子直以愛之理爲仁，此愛字，指未發之愛。而言若以愛之發爲仁，則仁只是生於與物相接之間，而不見天之所以賦我之道理也。愛之理三字，諸儒往往誤認，謂愛非仁，但愛之理是仁，愛之理是體，愛是用。此諸儒不知理字愛字，故其說如此。蓋人之生也，固得愛底物事，在謂之愛之理。足下說已發之愛之爲用，而不論及靜中有未發之愛者，恐未備也。熟讀朱子晚年之定說，則愛之動靜體用，瞭然于心目之間矣。伏乞亮察。

稟　　　　　　　　　　　　　　　　　　　　　　　　括囊

聞海皐詞伯爲二豎，見崇今日，得少愈否。高明爲致意，幸甚。且有餞儀，請可得達否。以無介紹之緣，敢問諸足下耳。

復　　　　　　　　　　　　　　　　　　　　　　　　濟菴

頷之。

稟　　　　　　　　　　　　　　　　　　　　　　　　括囊

頃得東武山宮雪樓書，致意於諸公，連日得接見渥荷盛眷，永矢無諼。且僕師三宅尙齋所著祭祀來格說，公在東武經電矚否？

復　　　　　　　　　　　　　　　　　　　　　　　　濟菴

雪樓雅儀，尙立眼中，萬里北歸，無日忘之。來格說，果入橐中耳。

稟　　　　　　　　　　　　　　　　　　　　　　　　括囊

聞雪樓請足下以序文，有許諾而未成焉。僕亦誠切傾倒之念，是以願得公之一言以壯此書, 取信於來裔也。必賜巨作。

復   濟菴
目今行李恩卒, 恐難草草了。當船上或覃思, 付諸蘭菴, 如何?

再復   括囊
鼎言一吐, 惠澤永傳于海內吾黨諸生, 爲道珍重。闡明朝發行, 辦
嚴恩劇, 若果無餘暇, 則必書於舟中, 佗日託蘭菴而轉達, 爲幸甚萬
萬。敢請。

稟   濟菴
足下詩文, 誠爲日東第一, 非諛言也。

復   括囊
僕嵬瑣陋儒, 鼯鼠技單, 夏蟲智短, 謬蒙稱譽, 祗增愧耳。如詩文
吾邦諸先輩蔚然堀奧, 旣入漢 唐之閫域。方今播州有梁田蛻巖先生,
紀州有祗園南海先生, 獨步一世而擅其美, 如僕詩文, 一鄉可以百數
也。僕唯有一點志氣存于方寸間, 而欲脫名利關中, 以有補於聖門之
萬一也。雖然愚陋之質, 恐不免爲鄉人徒, 仰屋浩歎。冀公憐蹇足之
步, 示爲學升進之方, 幸甚。

稟   濟菴
先聖方冊昭揭宇內, 神而明之, 存乎其人。季世以來, 流俗之弊,
甚於異端, 滔滔皆是膠漆盆耳。元會之運, 日昃久矣, 許多生民, 雖
是三代之舊, 而都不過罔之生而幸而免, 高明之士亦多不免於仙佛
之歸, 吾儒之脈不絶如縷。近世又有陸 王之學, 分門割戶, 悍然爲

朱門之對壘, 此莫非聖遠言堙, 百怪叢生之致也。貴國專以武力爲教, 文明之運, 姑未盡闢。苟有一二君子昌明經術, 循蹈軌轍, 則三綱五常之理天人性命之學, 何患乎不造其極?

而僕於五千里往返之役, 閱歷數百文士, 而詞章記誦之藝, 都不關繫於爲人樣子。間有以經術爲問, 而皆以濂洛關閩之正路爲老生常談, 睨而不顧, 眞所謂蚍蜉撼樹者也。江戶 藤原明遠頗有才識, 而亦於朱學陽尊而陰擠, 究其所就, 亦不過伊藤維禎之餘派也。未知草野山林之間, 窮經而講學, 不悖程 朱之旨者, 有幾人哉。

復 括囊

所喻曲折詳盡。三復爽然警於昏惰者, 爲厚矣。夫性命之賦與於人者, 極天罔墜, 而聖賢所教成己成物之道, 亘古亘今, 攧撲不破。但世之有治亂興廢, 實係於天運盛衰之機。然至於上成出震向離之德, 下有補天浴日之功, 則雖季世, 奚患不可復于三代之治? 亦唯在待其人而已。孔 孟周流天下, 爲此故也。

吾邦天武帝時, 建學校於諸州, 使子弟學之。文武帝行釋奠之禮, 置勸學院悲田院施藥院學館院, 行常平義倉, 其政事多皆因漢 唐之法令也。風降俗衰, 不如古昔, 然天朝律令, 以問學爲第一義。京師有教業坊, 東武有昌平山, 諸儒亦各建學堂以相講授。且吾邦固尙武力, 卽非武以征亂賊攘夷狄, 不能永護王室以保百姓。不然則至夫北虜侵中原, 無之能禦, 此所謂有文事者, 必有武備也。

僕嘗竊恨, 世運不復于古治教, 故今世大淸海內爲胡俗。鄒 魯無純儒, 寥寥乎未聞有其人也。天命無常, 聖道東遷, 朝鮮有退溪先生, 日本有闇齋先生。文教煥乎開於天東, 而孔 孟 程 朱之道粲然明乎兩邦之間, 可謂爲大東周矣。

而吾闇齋先生生于元 明駁雜溷[2]晦之後, 求於遺書, 以發明伊洛

關閩之正脈。其門多有成材德者矣。今也同門處士, 唱道學而爲師
表者, 京師有久米訂齋 石王塞軒 井澤灌園者, 尾州有布施氏者。自
餘有索居於列國, 或仕焉或隱焉。其他諸老先生爲各國之矜式者,
亦多矣。

僕先師深憂流俗之陷溺詞章, 使學者專用心於內, 不爲售名衒功,
故吾黨學者急先務, 不遑及詞藻之技。凡東西都, 不接見諸公, 而唱
和者, 多有俊才而通達詩文也。然異學偏曲之徒亦雜出其間, 爲諸
公見鄙。渠徒翫弄文字於聖賢大學之道, 則懵然如癡人說夢耳。

偶有一二隱君子求識荊者, 然以賓館法憲甚嚴, 不能任意而出入,
嫌於侵分越位, 非素行之道。又固不欲與少壯之徒, 競先奔走于道
路也, 故就館通刺者, 鮮矣。

頃聞, 足下觀波上所游者, 大半魚兒而怪淵中無巨鮮, 因與上月
鶴州相議, 不省同僚所呵責。屢侍下風, 談及學術, 一欲沐敎澤有新
得之益, 一欲告吾邦聖學之明備, 堀然高出於元 明諸儒之上。此僕
非驩然掩國之無人而著其善也。與夫詩人就館相唱和者, 同行而異
情耳。同行也, 故有罪我者, 異情也, 故有知我者。僕雖至愚, 非以
毀譽爲憂喜者, 待佗日公論而已。

稟   濟菴
尋遂是何如人, 而能爲詩文否。曾見其人言語行止, 多異常人。

復   括囊
壹岐國人也。僕亦不知爲何如人。頃聞大社之奉祠官也。弊邦方
言稱神主人, 皆以爲異人云。

---

2 원본에는 ‘暭’으로 되어 있으나, 오기이므로 ‘澶’으로 바로잡음.

他日聞諸鶴洲，尋邃氏吉野，稱常陸介壹岐神祠之大宮司也。示所自作詩，千餘首於韓客以請和。韓客和數十首，尋邃憾其和不全備。浮海而西追韓船數十里，遂不及而還于浪華。

餽性論明備錄一卷，拘幽操一卷，同附錄一卷，孝經外傳一卷，濃洲紙若干於三子，以表贐儀。矩軒 濟菴各容納，倉忙無暇，卒缺然無報。

右筆談午刻至申刻，其他坐客十有餘人，皆有唱和。濟菴起席入，終不復見也。明將開江辨嚴騷然。蘭菴 梆溪交來，使退席，因向矩軒告別。矩軒攬筆，書示如左。

上括囊足下　　　　　　　　　　　　　　　　　　矩軒
逢場草草，未悉所懷之萬一。行色蒼茫，甚可恨。一別更無相逢日，此後音問，亦無可憑，臨分徒有黯然而已。唯望爲世道保重。

矩軒起席再拜，括囊亦起答拜退出。阿比留 蘭菴在坐，矩軒操筆書示云，括囊第一人物，第一文學。

疇昔之夜，思之思之，終宵不寐，坐以待旦。漫爾揮毫，奉寄矩軒朴先生 濟菴 李先生旅轎下
考亭開絶學，永世仰餘光。吾未窺門戶，君先升廟堂。高風懸霽月，皎潔暴秋陽。今日道東處，德草咫尺香。
思之二字，有深旨，莫容易看過。
時延享五年戊辰，秋七月四日，日本處士括囊 留守友信拜具。

此日侵晨將啓行，託柚溪贈之。

奉呈括囊詞伯案下

別意悵然去矣，辱忽承瓊韻。寄意鄭重，詞致藹然，何足下之款念至此？無乃有相感於不言之除耶？接數行筆話於文墨擾汨之中，不能少攄胸中所欲言者。想足下亦同此懷也。

來時，因翠嵒 堅長老，有所奉洗者，果已入坐否。僕山海驅馳不死者，王靈，而解纜在明，回望浪華，已屬千里。此生已斷却矣，當奈何？寄韻當有瓜報，病汨罔暇，竟至闕。然流水高山，何待撫絃而後相感也？唯乞以道自衛，以屬世道之責。忙發不敢長語，都在頻亮。不具。

小華 朴敬行 頓首。

蘭菴 柚溪隨韓使，歸于對州。時柚溪八月五日手書，至于浪華，套裡附此手簡曰，矩軒手親託余曰，勿使此書浮沈。

友信按吾邦人有假名實名，而與異邦所謂名字者，較相似而義不同焉。余假名退藏而實名友信也。然通刺，書名友信字退藏者，恐韓客之難曉，姑曲從於先輩通刺之舊例耳。余所著稱呼，辨附錄論之詳矣，因不贅于此。

▶영인본은 366쪽 참조.

附錄

與海皐 李書記書   括囊

日本國大坂留守友信，奉書朝鮮國海皐李書記足下。嘗聞武禁暴戢兵保大定功安民和眾豐財者也。故爲國之道，武備不可廢，必於農隙講肄，所以有文事者，必有武備也。易曰，師，貞，丈人，吉无咎。然後世之兵在於利己殺人逞忿快欲，噫弊也久矣。昔時程子看詳武學，減去三略六韜尉繚子，而添入孝經論孟左氏傳言兵事者，良有以矣。我邦古先神王制神軍之法，有百戰百勝之妙焉。

天朝金櫃石室之書，而不許闌出，獨當其器任其職者，治其道耳，故姑措之。按漢土兵道之要在八陣。八陣之制，始於風后，壘於武侯，今所傳握機文魚腹石磧，是也。蓋上古有八陣圖而今亡矣。諸葛武侯出而有以得其妙義，於是乎制石磧圖以傳於來裔。其書握機經，而其圖則石磧也，故經與圖互相發明矣。後人誤以爲魚腹圖異於握機經，故往往想像臆度以作陣圖者，甚多矣。觀者泛然不知其所適從，唯宋蔡季通卓然默契於握機經石磧之爲一，而著八陣圖說，故於卷首，開示其旨，其功爲最大矣。

竊謂天衡之於八陣也，猶陽儀之於八卦黃鍾之於十二律。此所謂天先成而地後定，天地位而後萬物生，自然之理也。又有虛壘焉有實壘焉，圖亦有縱橫之異，其義夐然不同，何得混爲一？蓋虛壘猶伏羲先天之圖也，實壘猶文王後天之圖。就虛壘以識陣形渾成出於天地自然之妙，初不假人爲也。就實壘以識陣形實用乘於四時變化之機，終不陷覆敗也。

正軍方列，象陰靜也，遊軍圓後，象陽動也。靜者，所以爲動，動者，所以爲靜也，正遊二軍，天地合德之象也。就正軍言，則動靜同時者，有焉奇正之謂也，動靜不同時者，有焉戰不戰之謂也。其不戰也，渾然天地方圓之全體萬象森然備於中，所謂虛壘也。臨戰也，乘時應變爲八變陣，其用不窮也，而其本體者依然存乎中，所謂實壘也。圖說曰，八陣之妙在乎四奇，四奇之發在乎二變。二變者，一之用也。然則一也者，八陣之根本樞紐也。而未詳其所指何義。雖有臆見，不敢質言於君子之側。

昨肇接懿範，酬以嘉章受賜多矣。熟觀乎德容威儀，綽綽然有餘裕，愈自恥管窺之狹[3]見。是聞雷霆而覺布鼓之陋，見巨鯨而知寸介之細。乃揣分自安縮首不出，猶鼎鼈者，固其所也。亦一心以爲，探明珠，不於合浦之淵，不得驪龍之夜光也，採美玉，不於荊山之岫，不得連城之尺璧也。質疑問道，不得其人，則終身竟無所成，遂敢呈鄙問以瀆淸聽。蒙指敎得開茅塞，豈不感刻哉？冀俯垂霽照。

右一道，戊辰四月二十四日，欲寄海皋以問蘭菴，蘭菴云，此文字似有較涉忌諱者，因別裁書，論易道贈之。

和韓文會 下終

▶영인본은 310쪽 참조.

---

3 원본에는 '梜'으로 되어 있으나, 오기이므로 '狹'으로 바로잡음.

양동투어
兩東鬪語

『양동투어(兩東鬪語)』는 1764년에 도쿠가와 이에하루(德川家治, 1737~1786)의 습직을 축하하기 위해, 조선의 사신이 일본을 방문했을 때, 도호토(東都)의 구과(口科) 시의(侍醫) 마쓰모토 오키나가(松本興長, 1730~1784)가 조선 측 수행원들과 나눈 필담을 정리해서 그해 11월에 간행한 것으로 건(乾)과 곤(坤)으로 구성된 2권 1책의 필사본이다.

그중, 유학 관련 필담은『양동투어』곤권에 실려 있는데, 요코타 준타(橫田準大)가 마쓰모토 오키나가, 다키 모토노리(多紀元德, 1732~1801)와 함께 홍려관(鴻臚館)을 방문했을 때, 조선 통신사 이좌국(李佐國), 남옥(南玉, 1722~1770), 성대중(成大中, 1732~1812), 원중거(元重擧, 1719~1790), 김인겸(金仁謙, 1707~1772) 등과 나눈 필담 속의 일부이다.

유학에 관해서는 주로 요코타 준타와 남옥이 서로 필담을 나누었다. 요코타 준타는 에도시대 중기의 의원(醫員)이고, 자는 군조(君繩), 호는 도겐(東原)이며, 요코타 모토준(橫田元準)이라고도 하였다. 남옥은 본관이 의령(宜寧)이며, 자는 시온(時韞), 호는 추월(秋月)이다. 제술관의 신분으로 사행에 참여하였으며, 사행에서 돌아온 직후 수안군수(遂安郡守)에 임명되었다. 저서로는『일관기(日觀記)』,『일관창수(日觀唱酬)』,『일관시초(日觀詩草)』,『할반록(割胖錄)』 등이 있다.

필담 내용을 보면, 요코타 준타와 남옥은 조선과 일본에서의 유학 전승과 역대의 학파에 대해 각자 견해를 피력하였으며, 육구연(陸九淵, 1139~1193), 양간(楊簡, 1141~1226), 왕양명(王陽明, 1472~1529)의 심학(心學), 내지 당시 일본에서 성행하던 고학에 대해 비판하였다. 양국 문인은 정주(程朱), 한유(韓愈, 768~824), 유종원(柳宗元, 773~819), 이반룡(李攀龍, 1514~1570), 왕세정(王世貞, 1526~1590) 등이 공맹(孔孟)의 학문을 전승하는 과정에서 일으켰던 역할과 영향의 심도에 대한 문제를 둘러싸고 긴 필담을 나누었다. 요코타 준타와 남옥은 정주학과 고학 등 문제를 두고 쟁쟁한 논쟁을 펼쳤지만, 끝내 합의점을 찾지는 못했고, 시문을 창화하는 것으로 화제를 돌릴 수밖에 없었다.

【중문】 两东斗语

1764年, 为祝贺德川家治(1737~1786)袭位, 朝鲜朝派通信使赴日。东都的口科侍医松本兴长(1730~1784)整理成了笔谈唱和集《两东斗语》, 同年11月刊行, 是由乾坤两卷一册构成的手抄本。

儒学相关的笔谈内容收入于《两东斗语》坤卷, 属横田准大、松本兴长、多纪元德(1732~1801)访问鸿胪馆时, 与朝鲜通信使李佐国、南玉(1722~1770)、成大中(1732~1812)、元重举(1719~1790)、金仁谦(1707~1772)等进行笔谈交流的一部分。

有关儒学的话题主要由横田准大与南玉之间展开。横田准大, 江户中期医员, 字君绳, 号东原, 又称横田元准。南玉, 籍贯朝鲜宜宁, 字时韫, 号秋月。以制述官的身份参与使行赴日, 回国后任遂安郡守一职。著有《日观记》《日观唱酬》《日观诗草》《割胖录》等。

据笔谈记载，横田准大与南玉对日朝儒学的传承及历代学派阐述了各自的见解，对陆九渊(1139~1193)、杨简(1141~1226)、王阳明(1472~1529)的心学及当时在日本流行的古学进行了批判。双方使用大量笔墨畅谈了有关程朱、韩愈(768~824)、柳宗元(773~819)、李攀龙(1514~1570)、王世贞(1526~1590)在传承孔孟之道的过程中所起到的重要角色及其影响深远问题。虽然横田准大与南玉围绕程朱学与古学等问题进行了激烈的博弈，但最终还是没有找到切合点，遂将交流主题转换成了诗歌唱和。

【일문】 両東闘語

1764年、徳川家治(1737~1786)の襲位を祝うため、朝鮮は日本に通信使を派遣した。『両東闘語』は東都口科の侍医である松本興長(1730~1784)が整理した今回の朝鮮使節と日本文士の筆談唱和集である。この本は同年11月に刊行され、乾坤二巻の一冊からなる写本である。

書中の儒学に関する筆談が『両東闘語』に収められた坤巻は、横田準大、松本興長、多紀元徳(1732~1801)が鴻臚館を訪問した際、朝鮮通信使である李佐国、南玉(1722~1770)、成大中(1732~1812)、元重挙(1709~1790)、金仁謙(1707~1772)との詩歌唱和交流の一部である。

儒学に関する話題は、主に横田準大と南玉の間で展開された。横田準大、江戸中期医員、字が君縄、号が東原であり、また横田元準とも呼ばれる。南玉、本籍が朝鮮宜寧であり、字が時韞、号が秋月である。製述官として日本に赴任し、帰国後に遂安郡守となる。『日観記』『日観唱酬』『日観詩草』『割太録』などを著している。

筆談によると、横田準大と南玉は、日朝儒学の伝承や歴代学派について、それぞれの見解を述べた。陸九淵(1139~1193)、楊簡(1141~1226)、王陽明(1472~1529)の心学と当時日本で流行した古学を批判した。双方は多くところで程朱、韓愈(768~824)、柳宗元(773~819)、李攀竜(1514~1570)、王世貞(1526~1590)が孔孟の道を継承する過程で果たした重要な役割とその影響について語り合った。横田準大と南玉は、程朱学と古学などをめぐって激しく対立したが、結局接點を見つけることができず、交流の主題が詩歌に変えた。

【영문】 *Controversy between Joseon and Japanese Scholars*

In 1764, in order to congratulate Tokugawa Yiyeharu (1737~1786) on inheriting the throne, the Joseon Dynasty dispatched a team of communication envoys to Japan. *Controversy between Joseon and Japanese Scholars* is a collection of exchanges between Joseon envoys and Japanese scholars sorted out by Masseu-moto O-kinaga (1730~1784), an archiater of mouth department in Tohto. This book was published in November of that year, and it is a manuscript consisting of two volumes and one copy.

Kun volume concerning confucianism essays in *Controversy between Joseon and Japanese Scholars* is a part of the poems and essays that Yokota Zunta, Masseu-moto O-kinaga and Taki Motonori (1732~1801) communicated with Joseon envoys Lee Jwaguk, Nam Ok (1722~1770), Seong Daejung (1732~1812), Won Junggeo (1719~1790) and Kim Yin-gyeom (1707~1772).

The conversation by writing about confucianism is mainly carried out by Yokota Zunta and Nam Ok. Yokota Zunta was a medical officer of the middle Edo period. His courtesy name is Kunzo, pseudonym is Togaen, and he is generally called Yokota Motozun. Nam Ok's native place is Uiryeong, and his courtesy name is Si-on, pseudonym is Chuwol. He went to Japan as a Narrative Officer, and served as a governor of Su-an after returning to Joseon. His writings included *the Records of Observation in Japan, the respond in Japan, the Poetry Drafts Written while in Japan, Halbanrok, etc.*

According to the essay records, Yokota Zunta and Nam Ok expressed their own opinions on the confucian schools in the past dynasties of Japan and Joseon, and they criticized the theory of mind of Lu Jiuyuan (1139~1193), Yang Jian (1141~1226), Wang Yangming (1472~1529), and the Kogaku (ancient learning) popular in Japan. The two sides spent a lot of time talking about the important role played by Cheng-Zhu, Han Yu (768~824) and Liu Zongyuan (773~819), Li Panlong (1514~1570) and Wang Shizhen (1526~1590) in inheriting the learning of Confucius and mencius and its far-reaching influence. They especially discussed the relationship between Cheng-Zhu Neo-Confucianism and Kogaku, but eventually failed to find a point of convergence. The theme of communication was converted into the poem' responsory.

양동투어
兩東鬪語

　　東原問秋月曰：“夫太上者，弗可識焉。結繩者姑置焉。自唐、虞而下至於三代，時典章法言，俱布在方策者，昭昭出乎目睹也。雖然邈矣。古言以語脈必在隱微之間，有其可解焉者，有其弗可解焉者，未全載宜，以傳諸今也。故大漢已來，諸家釋言紛紛爭出，發識見於前後。各闡微言，而理緻經緯槩，而較之。大抵亡皆有超乘，而出其上者也。是以我國，亦自古異軌折衷其道者，遂惑其門戶。彼稱安國，是唱鄭元，有其剋意於何晏[1]，有其頹注於程朱。或切磋之陸、楊、王之間，各互立識，分而成其門矣。於是抵學士大夫所學大率，亦從時師，彼則棄此，此則棄彼，各研究其所好，以異孔子之旨也。中至其將盛，無若程、朱之學，是則以國初已來，其爲國學，最行于世也。迄于今滔滔矣。往往又反程、朱，就孔、鄭、何[2]三家，聊立其識，則稱之古學，以有誘子弟者。然而以此，比學程、朱者，誠又迂大逕庭，不可及其半也。前是十數年，一儒士卓出于世，大立自己之識，黜駁新安、伊洛。雖孔、鄭、何[3]三家，亦不敢取之。自沾沾乎唱古學，以興一家，四方稍鄉風，遊其麾下輩，頗又不爲不多。自此之

1　원본에는 ‘河安’으로 되어 있으나, 오기이므로 ‘何晏’으로 바로잡음.
2　원본에는 ‘河’로 되어 있으나, 오기이므로 ‘何’로 바로잡음.
3　원본에는 ‘河’로 되어 있으나, 오기이므로 ‘何’로 바로잡음.

後十數年，一儒士又唱古學，則學其新安、伊洛，與前之所謂唱古學者，俱爲之膚受。別又立說，專示子弟曰：'夫今古異時事與辭，亦異就其所異，均立其說，以今言視古言，以古言視今言均之。朱離、鴂舌、科斗、貝多，何擇哉？夫世載言以遷，言載道以遷，處百世之下，傳百世之上，則非其事與辭揮之。何可以得也？'自斯言一出，天下風靡此學，與新安、伊洛比肩，迄今不衰矣。僕固業醫，雖匪敢與儒雅者，然醫門書，非其得儒，未以可得也。故自六經下迨百家，出沒於彼與是，有走衣食之暇，與醫帙偕繙覆，莫不游泳矣。因是所謂雖其古學，亦惟僅窺其一斑而已。然而非敢取之，姑假斯言，與新安、伊洛牽合，值問程、朱之人，由程、朱而曉文義，又問其古學，則取理旨於古學。是雖其亡特操，而禮樂刑政非我事，則若其治國平天下，非敢所與。惟於其所與，孝悌與文義而已。夫孝悌也，文義也，士君子之所重。雖最當務之急，而至其所學，俱從程、朱，固不以妨，所謂從古學，亦不敢可妨也。辛卯年間，貴邦聘使，來我國時，文學李氏，訴我大阪人曰：'朝鮮之學，不出程、朱，間視他之有識見，所敢不取也。'方今貴國程、朱之說，專行于世耶？抑又有異說，以盛于時耶？請詳就公，聞學化之所有。"

又問："文章翰墨，雖已異世，脩辭與達意，二派而已。夏、商時，蓋未分二派，周有悠久，自化大行，明哲輩出，文與質相均，莫不彬彬也。於是脩辭達意亦彬彬，漸分孟、荀、老、列，最主達意，左、國、莊、騷，最主脩辭。超秦至漢，文運洪興，振雅言於一時之徒，勃勃爾如沸。雖南北爭出，然其所爲，亦不肯出二派焉，則若韓、賈、遷、固，偕主達意，相如、楊雄，俱主脩辭。齊是大家文章，自與今異矣。世易人異，沿革展轉，互成其業，文運亦與時陵夷。屬辭愈工，體裁愈下，至東京時，偏拘脩辭，至六朝，蓋失之浮靡，唐初益居其弊也。於是天降命於韓、柳，乃能使之，以木鐸于天下。昌藜、河東，於斯大竭吾之才，削六朝浮華，用達意振于世，而自中葉文化復大興。若宋之歐、蘇輩，大率皆宗二家，抵共振于世。他諸家亦宗歐、蘇，遂自其遠於韓、柳，漸又流漓，至胡元益衰，皆用語錄語，未曾有文也。明興北地，李子蟬脫鷄群，獨唱古文於前。李、王繼奮力扼腕，和於後，脩辭與達意，兼二派。宇宙一新，殆羽翼于兩司馬、雄、固，懋以除宋、元之弊也。於此文運復煥發，若日月以升盈卉木，以向大陽，瞭瞭乎復古矣。是則三家之力，可謂務焉，夫以時與道汚隆也。猶日月代明，四時迭行，衰卽盛，盛卽衰矣。雖我日本，莫不亦然也。我邦古來所稱大率，皆八大家唐、宋、元、明亡敢擇體，用語錄中之語，爲文者旣久矣。然天降命，出一儒士於時，元祿正德紀年之間，振古文辭于東都，論體於韓、柳、李、王，爲漢已下之儔也。其論例曰，'唐稱韓、柳，宋稱歐、蘇，歐雖則非韓、柳伍，爲識韓之先鳴，子瞻仙才，筆隨意到，而二氏之法，韓、柳已具體焉。學者苟得其法，雖亡二氏可也。夫於文章之體，惟敍事與議論耳。《文選》雖已具其體，浮華之言，不劂韓、柳，因論駁，以理勝之，別開其門戶。宋、元之文，冗長卑弱，宗於議論，疏於敍事，於此滄溟、弇洲，偕脩其辭，以拔其弊也。夫滄溟者，一家奇才屬辭，全不用韓、柳之法，弇洲雖稍用，全脩辭乎古文，二家乃俱振，自用辭勝之，復古之葉始備矣。'至斯言一出，都下大概操觚之士，駸駸繼踵，爭學斯文，其徒或離散四方，往往或唱李、王迨今。稱其雅言者，動驅二家也。僕也皇皇于世，且莫奔走食技。雖摛藻結擇，非吾事。聊又好雅言，偶有間暇，乃自傍作彫蟲之態私淑[4]，甌臾之間，取所謂論例。惟恨未能肆古言，是邪？非邪？不識所以然也。戊辰信使來日本也。文學矩[5]軒訴我東都，謂李、王文辭，若頗嚙瓦礫，余不敢

---

4 원본에는 '叔'으로 되어 있으나, 오기이므로 '淑'으로 바로잡음.

釆二家也。今也貴邦之於文辭，唯在韓、柳二家歟？或又有因李、王，而脩古文者歟？冀聞大國之稱于時文辭。"

秋月答曰："見問二條，大體有據立意，不俗造語且高。但道學則儷程、朱於漢儒，文章則配李、王於韓、柳。此物雙招嚆矢之論，其壞人心術，錯人路逕，至此而極矣。雖以君之明，泯然不自思其淪胥，可勝痛哉！夫程、朱不出，則孔、孟之道晦，孔、孟之道晦，則人獸幾乎雜糅矣。庸敢以一二膚淺之見，疵議於其間乎？至於李、王，則不過鉤棘，其辭難澁，其句力追秦、漢，而卒不免爲李、世杜撰之文。滄溟未及悔而死，弇洲晩年有歸根返德之心，而未之能也，豈可以擬韓、柳之奴隸乎？坐間艸艸報告，不暇細答。"

東原曰："孔、孟之道，從程、朱而明者，僕不敢信焉。夫闢孔、孟者，豈止程、朱？漢、魏之間，大家又不少，則至取道於彼，取於此，各在自己之識而已。謂其善程、朱則可也，何獨謂其闢道也？且也議論李、王，爲韓、柳之奴隸，胡議彈之之甚也？元美所謂稱漢廷兩司馬，我代一，攀龍者，雖頗似過譽，殆又不虛也。顧其宋、元之際，凡遊文辭之徒，蹈迹涵風，咸舐韓、柳之糟粕。至於明亦大抵出於二家，李、王出而變二家，脩辭體裁別成一家，二子之業可謂務焉。謂李、王之文下於韓、柳則可也，舍之奴隸之下則非也。至君之議論，似稍妬惡二子耳。不然則又幾乎固陋。"

秋月曰："悲夫！君未出其綱羅。顧破之以游其江海，當能修德以任心於程、朱，專窮力以委意於韓、柳也。莫必與溝渠之魚同隊。"

---

5 원본에는 '規'로 되어 있으나, 오기이므로 '矩'로 바로잡음.

東原曰：“欲問貴邦之學化，却及議論也。大凡學問之道，各有所見。若至其議論之，雖日夜竭其力及筆戰，理弗敢盡而已。”

秋月曰：“勿敢議論。論者必破交誼，惟能唱和以述雅懷。”

東原曰：“僕將辭諸君，願覘再和。”

秋月曰：“君詩屢和，他人之初呈甚多未得和。勿咎走艸不好。”

退石曰：“郢章飛雪，走艸以難和。”

龍淵曰：“僕等數和，一二無和，亦無妨耶？”

東原曰：“席上非敢乞和，俟間以開詩囊。”

退石曰：“夜來有間，當以奉報。”

東原曰：“一顆木桃，敢竢瓊瑤。”
又曰：“明當發來以竟夕，而親送歸裝。”

退石曰：“日來辱慰旅愁，而每將辭，輒恒後於他人。筆話唱酬從容至夜，感荷感荷。明日明明日必來，以申別意。”

東原曰：“箕聖之遺風，寧不仰欽哉？他日又欲斯時，不可復以得也。必期明日，猶貪親與諸君周旋。”

▶영인본은 304쪽 참조.

장문계갑문사
長門癸甲問槎

    1763년에서 1764년, 도쿠가와 이에하루(德川家治, 1737~1786)의 바쿠후(幕府) 장군 습직을 축하하기 위해, 조선 왕조에서는 제11차 조선통신사 일행을 일본에 파견하였다. 사절단은 1763년 10월 6일 부산에서 출발하여, 일본의 오사카에 도착한 후, 이듬해 6월 23일에 부산으로 귀국하였다. 『통문관지(通文館志)』에 따르면, 이번 사행단에 참여한 인원은 모두 521명에 달한다고 한다. 삼사 외에 조선에서 공식적으로 파견한 특수인원, 즉 일본 문사들과 전문 필담을 창수하기 위해 파견된 제술관, 서기 3인, 전문적인 서법 교류를 위해 파견된 사자관(寫字官), 일본 측의 요구에 부응하기 위해 특별히 파견된 화원과 양의, 무예를 전시하기 위해 파견된 군관과 마상재, 또한 통역을 책임지는 역관들도 대거 참여하였다.

    사실, 제8차 사행 때부터 일본 장문주 하기번(萩藩)을 중심으로 하는 아카마가세키(赤間關) 지역에서는 에도에 전파된 정통 유학으로부터 점차 이탈되는 현상이 나타났으며, 하야시 라잔(林羅山, 1583~1657)의 정주학으로부터 오규 소라이(荻生徂來, 1666~1728)의 고문사학(古文辭學)으로 나아가는 시기에 놓였다. 그러다 제11차 사행에 이르러서는 소라이 학파가 거의 주도를 차지했는데, 다키 가쿠다이(瀧鶴臺, 1709~

1773)가 그 핵심 인물인 것이다.

　제11차 사행단이 일본에 머무는 동안, 조선통신사 남옥(南玉, 1722~
1770), 성대중(成大中, 1732~1812), 원중거(元重擧, 1719~1790)는 일본의
문인 다키 가쿠다이, 하타 겐코(秦兼虎, 1735~1785) 등과 주자학 및 소
라이학에 관한 치열한 사상적 논쟁을 벌였는데, 이때 교류했던 필담 창
화 자료들은『장문계갑문사』에 수록되었다. 현존하는『장문계갑문사』
는 두 가지 판본이 있는데, 하나는 한국 국립중앙도서관(2권 2책) 소장
본이고, 다른 하나는 일본 도쿄도립중앙도서관(4권 4책) 소장본이다.

　다키 가쿠다이는 에도시대 중기의 유학자이며, 본관은 나가토(長門)
이다. 본성(本姓)은 인도(引頭), 아명은 가메마쓰(龜松), 자는 야하치(彌
八), 호는 가쿠다이(鶴臺)이며, 장성하여 다키 나카요시(瀧長愷)라고
하였다. 저서로는『삼지경(三之逕)』이 있다. 하타 겐코는 역시 에도시
대 중기의 유학자이며, 본관은 나가토이다. 본성(本姓)은 하타(秦), 성
은 하타(波田), 이름은 겐코(兼虎), 자는 시구마(子熊), 호는 스잔(嵩山),
통칭은 구마스케(熊介)이다. 소라이학(徂徠學)을 신봉하였다. 원중거
는 본관이 조선 원주(原州)이며, 자는 자재(子才), 호는 현천(玄川), 물
천(勿川), 손암(遜菴)이다. 부사 서기의 신분으로 사행에 참여했으며,
관직은 송라찰방(松羅察訪), 장원서(掌苑署) 주부(主簿), 목천현감(木川
縣監) 등을 지냈다. 저서로는『승사록(乘槎錄)』,『화국지(和國志)』등이
있다. 성대중은 본관이 창녕(昌寧)이며, 자는 사집(士執), 호는 용연(龍
淵), 청성(靑城)이다. 정사 서기의 신분으로 사행에 참여했으며, 관직
은 흥해군수(興海郡守)를 지냈다. 저서로는『일본록(日本錄)』,『청성집
(靑城集)』등이 있다.

　기록에 따르면, 조선 문인들은 더는 정주학을 학문의 정통으로 여

기지 않는 다키 가쿠다이를 비판해 나섰으며, 다키 가쿠다이는 일본의 정주학자 기노시타 준안(木下順庵, 1621~1699)을 예로 들면서, 정주학에 존재하는 폐단들을 일일이 열거함으로써 반박하였다.

필담을 시작하면서부터, 원중거는 이미 예측한 듯이, 준비해 두었던 정주학에 관한 화제를 꺼내어, 다키 가쿠다이에게 공격을 가하였다. 또한 다키 가쿠다이가 이토록 자신있게 정주 이학을 배척하고 고사학을 숭상하는 것을 보고는 추호의 망설임도 없이 소라이학을 이단학설로 단정하였다. 원중거의 치열한 언사, 내지 일본 사상 근원에 대한 비방 앞에서 다키 가쿠다이는 분쟁이 일어날 것을 대비해 더는 깊이 있게 논쟁을 진전시키지는 않았다. 하지만 마음속에 시종일관 담아두었던 터라, 그 후의 필담에서도 종종 이에 대한 화두를 꺼내곤 하였다.

다키 가쿠다이의 "반격"은 5개월이 지난 5월 20일, 조선통신사가 다시 에도에 도착했을 때 진행되었다. 그는 원중거가 고문사학에 관해 지적했던 다소 과격한 평가에 대해 반박했으며, 주자학에 관한 여러 가지 의문 사항을 나열하였다. 또한 소라이학의 합리성을 강조하였는데, 즉 "경천위본(敬天爲本)의 성인지도에 대해 힘써 해명하였던 것이다.

조선 문인들은 자신만이 유학의 정통을 굳건히 지켜나가는 수호자로서, 정주학을 널리 알리고 보급해야 한다고 믿고 있었으므로, 이런 처사에 대해 기왕의 일본 문인들은 순응하는 태도를 취하여 왔다. 하지만 필담 당시의 일본 문인들이야 말로 이에 대응할 수 있는 강력한 "무기", 즉 고문사학을 당당히 내세울 수 있었다. 조선 사절들이 주자학만을 강력하게 보수해온 태도에 비해, 어찌보면 일본 소라이 학파들의 논변이 당시 시대 발천 추세에 더욱 부합되게 보일런 지도 모른다. 이는 조선 사절들이 일본 고문사학에 관한 저서들을 사전에 깊이 있게 연구를 하지 못한 상황에서, 이에 대해 섣불리 내린 판단과도 일정한 연관이 있다고 본다.

【중문】 长门癸甲问槎

1763年至1764年，为祝贺德川家治出任幕府将军，朝鲜王朝第十一次派出朝鲜通信使赴日。使团于1763年10月6日从釜山出发，顺利抵达日本大阪河口后，于次年6月23日返回釜山。据《通文馆志》记载，参与此次使行的人员共有521名。除三使外，还包括朝鲜官方派遣的特殊人员，即专为与日本文士笔谈唱酬而派遣的制述官与书记三人；专为交流书法而派遣的写字官；应日方要求特意选派的画员、良医；为展示武艺而派遣的军官、马上才，以及负责通译的译官若干名。

事实上，自第八次使行起，以日本长门州萩藩为中心的赤间关地区，已渐渐脱离了传入江户的正统儒学，即从林罗山(1583~1657)的程朱学走向了荻生徂徕(1666~1728)的古文辞学。而到了十一次使行时期，徂徕学基本上占据了中心地位，泷鹤台(1709~1773)便是其代表人物。

十一次使行团赴日期间，朝鲜通信使南玉(1722~1770)、成大中(1732~1812)、元重举(1719~1790)与日本文人泷长恺、秦兼虎(1735~1785)等进行过一场有关朱子学与徂徕学的激烈思想交锋。此次笔谈内容便体现在了《长门癸甲问槎》。现存的《长门癸甲问槎》共有两种版本，即韩国国立中央图书馆所藏本(两卷两册)与日本东京都立图书馆所藏刊本(四卷四册)。

泷鹤台是江户中期的儒者，籍贯长门，本姓引头，小名龟松，字弥八，号鹤台，成年后改名为泷长恺，著有《三之径》。秦兼虎同样也是江户中期的儒者，籍贯长门，本姓秦，姓波田，名兼虎，字子熊，号嵩山，通称熊介，推崇徂徕学。元重举，籍贯朝鲜原州，字子才，号玄川、勿川、逊庵。参与使行时的身份为副使书记，历任松罗察访、掌苑署主簿、木川县监等职。著有《乘槎录》《和国志》等。成大中，籍贯昌宁，字士执，号龙渊、青城。参与使行时的身份为正使书记，历任兴海郡守。著有《日本录》《青城集》等。

根据笔谈记录，朝鲜文人强烈批判了不再奉程朱学为正统的泷长恺，而泷长恺却以日本程朱学者木下顺庵为例，指出了程朱学说存在的种种弊端。

笔谈伊始，元重举便早有预料般对泷长恺展开了攻势，有意谈起了程朱子学有关话题。见泷长恺如此自信地排斥程朱理学而推崇古辞学，元重举毫不客气地一口断定徂徕学乃异端学说。面对元重举的激烈言辞乃至对日本思想根源的诋毁，未免引起纷争，泷长恺没有继续争执下去，但他心里却着实堵得慌，这在此后的笔谈中可略见端倪。

泷长恺的"反攻"发生在时隔五个月后的5月20日，在朝鲜通信使再次抵达江户时，他反驳了元重举对古辞学的过激评价，并对朱子学提出了具体的怀疑事项，进而为徂徕之学的合理性，即"敬天为本"的圣人之道力求辩白。

过去，当朝鲜文人认为自己坚守儒学正统，理应宣扬并推行程朱理学时，日本文人往往只能选择附和。但就笔谈当时而言，日本文人早已具备了可以与之相抗衡的强烈"武器"，即古文辞学。相比朝鲜使者堅守朱子学的保守做法，日本徂徕学者的论辩看似更符合时代发展趋势，这与朝鲜使者未深入学习日本古文辞学著作，便对其优劣妄下评判有一定关联。

【일문】 長門癸甲問槎

1763年から1764年まで、徳川家治が幕府将軍を担当することを祝うために、朝鮮王朝が11回目朝鮮通信使を日本に派遣した。使節団は1763年10月6日に釜山から出発、無事に日本大阪河口に到着した後、翌年6月23日に釜山に戻った。「通文館誌」によると、今回の使節団に参加した人は521人であった。三使節のほかに、朝鮮政府から派遣された特殊要員も含まれている。すなわち、日本文士との筆談のために派遣された製述官と書記の3人である。書道交流のために派遣される書道官、日本側の要請に応じてわざわざ派遣された画家、良医、武芸を披露するために派遣された將校、馬上才、そして通訳を担当する通訳官若干名。

実に八回目の使行から、日本の長門州萩藩を中心とする赤間関地域はもう江戸に伝わった正統的な儒学から離れつつある。すなわち林羅山の程朱学から荻生徂徕(1666~1728)の古文辞学に向かって発展した。そして十一回目の使行時期になった、徂徕学は基本的に中心の地位を占めていた。滝鶴臺(1709~1773)がその代表的な人物である。

第11回目の使節団来日期間、朝鮮通信使である南玉(1722~1770)、成大中(1732~1812)、元重挙(1719~1790)と日本の文人である滝鶴臺、秦兼虎(1735~1785)などは朱子学と徂徕学に関する激しい思想対決を行った。その内容が『長門癸甲問槎』に反映されている。現存する『長門癸甲問槎』には二種類のバージョンがある。すなわち韓國国立中央図書舘所蔵本(2巻2冊)と日本の東京都立図書館所蔵本(4巻4冊)である。

　滝鶴台は江戸中期の儒者である。本籍が長門であり、本名が引頭、幼名が亀松、字が彌八、号が鶴台であり、成年した後に滝長愷と改名し、『三の径』を著している。秦兼虎も江戸中期の儒者、本籍が長門であり、本名が秦、姓が波田、名が兼虎、字が子熊、号が嵩山、総称が熊介であり、徂徠学を支持する。元重挙、本籍が朝鮮原州であり、字が子才、号が玄川、勿川、遜菴である。使行に参与した時の身分は副使書記で、松羅察訪、掌苑署主簿、木川県監などを歴任した。『乗槎録』『和国誌』などを著している。成大中、本籍が昌寧であり、字が士執、号が竜淵、青城である。使行に参与した時の身分は正使書記で、興海郡守を歴任した。『日本録』『青城集』などを著している。

　筆談の記録によると、朝鮮の文人たちは、程朱学を正統としなかった滝鶴臺を強く批判した。一方、滝鶴臺は、日本の程朱学者である木下順菴を例として、程朱学説の弊害を指摘していた。

　初めから、元重挙は、予期があるように、滝鶴臺へ攻めかかった。わざわざと程朱理学を切り出した。滝鶴臺がこのように自信をもって程朱理学を排斥して古辞学を推奨しているのを見ると元重挙が遠慮なく断定して、徂徠学が異端の学説である。元重挙の激しい言葉と日本思想根源に対する中傷に直面して、紛争になることを避けるために、滝鶴臺がそれ以上争わなかった。しかし、彼の心が辛くてこれがその後の筆談で少し見られる。

　滝鶴臺の「逆襲」は、それから五カ月後の5月20日に起った。朝鮮通信使が再び江戸に到着したとき、彼が元重挙の古辞学に対する過激な評価に反論した。そして朱子学に対して具体的な疑問事項を提出した。さらに徂徠学の合理性、すなわち「敬天為本」の聖人の道を弁明した。

　昔朝鮮の文人たちは、自分たちが儒学の正統を守っている、程朱理学を宣伝し推進すべきであると思っていた時、日本の文人がしばしば相槌を打つしかない。今、日本の文人はこれに対抗できる強力な「武器」を持って、すなわち古文辞学である。朝鮮の使者が朱子学を守った保守的なやり方と比較して、日本の徂徠学者の論議のほうが、時代に合致しているように思われる。これは朝鮮の使者が日本の古辞学を深く研究しておらず、その優劣を判断することと一定の関連がある。

【영문】 *The Conversation by Writing in Nagato in 1764*

The Joseon Dynasty dispatched a team of communication envoys to Japan for the eleventh time in order to congratulate Tokugawa Yiyeharu on appointment as Shogunate General from 1763 to 1764. The mission started from Busan on October 6, 1763. After successfully arriving at the river mouth in Osaka, Japan, it returned to Busan on June 23, 1764. According to the *Annals of Tongwen Library*, a total of 521 personnel participated in the mission. In addition to three ambassadors, there were also special personnel officially dispatched by Joseon, i.e. Narrative Officer and three Secretaries specially dispatched to have conversation by writing and communicate with Japanese scholars; officials dispatched for the purpose of exchange in calligraphy; painters and skilled doctors specially selected at the request of Japan; military officers dispatched to show martial arts, Circus performers and several interpreters responsible for interpretation.

As a matter of fact, since the eighth mission, Akamagaseki centered on Hagihan, Chyoumon Prefecture, Japan had gradually separated itself from orthodox confucianism that was introduced into Edo, that is, from Cheng-Zhu Neo-Confucianism of Hayasi Razan (1583~1657) to the ancient language school of Ogyu Sorayi (1666~1728). When it came to the mission for the eleventh time, Sorayi's study enjoyed a central position with Taki Kakudayi (1709~1773) as its representative figure.

During the eleven-time mission to Japan, Joseon envoys Nam Ok (1722~1770), Seong Daejung (1732~1812), Won Jungge (1719~1790) had a fierce ideological confrontation about Zhu Zi's theory and Sorayi's study with Japanese scholars Taki Kakudayi and Hata Kenko (1735~1785). This conversation by writing can be found in *the Conversation by Writing in Nagato in 1764* in two versions, i.e. the collection (two volumes and two copies) in the National Library of Korea and another collection in Tokyo Metropolitan Library of Japan (four volumes and four copies).

Taki Kakudayi was a confucian scholar of the middle Edo period. and native place is Nagato. His Original surname is Yindo, childhood name is Kamemasseu, courtesy name is Yahachi, pseudonym is Kakudayi, and he was called Taki Nakayosi Since he grew up. He has a writing named *Three Paths*. Hata Kenko was also a confucian scholar of the middle Edo period, and native place is Nagato. His original surname is Hata, forename is Kenko, courtesy name is Shiguma, pseudonym is Sheuzan, and he is generally known as Kumaseuke. He advocated Sorayi's study. Won Jungge's native place is Wonju of Joseon, and his courtesy name is Jajae, pseudonym is Hyeoncheon or Mulcheon or Son-am. He went to Japan as a Secretary of Deputy Envoy, and served as the Visiting Officer of Songra, the officer who administers documents of Jangwonseo, the County Supervisor of Mokcheon. His writings included *Seungsarok*, *Hwagokji*, etc. Seong Daejung's native place is Changnyeong, courtesy name is Sajip, pseudonym is Ryong-yeon or Cheongseong. He went to Japan as a Secretary of Chief Envoy, and served as a governor of Heunghae. His writings included *the Record in Japan*, *the Collected Works of Cheongseong,* etc. According to the record of conversation by writing, Joseon scholars strongly criticized Taki Kakudayi who no longer believed in Cheng-Zhu Neo-Confucianism. However, Taki Kakudayi pointed out the drawbacks of Cheng-Zhu Neo-Confucianism by taking the example of Kinosita Zun-an, a Japanese scholar of Cheng-Zhu Neo-Confucianism.

At the beginning of the conversation, Won Jungge deliberately talked about Cheng-Zhu Neo-Confucianism against Taki Kakudayi. Seeing Taki Kakudayi so confidently rejected Cheng-Zhu Neo-Confucianism and praised classical poetry, Won Jungge unceremoniously concluded that Sorayi's study is a heretical doctrine. Faced with his fiery speech and even the slander of ideological roots of Japan, Taki Kakudayi did not continue to argue with him in order to avoid dispute, but he was totally disturbed, which was reflected in the subsequent remarks.

Five months later, on May 20 when Joseon envoys arrived at Edo again, Taki Kakudayi refuted Won Jungge's extreme evaluation of classical poetry and raised specific doubts about Cheng-Zhu Neo-Confucianism, and then tried to justify the rationality of Sorayi's study, that is, the Tao of sages of "respecting the heaven".

In the past, when Joseon scholars believed that they adhered to the orthodox confucianism and should advocate and carry out Cheng-Zhu Neo-Confucianism, Japanese scholars often had to choose to support such view. Nowadays, Japanese scholars have obtained a powerful "weapon" i.e. ancient classical poetry. Compared with the conservative approach adopted by Joseon envoys who believed in Cheng-Zhu Neo-Confucianism, the arguments of Japanese scholars engaged in Sorayi's study seemed to be more in line with the development trend of the times, which is related to the fact that the Joseon envoys judged their merits and demerits without studying Japanese works of ancient classical poetry in depth.

장문계갑문사
長門癸甲問槎

長門癸甲問槎 乾上

<u>玄川</u>：接芝宇，思<u>道哉</u>言。可以知<u>道哉</u>之賢，能知人之明也。蘭玉在傍。滿座諸賢俱是束脩云，甚盛哉。門徒幾人，成就者亦幾人？

此地自古稱文士鄕，卽今蔚然，有聲望者，可得歷數否？

<u>鶴臺</u>：獎譽之甚，非所當也。僕已無敎育之德，門下安得有成德達材者？

本州學士，戊辰接來賓者，今皆無恙，或在薄官，或乞骸骨，是以不來在斯。

<u>玄川</u>：此處亦宜有性理之學，果宗主<u>程</u>、<u>朱</u>否？

<u>鶴臺</u>：此方亦有性理之學。<u>藤惺窩</u>、<u>林羅山</u>唱首，爾來傳其統者不少。近歲東都有<u>徂徠先生</u>者，大唱復古之學，風靡海內，所著有《辨道》、《辨名》、《論語徵》等，其詳非一席話所能盡也。

<u>玄川</u>：此皆宗主<u>程</u>、<u>朱</u>否？

<u>鶴臺</u>：排<u>程</u>、<u>朱</u>，而爲禪儒不取。其學宗古經，而不據註解，以古言證古經，似可信據。

<u>玄川</u>：捨註解而讀經，猶無相之瞽。<u>程</u>、<u>朱</u>之學，如日中天，不欲篤信<u>程</u>、<u>朱</u>者，皆異端也。高明意見，未知如何。

<u>鶴臺</u>：<u>筑前</u>有<u>貝原先生</u>者，尊信<u>程</u>、<u>朱</u>，如信<u>孔</u>、<u>孟</u>，而晚年著

《大疑錄》, 標擧程、朱之言背馳經旨者, 僕亦不免有疑耳。

玄川 : 程、朱之訓, 豈有可疑者耶? 大凡讀書之法, 最難精詳, 旣未能精思力踐, 而遽致疑難, 則正猶病者眞元不健, 客邪闖入。明儒祖陸者, 正坐在此習。今見貴邦, 人材輩出, 大有轉移之機, 而源頭之不正, 實有漫漫之憂。如高明之有德蓬學正, 須洞見大源, 引進後學。區區之意, 自不敢置而不論。未知高明以爲如何。

鶴臺 : 謹領明諭。

玄川 : 深謝盛意。曾聞貴邦之人, 大抵多誇張, 今見高明, 篤厚有睟面者, 諸少年濟濟, 有謹慤之風, 中心悅之, 不可忘也。幸爲世道益努力也。

鶴臺 : 忽蒙過獎, 何敢當之? 深辱忠告, 可見君子愛人之誠也。敢不佩服?

恐諸公勞倦, 請且告別。明日得相會, 幸甚。

龍淵 : 貝原姓名願聞之。筑州有竹春菴者, 著《四書疏林》六十餘冊, 專尙朱子云, 果爾是正脈也, 足下何不稱之而稱貝原耶?

鶴臺 : 貝原其姓, 名篤信, 號損軒。竹春菴亦其門人耳。

右十二月二十八日會席。

▶영인본은 291쪽 참조.

鶴臺 : 承貴國成均館儒生, 冬夏有尊孔子爲王者, 四配爲諸侯, 行朝聘燕享之禮, 策試選敍之式等之戲, 不知今猶有此戲乎。而官不禁之, 可以見貴國崇文敎之盛也。

秋月 : 敝邦成均館, 掌聖廟俎豆、多士絃誦, 春秋上下, 行釋菜之禮。國子先生, 以每月朔望, 與諸生, 焚香謁聖後, 退坐明倫堂, 講六經、四書、有宋性理之書。主上三歲一拜文廟, 試諸生於泮宮之下, 國子先生, 亦月試於杏樹下。大比之科, 亦設於館內, 而無朝聘宴享之儀, 況戲之一字, 非所可論。雖他處, 固無之, 矧聖廟肅穆之地, 寧有戲事? 高聞誤矣。

鶴臺: 如所對, 則尊聖重道之隆, 不堪傾慕。僕所問事, 詳載《慵齋叢話》, 僕固疑其事, 是以爲問耳。

秋月:《慵齋叢話》, 敝邦前世文人之記, 而其說本多不經, 心常薄之。此說則不載於《慵齋話》中, 或無乃有假叢話, 傳播於貴境否, 尤可疑訝。

鶴臺: 書之不可盡信也, 如此矣。僕非質諸高明, 則殆誤一生矣。

▶영인본은 286쪽 참조.

稟

凡天地之間, 聖人之道莫尙焉。雖然, 後世之儒者, 以道爲己之私有, 以標同伐異, 貴中國賤夷狄爲務, 是其識見之陋, 不知天地之大者也。蓋貴邦、吾邦, 同僻東維, 而貴國聲教之隆、民德之醇, 如四學養人材, 設歸厚之署, 賜養老之燕, 奴僕亦許行三年之喪, 雖古至德之世, 示不過如此已也。吾邦人情風俗之美, 盖出於天性, 忠臣、義士, 孝子、貞婦, 比比而有, 奴婢盡忠、娼妓死節之類, 亦不鮮矣。彼中華聖人之國, 而其人之姦惡, 有甚於蠻夷者。僕於明、淸律而見之, 凡律條所載, 姦騙兇惡之甚者, 皆吾邦之人, 所未嘗及知也, 又如和蘭不二色, 國無乞食, 皆中國之所不及也。且夫四目人之化, 詩書禮樂之敎, 所被及者, 貴邦、吾邦、琉球、交趾諸國已也。

自古西洋、南蠻, 舟舶來吾長崎者, 百二三十國, 又見地球圖《坤輿》、《外記》, 而考諸明淸《會典》、《一統志》, 其所不載者尙多矣, 宇宙之大、邦域之多如此。 而其國各有其國之道, 而國治民安也。乾毒有婆羅門法, 與釋氏之道幷行, 西洋有天主敎, 其他如回回敎、囉嘛法者, 諸國或皆有之。夫作者七人, 皆開國之君也, 繼天立極者也。 立利用厚生之道, 立成德之道, 皆所以代天安民也。國治民安, 又復何求? 何必中國之獨貴, 而夷敎之可廢乎? 故君子之道, 成器達材, 以供安民之用, 其不得志也。 樂天安命, 優遊卒歲, 又復何求? 故欲使世之不信己者信己, 欲使夫不好學者好學。 不知時, 不揣勢, 欲施其道於當世, 闖闖爭辨, 好勝人者, 皆不知天地之大者也。 僕之所見如此, 高明以爲如何? 高明前有盡三大之語, 是以再請示敎已。

▶영인본은 283쪽 참조.

長門癸甲問槎 乾下

秋月: 足下亦及見徂徠而學之否?

鶴臺: 僕生也晩矣, 不得親受業於門下, 從事其高第周南也已。

龍淵: 和子蕚文中所謂縣子者誰也?

鶴臺: 縣孝孺號周南, 本藩明倫館祭酒。正德中年纔過弱冠, 與李東郭諸子相唱和, 三使相愛其奇才, 延見試詩者。

龍淵: 茂卿集中曾見其名, 而未見其文章, 可歎。

鶴臺: 有周南文集行於世。如其韓賓唱酬, 有《問槎畸賞》。

玄川: 往還四五千里所接文人、韻士千餘人, 大抵聰明秀俊, 詞藻蔚然林立, 僕輩每相語以爲, 日東文運日闢, 古人所稱, 天氣自北而南者，斯有驗矣。但恨目今波奔而水趣者，大抵是明儒王、李之餘弊，而唱而起之者，物徂徠實執其咎。前日足下之語，先有及徂徠者，嵩山書亦有提說者，未知足下與嵩山常以徂徠子爲醇儒正學乎？座間雖恩撓，敢一問之。

鶴臺：此方學者，不遵奉徂徠之敎者鮮矣。雖僕亦然。至正不正之說，固非草草之可盡矣。不讀徂徠所著書，以究其說，則安知其道之所在乎？會見渠央，不得與諸君論究其說，深以爲憾耳。

玄川：頃在江戶，有以《徂徠集》來示之者，一番披閱。大抵以豪傑之才，騁捭闔之辨，所引用者，皆王、李徐論之，其受病，則又有甚焉者。若使此人屈首於操存實踐之地，則不獨自我之幸，其所以嘉惠後學者，豈至於文章之末而已哉？朱子之道，如日中天，是孔子後一人，反是者，皆魍魎之遠影。想達識如鶴臺者，只欲學徂徠之明處，其暗處，則盖已痛棄之，不有餘。但恐後生新學，將以爲鶴臺老成者，猶尊奉之如此，吾輩所依歸，獨不在是邪。其爲世道之害，有不可勝言者。幸望深引在門揮之義，無陷肓及溺之弊。如何如何？

鶴臺：徂徠之學，以古言解古經，明如觀火。如朱子明德解，與《詩》、《左傳》不合，仁爲心德，有專言、偏言之目，其說至萱仲而窘矣。古者詩、書、禮、樂，謂之四敎、四術，士君子之所學是已，豈有本然氣質、存養省察、主一無適等，種種之目乎？聖人之道，敬天爲本，徂徠之敎亦然。敬天守禮之外，豈別有操存實踐之法乎？諸如此類，更僕何盡？是僕之所以有疑於程、朱也。

玄川：徂徠明處，足下亦與明焉，其暗處，則足下亦宜有取舍，但此不可隻紙片言而決矣。幸於靜居幽獨之時，却取古今儒籍，掃去心中之物子，只從頭順理擘將下，要文從意順，後更取物子說觀之，則以足下之公平，豈無所痛看得破綻處耶？且名敎中自有樂地，何必拾得礦邊之零砂，以較百練之精金乎？區區之誠，不欲以異邦人之一論卽置耳。足下幸諒之。後學新進，正如赤子之初學言語，長者尤當十分愼審而教之，使習之，足下學半之工，尤不可輕也。

鶴臺：深感見教。僕當從容尋繹耳。

玄川：君子虛己之盛，深用歆歎，誠如此也，後生之幸也，來世之幸也。

龍淵：茂卿之誤入，正坐才太高、辨太快、識太奇、學太博，而其文華力量，實有不可遽斥絶者，後學若能師其可師者，而捨其可捨者，則可謂善學茂卿，而茂卿亦將有補於後人也。

秋月：僕熟閱《徂徠集》及《辨道》、《辨名》，其學術終不可與入堯、舜之道，而其文焰甚煒燁，有不可磨滅之氣。惜其以過人之才，負誤人之罪，恨不起九原，如鵝湖一會也。

鶴臺：文焰煒燁者，其豈鄕愿之類也乎？孔子曰，君子無所爭也，鵝湖之爭，所以不免爲朱、陸也。

秋月：足下可謂傳法沙門、護法沙弥，僕雖心切老婆，無如之何。

鶴臺：所謂無性屠提，佛不能度者。呵呵。

諸君一片婆心，僕敢不感佩？而唯懸空詆呵徂徠已。而未蒙明拳似其教與先王孔子之道相齟齬處，是僕之所以不得默契也。且此方無經義策士，用朱子新注等之制，是以士君子之學，各從所好。且此方封建之治，與三代同風，非漢、唐之所得與比也。君臣上下之間，恩義相結，猶家人父子也。是以納汙含垢，不用皦皦之察，而海宇大治矣。夫紫陽《綱目》之嚴刻，其或可用諸郡縣之世，而不宜施諸封建之國也。僕輩世祿仕諸侯國，苟不能共治國之用，其謂之何？是所以棄宋後之學，而從事古學也。

秋月：三代以封建治國，而以人道精微、孝弟忠信爲教，其學問何嘗與後世異乎？物子創出華訓讀經之法，至今學士多賴之，其功不可誣。而只是自孟子以下，妄加詆斥，此度外之人也。足下不可以愛其人, 而忘其惡者, 爲學術之病, 非小慮也。僕亦謂物子可與富嶽齊高, 爲日東之一巨手。非欲工訶此人也, 足下其思之。

鶴臺：高意謹領。物子亦不外孝弟忠信而爲道。且僕前所謂苟國治民安, 則復何求? 何必爭學術之異同乎?

秋月：但敍參辰之別好矣。

鶴臺：正是正是。白香山詩云, '匹如身後爲何事, 應向人間無所求', '匹如'義如何?

▶영인본은 280쪽 참조.

長門癸甲問槎 坤下
筆語

嵩山：僕自小少志斯文, 且思友四方賢者。雖然, 朽木之質, 不唯其器不成, 親老弟幼, 唯事定省, 故未嘗得蹈封外地。素願兩不遂, 永以爲恨, 而今籍天寵靈, 得接大邦文雅高士, 足以酬素志也。感謝何已? 伏冀得奉君子一言, 而爲韋弦之箴。雖明鏡不疲, 唯懼亂藻思, 如何?

秋月：求道之意, 令人欽歎, 豈不欲以一言仰副盛索? 而進學之淺深、稟質之剛柔, 始未詳覬, 未可泛下針砭。請聞尊氣質與所造詣, 庶得下一轉語爲頂門鍼。

嵩山：蒲柳弱質, 不堪苦學, 何造詣之有? 唯謂效伯高不得, 不宜效季陵, 而陷輕薄矣。過庭之訓, 亦如此。强文博物, 非無素望, 附諸餘力。公若有所取, 則加一言, 如有不取, 則爲苦言, 敢布腹心。

秋月：樂有賢父兄。又能先德行而後文藝, 可謂知所本矣。"入則孝, 出則悌。泛愛衆而親仁。行有餘力, 則以學文", 是聖門。二十字靈符，徹上徹下，一生受用不盡，此外恐無別法。

嵩山：所呈唯幸經電覽耳。何圖賜高和？屢勞君子，不堪慚懼。

秋月：足下貴德而賤藝，其意甚善。席上和唱，本非美事，而言路未通，情志未流，聊以拙作以代筆舌。何勞之有？實慰羈愁。

嵩山：情志旣通，言外之意，可得聞否？

秋月：歸而求之，有餘師。聖人千言萬語，如親承謦欬，則一言可以終身行之者，甚多。鄙雖萬言，何能如聖賢之語約而指遠？但熟讀《論》、《孟》、《庸》、《學》，儘有痛切警省處。

嵩山：謹領高喻。感嘆。

嵩山：高和中所諷諭君子之言有味哉。僕生平之願，不過此言，所以請秋月先生敎誨，亦唯是已。如更加一言，併書諸紳。

龍淵：僕之所欲言者，秋月盡之矣。眞正大英雄，從戰兢臨履中出來，其作成之方，具在孔、朱書。子歸而求之，有餘師矣，敢以廣子之意。

嵩山：誘言何其切也？謹謝南土薄味，請試嘗之。僕亦引小者。

【剖橘貽之。】

龍淵：匪汝爲美，美人之貽，謹領落爪之賜。

龍淵：道未成而文有名，古人之所深戒也。君何出詩之多乎？

嵩山：寒鄕鄙人，希見君子唱酬，不能自休。草雖時當鼓吹，寧得謂之文雅音哉？亂鳴聒耳，則或有武陵池亭禁。謹領喻。

龍淵：前言戲之耳。多多益善，何害何害？

嵩山：我東方之勝，芙蓉峰、琵琶湖爲第一矣。傳道此山水一夜生，此說難信。而數十年前，三峰側又生一小峰。以是考之，則前說奚必繆悠？且案貴國《通鑑》，當高麗穆宗時，耽羅海中湧一山，其時雲霧晦冥七晝夜云，一與芙蓉小峰湧出事合符，他山之說，可以取證。獨於湖水，不能無疑，公博識多見，蓋貴國廣大，若有爲湖水解嘲者。見教。

龍淵：齊諧之言，君子所不取也。公學道者，而猶爲是問耶？鴻濛一判，形局皆定，夫焉有此事哉？《通鑑》所載，不過一時荒唐之記，僕何敢言其有無耶？

嵩山：吐言爲教，失問却一益。

玄川：我國秦氏多武人，今行惜不從來。尊之世系，雖不詳，宜有家中流傳之言。本日本人耶？抑自外來耶？

嵩山：秦氏祖自貴邦來，昨旣悉之，把筆沈吟間，或忽忘乎？敝家無流傳言，違高問，慚愧。

玄川：昨日未及傍聽故耳。自吾邦入來之日，在何時何代云耶？

嵩山：當日本 仲哀、應神二朝，秦氏往往來歸。距今殆二千歲，事蹟不可詳知。

嵩山：歲聿其莫，後會難期，高意如何？

龍淵：歲行盡矣。風雨凄然，遠人之懷，益不自耐。如復賜臨，穩討毫談，何慰如之？

玄川：我國字音，出於箕子，故於中國最近。詩、文、賦。辭等，百體具有讀法、韻折，惜乎不能與同聲音耳。【鶴臺先生使玄川高吟和詩，因有此言。】

嵩山：聲律出於箕子，古雅可歎賞也，目擊道存。諸公其人，則奚論言音同否？如詩賦誦吟，蓋直下反例異勢耳，何有害意？只恨和詩而不和音。

玄川：和章有可改者，幸還投。

嵩山：片雲何穢大清？勿勞椽筆。

玄川：僕素乏藻彩，且每欲以面前語，發樸實辭。旣知有誤，雖遠可復，況事在至近乎？

嵩山：小誤尙且改之，君子之人乎？秋月、龍淵，爲僕賜一言，公亦思諸？

玄川：示及於此意，甚感甚感。六經如菽粟，一日不食則餒，程、朱爲之發揮，昭如日星。後雖有聖者作，無用一字更添。見貴邦之人，或不尊程、朱，多爲明人主陸者所誤。尊若有意於此學，必以《小學》爲先，次《大學》·《庸》·《語》·《孟》·三經，而加以程、朱説翼之。至於大本、大源，則程、朱開口，輒説敬字，敬之一字，可以一言蔽之矣，愛之欲助之。區區之意，自不能但已，諒之。

嵩山：高誨當服膺。唯至爲明人所誤之言，豈一席上之議哉？今日窮日力，後必將與聞妙論，如何？

玄川：甚善。

▶영인본은 271쪽 참조.

筆語

嵩山：退石公貴恙如何？想舟居鬱陶之所致也，諸公宜助調攝。欲呈鄙詩，未得繕寫，歸舍速贈。煩公致達乎？

秋月：緩送何妨？直致舟中，恐好。

秋月：僕和章不以詩而以勉者。喜君有志於篤行，微發其言。君能領此區區之意乎？

嵩山：欲謝未謝，似失禮者。詩以勸誡，敬服敬服。每奉教言，深思義方之不可以忽矣。

秋月：尊公今在萩府否？

嵩山：家翁在本州北鄙須佐。僕願爲翁請三先生一言，故略記其狀，併祈照覽。

翁宰於須佐邑，殆二十年，割雞細事。雖不足稱諸大方，又頗好程、朱學, 敬愛自勉, 七十年如一日。今冬將告老, 期以僕歸日, 不圖貴舟阻風于岐于藍, 及此歲杪, 顧老心迫切, 佇立以竢。伏冀諸公贈賜一言, 翁當感戴德意, 拜誦不置, 爲餘年娛, 僕孝養何? 唯甘旨之於其口哉? 翁素尙樸實, 則奚其飾言仰高哉? 諒之。

秋月: 欲求詩乎? 抑求他語乎?

嵩山: 翁不好作詩, 常讀聖門名敎語, 願賜一要言, 非敢擇之, 從問訴實已。

秋月: 翁喜洛、建之學, 子有詩書之聞, '衛武箴儆', 奉獻大庭; '石家孝謹', 申勉嵩山。【秋月爲秦氏父子小題。】

日東自古, 多翰墨士, 而獨程、朱之學未有聞。赤關詩所見秦秀才, 貌溫而氣恭, 一似有所存者, 旣而求入道之方, 喜而贈詩, 略示勉進之意。今聞其尊大人, 秉燭讀書, 悅洛、閩之言, 源澮流長, 信乎! 秀才之有所本, 不必求言於寡聞如我者。過庭、晨昏, 當有不出家之敎, 深喜之, 又以奉勖。

嵩山: 過獎慚汗。携歸以供翁之夜燈, 謹領袞褒之賜。感謝。

玄川: 僕每對端人、莊士、博學勤業之人, 輒想見其父兄之愛而能敎, 今見嵩山, 正賢子弟也。況聞尊堂養德有素! 宜是父之有是子也。

嵩山: 誘言甚過。敢領德意示翁, 應遙拜高誼。

玄川: 寸草將何以報三春暉? 聞此語, 知賢亦任大責重, 唯勸學精工, 可以副高堂之念矣。僕早孤人也, 書此不覺淚下。"難將寸草心, 報得三春暉", 此張籍詩也。

嵩山: 斯人也而何其不天也? 是乎非乎, 其謂之何? 誨言倂以賁丘園, 應映照千秋, 豈唯三春哉?

玄川: 孝義言也, 百行之源, 至老勉之。

嵩山: 敢不奉敎? 公其安之。

龍淵：人樂有賢父兄，爲足下艷歎。

嵩山：慚愧。只當領意。請餘白記貴號。

龍淵：'教誨爾子，式穀似之'，尊公有之；'夙興夜寐，無忝爾所生'，足下勉之。龍淵題贈嵩山。

嵩山：可謂要言不煩。不學《詩》，無以言者乎？謹謝。

書牘以下，解纜後贈之，報章自竈關來。

奉呈南、成、元諸公書

僕也家臣之分七十子之所恥也，加之淺見寡聞，何幸而得交於儼然王國大儒宗哉！是雖二邦文運流通之餘乎，要之各位寬度泛愛之所致也。謹此感謝。唯其席上應接，掌大薄蹏，以試機發於片言、隻辭末耳，寧足以窺室家之好哉？私心雖旣慊然於其如此乎，裋褐鄙人，未嘗接黼繡之華，縱各位爲少假借，時或振慴詞義不接胸中。古云，"今日不爲，明日忘寶"，僕果然遺憾不已，長短數篇，漫貢貴舟。往年戊辰，使鷁不日而張，我人有飛書賈餘勇者，艤裝軼掌際，各自賜報，幸留高意。奉呈金公，巴調附上，雖未奉謦欬，觀賜諸弊師友，高和中雄渾蘊藉，想其人猶其詩也，深此心醉。貴恙如何？不堪勞念，請致此意。兩關之交，爲普賢灘。利涉最難，風波是愼。生別之嘆，書何盡言？頓首。

奉謝秦嵩山足下

日者之遇，匪夷所思。春秋僑札之交，何幸於吾身親見之？但下舟時，不克更展瞻悵，去而益深。上關之次，承手書，意寄鄭重。非足下相與之篤，何以及此？感荷不容言。惠及二詩皆平雅有味，以驗志之所存，而長篇尤覺陡健，非坐間酬唱之比。儘知對客揮毫，終非詩家之所取，足下知此道者，信可與言詩也。此行再昨到此。今日前向, 而王命在躬, 敢以風波爲畏哉? 承此遠念, 只增感愧。退石和章及僕輩所奉酬者, 竝托朝岡氏奉傳, 不知何日入照。千萬留俟歸時, 奉攄不悉。甲申元月五日, 朝鮮三客頓謝。

▶영인본은 260쪽 참조.

贈書記元玄川書

始未執謁也, 竊謂詩篇唱酬, 雖其交也君子, 走筆短詠, 寧足窺其府奧, 或日下雲間, 應對競捷, 何爲於見大人, 願請敎言於大方, 以爲紺珠助, 唯恐難得。而幸陪下風, 一叩之, 則耳提面命, 大過素望, 何喜如之? 恭惟公學極伊、洛之源, 抨隤曩哲, 橐鑰後進, 使崔子, 千載之名稱, 籍籍于今日。崔沖 高麗 穆宗時學士。當時學者有十二徒, 沖徒爲最盛。貴國學校之興, 蓋由沖始, 時謂海東孔子。妄庸如僕, 何得知端倪於一再覿際哉? 但所敎博之以六經, 約之以孝弟, 嗚呼, 何至也? 蓋治國九經, 自修身始, 載籍極博, 老信六經。古之學爲然, 而博而無要, 華而不典, 其於聖門, 均是由之瑟而已。然亦謂'君子質而已矣', 貴內賤外。要擴充之功於運寸之微, 與浮屠直指之見, 何撰? 吾邦數十年前, 物徂徠者出, 大倡古學, 而有若縢東野, 有若縣周南, 其他高足繼踵, 而起樹赤幟于一方, 號令天下, 終使斯文, 如日再中矣。日觀公與敝師言, 極天下文章, '富哉, 言乎!', 僕雖口未發, 心竊信之。而其於僕也, 唯其近者, 蓋敎亦多術矣。僕實妄庸, 亡言足當者, 略陳其所以領敎, 而願再聞高旨。所賴君子, 誨人不倦。不得拜送榮歸。事訴南公。一別秦、胡, 詩豈盡情哉? 不宣。

別申。往日貴舟東也, 僕等亦歸。歸則以諸公所題贈, 授家翁。翁拜受捧讀, 欣喜踊躍, 且云, "嗟, 汝小子駕駘, 不自揣, 應接大賓。

自汝往矣，夙夜不堪上愼之念，而長者善遇人也，謬以汝爲可敎，又不以余老耄，而辱受此賜，恩德莫大焉。"即裝潢挂諸坐右，朝觀夕誦，如親奉敎諭，且其意深切，不唯陳《橄》、枚《發》，則疾亦當尋愈，不復大幸哉。敬玆奉展謝辭於南、成、元諸公。

▶영인본은 251쪽 참조.

남궁선생강여독람
南宮先生講餘獨覽

 『남궁선생강여독람(南宮先生講餘獨覽)』은 1764년에 난구 다이슈(南宮大湫, 1728~1778)가 도쿠가와 이에하루(德川家治, 1737~1786)의 습직을 축하하기 위해 일본 미노(美濃)의 이마스(今須)에 머물러 있는 조선 사신에게 편지를 보내어 학문에 관해 의견을 주고받은 것을 기록한 책이다. 이 책은 본래 일본 쇼헤이자카 가쿠몬쇼(昌平坂學問所)의 장서인데, 현재 일본 국립공문서관(國立公文書館)으로 이관되어 있다. 동일한 판본이 국립중앙도서관에도 소장되어 있는데, 1권 1책의 목판본이며, 1764년 9월에 일본 도쿄의 분센도(文泉堂)에서 간행되었다.
 『남궁선생강여독람』에서 난구 다이슈와 조선의 제술관 남옥(南玉, 1722~1770)은 세 차례 편지를 왕래한 것으로 보인다. 난구 다이슈는 에도시대 중기의 유학자이며, 본관은 미노(美濃) 이마오(今尾)이다. 본성은 이노우에(井上), 이름은 가쿠(岳), 자는 교케이(喬卿), 호는 다이슈(大湫), 별호는 세키스이로(積翠樓), 엔파조소(烟波釣叟), 통칭은 야로쿠(彌六)이다. 저서로는 『대추선생집(大湫先生集)』, 『학용지고(學庸旨考)』, 『역대비황고(歷代備荒考)』 등이 있다.
 필담 내용을 보면 고학과 주자학을 두고, 난구 다이슈와 남옥의 의견이 많이 엇갈리고 있음을 볼 수 있다. 특히 난구 다이슈가 명나라의 학자 정효(鄭曉, 1499~1566), 당백원(唐伯元, 1540~1597), 송나라의 주희(朱熹, 1130~1200), 황간(黃榦, 1152~1221) 및 요순 등의 고사를 빌어 고학에 대한 자신의 견해를 뚜렷하게 피력한 점이 돋보인다. 주자학을 숭상해온 조선 문인 남옥 역시 이에 맞서 한 치의 양보도 없는 강력한 주장을 펼쳤으며, 이처럼 양국 문인들은 유학의 정통과 이단론, 나아가 심학 등의 문제를 둘러싸고 쟁쟁한 논변을 펼쳐 보였다.

심지어 원중거(元重擧, 1719~1790)는 귀국을 앞둔 시점에서도 난구 다이슈에게 보낸 편지에서, 이단사설을 멀리하고 유학의 정통을 꿋꿋이 지켜나갈 것을 당부한 바 있다.

【중문】 南宫先生讲余独览

1764年, 为祝贺德川家治(1737~1786)袭位, 朝鲜朝派通信使赴日。《南宫先生讲余独览》是日本文士南宫岳(1728~1778)为开展学术交流向朝鲜使节所寄信件的笔谈记录。该书原藏于日本昌平坂学问所, 现转藏至日本国立公文书馆。同样版本亦藏于韩国国立中央图书馆, 为一卷一册的木版本, 1764年刊行于日本东京文泉堂。

《南宫先生讲余独览》一书共记载了南宫大湫与朝鲜制述官南玉(1722~1770)的三次书信往来。南宫大湫, 江户中期儒者, 籍贯美浓今尾, 本姓井上, 名岳, 字乔卿, 号大湫, 别号积翠楼、烟波钓叟, 通称弥六)。著有《大湫先生集》《学庸旨考》《历代备荒考》等。

据笔谈内容可知, 南宫大湫与南玉就古学与朱子学的优劣这一问题上, 存有很大分歧。双方围绕儒学的正统与异端论以及心学等问题进行了激烈讨论。值得关注的是, 南宫大湫在强调自己所推崇的古学观点时，非常巧妙地引出了明代学者郑晓(1499～1566)、唐伯元(1540～1597)，以及宋代朱熹(1130～1200)、黄榦(1152～1221)，乃至尧舜等典故来阐释其主张的内涵，而一贯推崇朱子学的朝鲜文人南玉则毫不客气地对其观点进行了反驳。

朝鲜朝使臣元重举(1719～1790)甚至在归国前夕写信给南宫大湫，劝其远离异端学说，鼓励他在日本发扬儒学的正统。

【일문】 南宮先生講余獨覽

1764年、徳川家治(1737～1786)の襲位を祝うために朝鮮が通信使を日本に派遣した。『南宮先生講余獨覽』は、日本の文士である南宮大湫(1728～1778年)が、学問を交換するために朝鮮使節に送った筆談記録である。この本が元は日本昌平坂学問所に所蔵されていた。現在、日本国立公文書館に所蔵されている。同じ版は、韓国国立中央図書館に所蔵されている。1巻1冊の木版で、1764年日本の東京文泉堂で刊行された。

『南宮先生講余獨覽』において、南宮大湫と朝鮮製述官である南玉(1722～1770)との3回の手紙が記されている。南宮大湫、江戸中期の儒者である、本籍が美濃今尾、本名が井上、名が岳、字が喬卿、号が大湫、別号が積翠楼、煙波釣叟、総称が彌六である。『大湫先生集』『学庸旨考』『歴代備荒考』などを著している。

筆談によると古学と朱子学の優劣という問題について、南宮大湫と南玉との意見が食い違った。双方は儒学の正統性と異端論、心学などの問題をめぐり、激しい打ち合いを生じた。注目すべきは、南宮大湫

が自分の推奨する古学を強調している時に、明代の学者である鄭曉、
唐伯元(1540〜1597)と宋代の朱熹(1130〜1200)、黃榦(1152〜1221)と尭
舜の典拠をうまく引き出した。しかし、朱子学を尊敬していた朝鮮文
人である南玉は、この観点に対して、全力で反撃した。

　朝鮮使臣である元重挙(1719〜1790年)は、帰国前に南宮大湫に送っ
た手紙にも言及されていた。南宮大湫に異端の学説から遠ざかるよう
に忠告し、日本で儒学の正統を発揚するように勧めた。

【영문】 **_The Record of Written Conversation by Mr. Nangu_**

In 1764, in order to congratulate Tokugawa Yiyeharu (1737~1786)
on inheritance the throne, the Joseon Dynasty dispatched a team of
communication envoys to Japan. *The Record of Written Conversation
by Mr. Nangu* is a record of conversation by writing of letters sent
by Japanese scholar Nangu Tayisyu (1728~1778) to Joseon envoys,
who were staying in Yimaseu, Mino, Japan for knowledge exchange.
The book was originally in the collection of Shyoheyizaka
kakumonsyo, and now it has been moved to National Archives of
Japan for collection. The same book is stored in the National Library
of Korea in a wooden volume. It was printed and published in
Punsendo, Tokyo, Japan in September, 1764.

In *the Record of Written Conversation by Mr. Nangu*, a total of
three letters of correspondence between Nangu Tayisyu and Joseon
Narrative Officer Nam Ok (1722~1770) were recorded. Nangu
Tayisyu was a confucian scholar of the middle Edo period, and his

native place is Yima-o, Mino. His Original surname is Yino-uye, forename is Kaku, courtesy name is Kyokeyi, pseudonym is Tayisyu, alias is Shekiseuyiro or Yenpazoso, and is generally called Yaroku. His writings included *the Collected Works of Mr. Tayisyu, the Textual Research of the Great Learning and the Doctrine of the Mean, the Textual Research of Prepare for Famine in Successive Dynasties, etc.*

According to the content of the conversation by writing, Nangu Tayisyu and Nam Ok had great differences on the merits and demerits of ancient philosophy and Zhu Zi's Philosophy. The two sides had a heated exchange on the orthodoxy and heresy of confucianism, and even the mind philosophy. It is worth noting that when Nangu Tayisyu emphasized the ancient philosophy view he advocated, he brilliantly quoted the scholars in the Ming Dynasty - Zheng Xiao (1499~1566), Tang Boyuan (1540~1597), and Zhu Xi (1130~1200), Huang Gan (1152~1221) in the Song Dynasty, and other allusions such as Yao and Shun to express the connotation of his proposition; Nam Ok, a Joseon scholar who had always respected Zhu Zi's Philosophy, made a strong attack on his views.

Won Junggeo (1719~1790), an envoy of the Joseon Dynasty even sent a letter to Nangu Tayisyu on the eve of his return to Joseon, in which he sincerely advised Nangu Tayisyu to stay away from the heresy and encouraged him to promote the orthodoxy of confucianism in Japan.

남궁선생강여독람
南宮先生講餘獨覽

講餘獨覽序

今之所謂稱爲古學者, 可知已。非純粹守壹, 如漢 董、賈、孔、鄭, 又非博聞强識, 成一家言, 如司馬遷、班固。固守師說, 而不知師之所以爲說者果如何, 務排異自己者, 而不省所以異自己者亦果如何。欲見求所以爲說者而守之說, 察異自己者是耶非耶, 而是其是非其非者, 不可得也。南宮喬卿, 尾人也。因記世馨, 示所著《講餘獨覽》, 而徵之序, 予閱之, 而知善爲古學者是其人也。自予之寡交, 見與韓人唱酬之書極多, 非詩之命興, 書之慰勞, 則席間應對已。設令有不中意, 姑從臾以希不攻己, 卽雖予所爲, 亦無不出于此策。韓人過時, 喬卿病不能親往, 使弟子贈之詩, 列條古今爲學同異而問之, 皆非不知師之所以爲說, 不省所以異自己者之屬也。復得淳秀而不中意, 又復論難而直之, 亦非予輩姑從臾以希不攻己之屬也。以是觀之, 純粹守壹, 如漢 董、賈、孔、鄭, 爲後代師法, 不可知也, 博聞强識, 成一家言, 如司馬遷、班固, 亦不可知也。予之業固出于喬卿之下遠甚, 不辭而爲之序者, 喜得善爲古學者, 而幸於因此書, 而徧傳所言自有識之人矣。然竟未知喬卿所命予何以也。

明和元年秋八月

佐倉俯文學井孝德撰

講餘獨覽

信濃 南宮岳著，浪華 三浦言君謹、高須 水谷申公甫 輯校

寶曆甲申春二月，朝鮮國聘賀使來，士章、子惠、子壽、公樞輩，
會製述官三書記於美濃 今須驛亭。余亦托子惠，寄贈書詩，往復數
篇，固雖不足觀，聊記之，以爲病餘一適。

呈朝鮮製述官典籍南君秋月啓 名玉，字時韞，號秋月

鸞車曉脂，壯萬里之行裝，鳳旗日映，捲九天之風雲。价人維藩，
聲稱旣及於邦域，《四牡》須歌，風采方傳于遐邇。聘問修禮，朝野同
慶。恭惟南君足下純質卓犖，學識淹通。峩冠博帶，存周室典禮，家
系應是祖宗歷世狀元；巾幘襪履，有箕邦威儀，文章卽知往時一代
宿老。僕海濱處士，朽糞下愚。材如樗櫟經年而無用，質似蒲柳値秋
而必落。半生垂釣，地非磻谿，渴想之切，徒欲代溫其之容於璜。尺
帛傳情，身非少卿，旅悴之久，料難託使乎之材於雁。但是公之雅
量，過容僕之謭劣，一二質問，不吝指斥。此附伊東生野詩一律，聊
表寸衷，若夫高明有所裁，令僕一蒙其照拂，豈唯魚目換夜光之比，
抑復木瓜得瓊琚之類已。謹啓。

呈朝鮮製述官典籍南君秋月

日出之邦海水涯，勞君奉命賦《皇華》。入關雲映眞人氣，阻地星
明使者車。客路逍遙裘換葛，詞林爛熳筆生花。莫論風俗稱殊域，幸
賴同文作一家。

今須驛亭和<u>南宮</u>老學遙寄之作　　　　　　　　　　　<u>秋月</u>

風氣初開折木涯，　先論岐路後詞華。　夕陽<u>洙</u>、<u>泗</u>天懸日，　長夜
河、闈燭導車。<u>漢</u>、<u>晉</u>諸儒猶說義，<u>陸王</u>餘學但空花。復圭處士皐
比抗，莫以宗門混異家。

　　來書條次有序，議論有據。東來後，始得講究之說，其喜何啻<u>寒山</u>
見片石乎。顧行駕火急，未暇作復，到<u>東武</u>，謹當依戒，附所親儒士
討傳，姑容俟之。

　　僕往歲，會貴邦諸君於<u>尾張</u> <u>性高院</u>時，<u>海皐李君</u>偶書曰："君亦畔
<u>朱</u>之徒與？"僕始不解其意也。遽書對之曰："夫祖述<u>堯舜</u>，憲章<u>文
武</u>，宗師<u>仲尼</u>，學生所奉是已。"<u>李君</u>無對焉。顧我邦一二先賢，有所
見，各自建幟，以誘後生，後生亦必待先賢而學，則排<u>朱考亭</u>者，君
輩無所取，亦豈悉非之？然今以此爲不是，槩以畔<u>朱</u>見黜焉。僕聞
<u>朱文公</u>之言曰："常人之學，偏於一理，主於一說，故不見四方，以起
爭辨。"諸君必不如此，況我邦亦旣以<u>朱文公</u>之學，以爲國學，則不
必排<u>紫陽家</u>之言乎。但其自信者而言之，紛紛聚訟，竟爲一場之爭
辨耳。雖然同是學先王之道者，雖所見有異同，而孰不以孝弟忠信
爲教乎。僕極淺陋，未嘗聞先生長者之言，而幼好讀書，每至<u>宋</u>諸先
生之議論，未嘗不擊節歎之。然至其駁<u>漢</u>儒之甚，則私心有不安者。
夫前者倡之，後者和之，<u>漢</u>收秦燼，<u>唐</u>從而潤色之，<u>宋</u>籍之若訓詁若
註釋，傳之者半，一時眩曜。以爲如有所異者，亦所謂<u>漢</u>驢胡步，胡
驢<u>漢</u>步，無以異，唯議論之異已。<u>宋</u>儒先旣駁<u>漢</u>儒，則<u>明</u>儒亦駁<u>宋</u>
儒，如此則駁斥之不暇，後生誰之適從。如僕淺陋，謹不立異見，不
復阿所好，唯先賢之言之從，況於<u>漢</u>、<u>唐</u>、<u>宋</u>、<u>明</u>乎？獨以有所不
安者，一二謹奉門，因有感于往年<u>李君</u>之言，故備稱述之如此。若有

言涉抵觸, 海涵之量, 請爲見恕。

明鄭曉氏曰:"宋儒有功於吾道甚多, 但開口便說漢儒駁雜, 又譏其訓詁, 恐未足以服漢儒之心。宋儒所資於漢儒者十七八, 只今諸經書傳注, 儘有不及漢儒者, 宋儒譏漢儒太過。近世又信宋儒太過, 今之講學者, 又譏宋儒太過。"

岳云:"凡學貴乎博, 執一不移者, 固君子所不爲也。譬諸治病, 邪氣結轖, 不得不下之, 若元氣虛損, 則別證從而生, 乃其瀉下之劫藥, 却爲後之病根已。夫以一人之手, 治一人之病, 尚且如此, 而況於學乎?"

朱子曰:"聖人教人, 不過孝弟忠信、持守誦習之間, 此是下學之本。今之學者, 以爲鈍根不足留意, 其平居道說, 無非子貢所謂不可得而聞者。又曰近日學者病在好高, 《論語》未問學而時習, 便說一貫, 《孟子》未言梁惠王問利, 便說盡心, 易未看六十四卦, 便讀《繫辭》, 此獵等之病。"又曰:"聖賢立言, 本自平易, 今推之使高, 鑿之使深。"

岳云:"朱夫子之言如此, 今置之, 論道體, 說心學, 我不知其稱。紫陽家之學者, 果何謂也。元 劉靜修有言曰:'六經自火於秦, 傳注於漢, 疏釋於唐, 議論於宋, 日起而日變云云。故必先傳注而後疏釋, 先疏釋而後議論, 始終源委, 推索究竟, 以己之意體察爲之權衡, 勿好新奇, 勿好僻異, 平吾心, 易吾氣, 然後爲得也。'劉氏奉朱子之教者, 而其言也如此, 不知君意爲何如?"

黃氏曰抄解《尙書》人心惟危，道心惟微，惟精惟一，允執厥中一章曰：“此章本堯命舜之辭，舜申之以命禹而加詳焉耳。堯之命舜曰：‘允執厥中’，今舜加危微精一之語於允執厥中之上，所以使之審擇而能執中者也。此訓之辭也，皆主於堯之執中一語而發也。堯之命舜曰：‘四海困窮，天祿永終’，今舜加無稽之言勿聽，以至敬修可願於天祿永終之上，又所以警切之，使勿至於困窮而永終者也。此戒之之辭也，皆主於堯之永終二語而發也。執中之訓，正說也；永終之戒，反說也。蓋舜以昔所得於堯之訓戒，幷其平日所嘗用力而自得之者，盡以命禹，使知所以執中而不至於永終耳，豈爲言心設哉？近世喜言心學，舍全章本旨，而獨論人心道心。甚者單撫道心二字，而直謂卽心是道，蓋陷於禪學，而不自知其去堯、舜、禹授受天下之本旨遠矣。”

岳云：“堯、舜、禹天子也，聖人也。至其授受天下也，有如此人而後有如此語也，豈似後世所傳道統之傳者也乎？”

《唐仁卿答人書》曰：“自新學興，而名家著其冒焉以居之者不少，然其言學也，則心而已矣。元聞古有學道，不聞學心，古有好學，不聞好心。心學二字，六經孔孟所不道，今之言學者，蓋謂心卽道也，而元不解也。何也？危微之旨在也。雖上聖而不敢言也，今人多怪元言學而遺心，孰若執事責以不學之易了，而元亦可以無辭於執事？子曰：‘有能一日用其力於仁矣乎？’又曰：‘一日克己復禮’，又曰：‘終日乾乾行事也’，元未能也。孔門諸子日月至焉，夫子猶未許其好學，而況乎日至未能也，謂之不學可也。但未知執事所謂學者，果仁邪事邪？抑心之謂邪？外仁外禮外事以言心，雖執事亦知其不可。執事意必謂仁與禮與事，卽心也，用力於仁，用力於心也，復禮，復心也，行事，行心也，則元之不解也，猶昨也謂之不學可也。又曰：'孳孳爲善者心，孳孳爲利者，亦未必非心'，危哉心乎！判吉凶別人禽，雖大聖猶必防乎其防，而敢言心學乎？心學者，以心爲學也，以心爲學，是以心爲性也。心能具性，而不能使心卽性也。是故，求放心則是，求心則非，求心則非，求於心則是。我所病乎心學者，爲其求心也。心果待求，必非與我同類，心果可學，則以禮制心，以仁存心之言，毋乃爲心障與？"

岳云："心本動物，唯在乎制之何如耳。辟如御馬，有轡鞭唯其所用也，苟無施是二者，則何繇試罄控馳騁也，況範馳驅者乎？若曰：'無所制而能制之'，則我知其必爲詭遇者也。《孟子》本心放心，亦非若後世心之謂矣。"

復南宮大湫經案 秋月

今須驛亭相見之士，皆安定門人，言談舉止之間，已識有所受，而長牋小律，亦以見蘊發之深厚。顧行色忽遽草草，報韻未盡所欲言，盛諭諸條，幷致稽復，愧負多矣。此來始欲與有識之士，論說上下，究義理得失之歸。奈人士沓臻，應酬旁午，只賦沒趣詩若干。間或得一二可語之人，而未能傾倒困廩，固已失其素心，而亦不能不慨然於貴邦文墨之儒也。今因少暇，略復所叩，但恐死法常談，難望其有合於高見，第幸平心而舒究焉。

所諭引鄭曉氏論譏漢儒太過，信宋儒太過，而結之以高意以比元氣虛損，用瀉下之劫藥。夫譏漢儒太過，誠宋儒之過處，然漢儒何嘗說得性命窮格，如程、朱之八字打開。其訓義釋音處，漢儒近古，多可采。至於下手用工處，漢儒却是含糊，恐不可以譏漢儒爲瀉元氣之藥。

引朱夫子論學者好高獵等之弊，推之使高，鑿之使深，而擊之以盛意。以劉靜修勿好新奇，勿好僻異之語，證之。此一節儘平穩儘着實，可爲初學騖遠者之切戒，無容雌黃。

引黃氏日抄解危微精一章，謂爲天祿永終而設戒，非爲心學而垂訓。足下仍謂以聖人之授受天下，豈似後世道統之傳，此則黃氏旣誤，而足下又不免大誤。夫堯執中一語，雖不說人心道心危微精一字，却在包在裏許。舜已領悟無疑，舜又益之以三言，以示丁寧反復之意，非執中二字有所未足，而禹不能領悟也，憂之深而說之詳，時愈下而語愈長。若不能察危微之間，下精一之工，以至於聽無稽，庸弗詢，忘可畏，忽可愛，則天祿將永終，此與堯永終之語，眞是一串貫來。今謂精一之訓，與永終之戒，不同者，全失聖人本意，至於下款二句，尤繆以千里。授受天下，固天下之大事，道統之傳，豈非天下之大事，而直以爲後世事乎？天下授受輕，而道統之相傳重，無是統，則天下措於何處，舍是心，則道寓於何處？願足下勿觀雜書，更取一部《中庸》序，下數月工夫，方悟此言之謬。

引唐 仁卿書論心學二字之非古，足下復以御馬喻之，此言似乎有據，而不免有弊。孔孟言學，罕說心字，多從日用孝弟上說，而要是教人存心。善乎程子之言曰："聖賢千言萬語，只是要人將已放之心約之，使反復入身來。"雖不言心學二字，此非治心之學乎？後世學者，未學灑掃應對，開口便說心學，誠誤矣。然自八歲入學以上，未有舍是心而爲學者，又不可以心學二字，爲後世之不好題目也。但制之存之，各有攸當，纔說以心爲學，則便已淪於以心觀心之弊，此又精微之辨也。不審高明以爲如何？潦率不究，伏惟裁察。甲申二月廿一秋月頓首。

再復秋月南君

二月廿一日，東武賓館所託木蓬萊書，不日至勢州，伏審近狀。往日諸門生，出謁今須驛亭時，辱賜高和，及有所諭，足下官事鞅掌，加之以長途旅僝，而情誼殷好，有加無已。方今使事旣畢，西歸有日，暫停驂浪華，每一懷其德範，未嘗不神往，但恨未由遡從耳。捧讀尊箋，何其心之摯而言之切也？僕何幸得眷念，如此也。其所敎示諸條，辭理該通，匡僕之不逮，然於其不安者自若，因再托石川太一者，敢復質之。夫主其所見，互相駁斥，固非盛德事也，況爭其同異乎？昔者朱紫陽、陸象山，俱相論辨，往復者數回，紫陽遂□謂各尊所聞，各行所知可矣而止者，足下所嘗知也。於今亦尙如此，雖然聖人敎人，各因其深瘤，乃朱夫子之言，亦謂之因病之藥則可，豈復問一一脗合乎。是僕之所以藥爲喻也。伏冀足下寬懷雅度，專以復古爲心，乃取古義且不廢新注，新古並照，則貴邦文物之盛也，人才之成也，其化必有倍古昔者矣。僕陋劣，未敢冒高明，獨賴辱足下台敎，極陳關切之念，萬鑑茹以無叱擲之，幸甚。

承諭譏漢儒太過，誠宋儒之過處，恐不可以譏漢儒，爲瀉元氣之藥。足下旣以譏漢儒，誠爲宋儒之過處，則何以云然乎？且謂漢儒近古，多可采，又何譏之爲？夫宋儒一過遺萬累，至令後世學者，有目未覩漢儒之書，是余所言瀉下刼藥者非邪？苟訓義釋音可取，卽漢儒之所長，至其性命窮格，漢儒所不言，宋儒好言之。今足下以宋儒所好言，譏漢儒所不言，均之乃復爲瀉元氣之藥，足下明識，再察諸。

承諭引朱夫子之言，以劉氏說證之，足下評儘着實。盖朱子厭棄高深之說，一主孝弟忠信、持守誦習之間，非啻爲末生騖遠者發之。劉氏以秦、漢、唐、宋爲四變，是皆足下所深許之，而復謂以譏漢儒之言，不可爲瀉元氣之藥。以前後之言考之，不能無不相牟盾者也。夫自夫子沒，而微言絶，諸家紛紛，各建其幟，大誘後生者，何世蔑有？是以歷代先賢，窮日之力，駸駸不遑稅駕也。苟主其一說，喜其所見而譏其所不見，則班孟堅所謂學者大患，朱子豈貴之乎。故朱子之言云'只理會門內之事，門外之事便了不得，所以聖人教人要博學'，足下偶忘之乎？

承諭黃氏解危微精一之章誤，而僕亦大誤矣。又謂天下授受輕，而道統之相傳重，且喩僕讀《中庸》序，是卽足下深以宋儒之說，信此章之義，所謂瀉下藥已。此章說堯、舜、禹以其平日所自試者，互相授受，乃如黃氏所謂執中之訓，正說也，永終之戒，反說也，可以觀焉耳，是皆訓戒之辭，卽遺戒遺言之類也。但堯、舜、禹聖人也，故其言也至愼至重，以爲後世法語，無復可加者矣，然非爲言心學者設之，其謂之道統之傳，則似矣。抑所謂道統之傳，古有此言乎？若曰：'古所無，今有之'，則聖人之教，不可一定也。唯足下留意，勿誤全章本旨矣。按《漢・藝文志・中庸說》二篇，在禮家，子思卄三篇，在儒家，《孔叢子》亦言四十九篇，古書固殘缺，雖多可疑者，然此書古收《禮記》中，無異說。晉 戴顒、梁 武帝，始表出之，至宋二程子，遂表章之尊信之，後世以作傳道之書，然古無此事，今有此言，何有所受而然乎？且夫古先聖王之道，亘萬古而不滅者，如青天白日也，不必謂待一部《中庸》而傳之矣。是以僕冗長敷衍，及黃氏之言也。

承喩唐 伯元論心學二字, 僕御馬之喩有弊也, 而足下引程子之言, 以爲治心之學, 且謂心學二字, 不可爲後世之不好題目也。足下久習深信, 故僕之所論, 漫然弗省焉。然足下亦知淪於以心觀心之弊, 及制之與存之, 各有攸當, 則是固僕之所言已。乃至謂古孔孟言學, 罕說心字, 多從日用孝弟上說, 而要是教人存心, 則不覺悚然起敬。有是乎, 足下之言! 何其至于此也? 夫心之發動, 無所不至也, 又無所察其形也, 其治之難也, 自非兀坐瞑目虛萬有, 則不能也。其難治也如此, 其發動也如彼, 故云操則存, 舍則亡。聖人知其如此, 故立禮義某某之目, 以克令人制之, 故云以禮制心, 或云以仁存心。苟非物以制之存之, 焉能得治之乎? 是僕御馬之喩, 所爲足下言也。今足下纔能解孔孟從孝弟上說, 未解治心之要, 亦不外乎此, 豈不惜乎? 願足下除此舊習, 藉此再熟思。僕之所言, 於學亦大有裨益, 唯足下亮察。臨楮不勝注念之至。岳頓首再復。

▶영인본은 248쪽 참조.

仲擧病, 淹床褥, 强起申懷於紙尾。足下所學奧博, 又開稷下之門, 蛾化蓬, 應日遍海南, 重以門路克正, 源流浸遠, 後生之嘉惠, 庸不旣乎? 幸益爲道自勉, 脊梗以握, 使異端邪說, 在有所顧畏哉。吾道之托, 其不在玆乎? 前日惠章幷大島、公樞詩, 路中和次, 付那波子以傳, 想早晚致坐下矣。其起句潮州文士共稱韓者, 已見深意, 幸俯察也。餘懷與原幅同, 病未永幅是恨。

▶영인본은 215쪽 참조.

대례여조
對禮餘藻

 1809년, 일본에서는 조선통신사 파견 문제를 다시 제기하였고, 조선은 한 발 물러나는 조건, 즉 장소를 타지로 바꾸는 통신 방식을 취하여 교류를 진행하기로 했다. 2년 뒤인 1811년에는 김이교(金履喬, 1764~1832)를 위수로 하는 사절단을 일본에 파견하였지만, 에도에 직접 가서 장군을 만나는 대신, 일본 대마도에서 도부상사(東武上使) 오가사와라 다다카타(小笠原忠固, 1770~1843)와 부사 와키사카 야스타다(脇坂安董, 1768~1841)에게 국서전명(國書傳命)을 거행하기로 했다. 이번의 통신사절단에는 "마상재(馬上才)" 공연 인원을 취소했을 뿐만 아니라, 양국 문인들의 교류도 그전처럼 활발히 진행되지 못했다. 이는 결국 양국 통신사 교류에서의 마지막을 장식하는 필담 자료로 남게 되었다.

 필담 자료 문헌『대례여조(對禮餘藻)』는 현재 도쿄도립중앙도서관, 와세다대학교 도서관, 서울대학교 도서관 등에 소장되어 있으며, 도쿄도립중앙도서관에 있는『명원관총서(明遠館叢書)』제57, 58권에, 그리고 우메자와 히데오(梅澤秀夫)가 편찬한『정리전서(精里全書)』제24집에서 제26집에도 수록되어 있다. 내용은 고가 세이리(古賀精里, 1750~1817) 등 일본 문사와 조선통신사 사이에서 주고받은 시가 수창 및 필담이다. 유학에 관한 내용은 6월 21일 주고받은 필담 속에 수록

되어 있다.

고가 세이리는 일본의 주자학자로서, "이단의 금지" 운동을 주도한 바 있으며, 주자학으로 관학을 인도해 나갈 것을 주장한 핵심 인물이다. 때문에 정사 김이교, 부사 이면구(李勉求, 1757~1818), 정사 서기 김선신(金善臣, 1775~1855?), 부사 서기 이명오(李明五, ?~1836) 등과 주자학 필담을 주고받을 때의 분위기는 매우 우호적이었다고 볼 수 있다.

고가 세이리는 에도시대 후기의 유학자이며, 본관은 일본 사가(佐賀)이다. 이름은 스나오(樸), 자는 준푸(淳風), 호는 세이리(精里), 통칭은 야스케(彌助)이다. 관직은 바쿠후(幕府)의 유관을 지냈다. 저서로는『십사해(十事解)』,『대학장구찬석(大學章句纂釋)』,『사서집석(四書集釋)』,『근사록집설(近思錄集說)』,『정리집초(精里集抄)』 등이 있다. 김이교는 본관이 안동(安東)이며, 자는 공세(公世), 호는 죽리(竹里) 또는 죽리관(竹里館)이다. 관직은 북평사(北評事), 겸문학(兼文學) 등을 거쳐, 우의정(右議政)까지 올랐다. 저서로는『죽리집(竹里集)』이 있다. 이면구는 본관이 전주(全州)이며, 자는 자여(子餘), 호는 남하(南霞)이다. 관직은 부수찬(副修撰), 의주부윤(義州府尹), 대사성(大司成) 등을 지냈다. 김선신은 본관이 숭양(崇陽)이며, 자는 계량(季良), 호는 청산(淸山)이다. 관직은 부사용(副司勇)을 지냈고, 저서로는『청산소집(淸山小集)』,『도사별고(島槎別稿)』,『좌로악부(左鹵樂府)』 등이 있다. 이명오는 본관이 전주(全州)이며, 자는 사위(士緯), 호는 박옹(泊翁)이다. 저서로는 박옹시초(泊翁詩鈔)』 9권이 있다.

고가 세이리는 필담을 통해 일본이 이미 주자학을 정통 사상으로 받아들였음을 규명하였고, 자신이 직접 쓴 초고『퇴계서초서(退溪書抄

序)』를 조선통신사들에게 보여주었다. 문장에서는 조선의 거유 이황 (李滉, 1501~1570)에 대한 무한한 존경의 뜻을 표시하였다.

조선 문인들은 일본 학계에서 이미 주자학을 멀리했다고 예측해왔지만, 오늘날 여전히 고가 세이리와 같은 확고한 주자학자가 존재함에 대해 놀라움을 금치 못했다. 또한 고가 세이리의 주자학에 대한 확고한 신념과 주자학을 고양하는 행동을 긍정해 나섰다. 조선 문인들은 사백 년 동안 유학의 정통만을 이어왔다고 자부해 왔기 때문에 필담을 통해 조선 본토의 주자학으로서의 영향력을 과시하고자 했다. 때문에 주자학의 형이상학을 추구하는 한편, 도덕론을 강조하였다. 한편, 일본 문인들은 본국의 문명 정도와 나라의 위세를 제고하는 것을 목적으로 하였기 때문에 주자학의 형이하학에 더 많은 관심을 보였고, 사회 윤리를 구축하는 치세론을 더욱 강조하였던 것이다.

양국의 문인들은 비록 주자학을 강조하는 관점에서 약간의 차이점을 나타내고 있지만, 필담의 전체적인 분위기는 매우 화기애애했다. 공식적인 조선통신사 교류에서의 마지막 만남으로써, 만약 당시 양국 문인들 사이에 존재하는 복잡한 심리를 고려하지 않는다고 할 때, 이번 필담 교류는 이백 년을 유지해 온 주자학 논변에서의 원만한 끝자락을 장식했다고 볼 수 있다.

【중문】 **对礼余藻**

1809年, 日本重提派遣通信使事宜, 朝鲜最终作出让步, 同意以易地通信的方式开展行程。遂于两年后的1811年, 派遣以金履乔为 (1764~1832)首的使团赴日, 但没有直接去见将军, 而是前往日本对马岛会见东武上使小笠原忠固(1770~1843)与副使胁坂安董(1768~1841)，举行了国书传命仪式。此次通信使团人员构成中，不仅取消了"马上才"表演人员，而且日朝文人之间的交流也不像以往那么广泛而深入，成为了两国通信使交流的绝唱。

此次交流的笔谈文献《对礼余藻》现存于东京都立中央图书馆、早稻田大学图书馆、首尔大学图书馆。收录于东京都立中央图书馆藏《明远馆丛书》第五十七、五十八辑，同时，梅泽秀夫所编《精里全书》第二十四至二十六辑中亦有所收录，记录了古贺精里(1750~1817)等日本文人与朝鲜使臣的诗歌酬唱笔谈。有关儒学的话题载于6月21日笔谈记录之中。

古贺精里是日本朱子学者，曾主导"禁异学"运动，是以朱子学思想引导官学的代表人物。因而，他与正使金履乔、副使李勉求(1757~1818)、正使书记金善臣(1775~1855?)、副使书记李明五(?~1836)等朝鲜文人谈论朱子学话题时，气氛是友好而和谐的。

古贺精里，江户后期儒者，籍贯日本佐贺，名朴，字淳风，号精里，通称弥助。历任幕府儒官。著有《十事解》《大学章句纂释》《四书集释》《近思录集说》《精里集抄》等。金履乔，籍贯安东，字公世，号竹里、竹里馆。历任北评事、兼文学等职，最终官位晋升至右议政。著有《竹里集》。李勉求，籍贯全州，字子余，号南霞。历任副修撰、义州府尹、大司成等职。金善臣，籍贯崇阳，字季良，号清山。历任副司勇。著有《清山小集》《岛槎别稿》《左卤乐府》等。李明五，籍贯全州，字士纬，号泊翁。著有《泊翁诗钞》9卷。

古贺精里在笔谈中申明日本已采纳朱子学为正学，把自己的书稿《退溪书抄序》拿给朝鲜使者过目，文中表现出对朝鲜大儒李滉

(1501~1570)的强烈崇敬之情。

　　朝鲜文人本以为日本学界早已疏远朱子，如今听闻日本还存在像古贺精里这样坚定的朱子学者，颇感意外的同时也纷纷抒发了感叹，并肯定了古贺精里对朱子学的坚守与弘扬之举。朝鲜文人以四百年儒学正统维护者自称，当然希望通过笔谈形式扩充朝鲜本土朱子学的影响力，难免追求朱子学的形而上学，强调道德论。反观日本文人的目的在于提升本国的文明程度与国威，因此多注重朱子学的形而下学，强调构建社会伦理的治世论。

　　虽然双方谈及朱子学的出发点有所出入，但此次的笔谈气氛却是异常融洽。作为官方最后一次通信使交流，若不考虑当时双方内在的复杂心理，可以说是为维系两百余年的朱子学论辩大体画上了合适的句号。

【일문】 対禮余藻

　　1809年、日本が通信使派遣を再提案して、北朝鮮は最終的に讓歩して、通信できる方式で日程を進めることに合意した。そして2年間後の1811年に、金履喬をはじめとする使節団を日本に派遣し、しかし、直接将軍に会わず、日本の対馬に行って東武上使小笠原忠固(1770~1843)と副使脇坂安董(1768~1841)に会い、国書伝命式を行った。今回の通信使団のメンバー構成は「馬上才」がなくなっただけでなく、日朝の文人間の交流も以前ほど広く深まらなかった。それは両国の通信使交流の絶唱となった。

　　今回交流した筆談文献『対礼余藻』は、東京都立中央図書館、早稲田大学図書館、ソウル大図書館に現存する。東京都立中央図書館の『明遠館叢書』第五十七、五十八輯を載せた。また、梅澤秀夫が編集された『精里全書』の第二十四から二十六輯にも収録されて、古賀精里(1750～1817)などの日本文人と朝鮮の使臣の詩歌筆談を記録している。儒学に関する話題は6月21日の筆談記録に記載されている。

　古賀精里は日本朱子学者であり、「禁異学」運動を主導したことがあった、朱子学思想で官学を導く代表的な人物である。だから、彼と正使である金履喬、副使である李勉求(1757～1818)、正使書記である金善臣(1775～1855?)、副使書記である李明五(?～1836)など朝鮮の文人が朱子学の話をしたとき、いい雰囲気を作り出した。

　古賀精里、江戸後期儒者、本籍が日本佐賀であり、名が朴、字が淳風、号が精里、総称が彌助である。幕府の儒官を歴任する。『十事解』『大学章句纂釈』『四書集釈』『近思録集説』『精集里抄』などを著している。金履喬、本籍が安東であり、字が公世、号が竹里、竹里館である。抄啓文臣、北評事、兼文学などを歴任し、最終的に官位が右議政に昇進した。『竹里集』を著している。李勉求、本籍が全州であり、字が子余、号が南霞である。副修撰、義州府尹、大司成などを歴任する。金善臣、本籍が崇陽県であり、字が季良、号が清山である。副司勇を歴任する。『清山小集』『島槎別稿』『左卤楽府』などを著している。李明五、本籍が全州であり、字が士緯、号が泊翁である。『泊翁詩鈔』9巻を著している。

　古賀精里は筆談で、日本が朱子学を正学として受け入れたことを明らかにした。自分が書いた『退渓書抄序』を朝鮮使者に見せた。文中に朝鮮の大儒である李滉(1501～1570)に対する強烈な敬意を表している。

朝鮮の文人たちが日本の学界がすでに朱子から遠ざかっていると思っていた。今は日本に古賀精里のような堅持的な朱子学者がいると聞いて驚くと同時に感嘆の言葉を述べた。

　そして古賀精里の朱子学に対する堅持と弘揚を肯定した。朝鮮の文人は四百年間で儒学正統性の守護者を自任しており、当然、朝鮮本土の朱子学の影響力を筆談形式によって拡充しようとした。朱子学の形而上学を追求し、道徳論を強調することは避けられない。一方、日本文人の目的は、国の文明度と国威を高めることであるため、朱子学の形而下学を重視し、社会倫理を構築する治世論を強調した。

　双方が朱子学を言及する出発点について、多少異なるがあって、今回の筆談の雰囲気が意外にいいである。政府の最後の通信使交流として、当時の双方の複雑な心理を考えなければ、二百余年にわたって続いた朱子学の論争に、おおむね適切な終止符を打ったといえる。

【영문】 *The Exchanges of Zhu Zi Theory between Joseon and Japanese Scholars*

In 1809, Japan raked up to dispatch communication envoys. Finally, Joseon made a concession and agreed to make exchanges in Japan. Two years later, the mission led by Kim Yikyo (1764~1832) was dispatched to Japan. However, instead of going directly to see the General in Edo, they went to Tsushima Island, Japan, to meet with Chief Envoy of Tobu Ogasawara Tadakata (1770~1843) and Deputy Envoy Wakisaka Yaseutada (1768~1841), and held the ceremony of conveying formal documents and the king's will. The mission had no performers of "Circus" this time. Moreover, the exchange between Joseon and Japanese scholars was not as extensive and deep as before and became the final exchange between communication envoys in the two countries.

The Exchanges of Zhu Zi Theory between Joseon and Japanese Scholars prepared in the exchange is stored in Tokyo Library, contained in Volume 57 and 58 of *the Collections of Meongwongwan*, and recorded in Volume 24, 25 and 26 of *Seyiri Books* edited by Umezawa Hide-o, which recorded the poetry and essay communication between Japanese scholars like Koga Seyiri (1750~1817) and Joseon envoys. The topic of Confucianism is contained in the written record of the conversation on June 21.

Koga Seyiri is a Japanese scholar studying Zhu Zi Theory, used to lead a movement of "Forbidding Different Schools Except for Zhu Zi Theory", and is a representative of official theory based on Zhu Zi Thoery. Therefore, the communication atmosphere between him and the Chief Envoy Kim Yikyo, the Deputy Envoy Lee Myeon-gu (1757~1818), the Secretary of the Chief Envoy Kim Seonsin (1775~1855?), the Secretary of the Deputy Envoy Lee Myeong-o (?~1836) and other Joseon scholars was friendly and harmonious while discussing the topic of Zhu Zi Theory.

Koga Seyiri was was a confucian scholar of the late Edo period, and his native place is Shaga, Japan. His forename is Sheu-na-o, courtesy name is Zunpu, pseudonym is Seyiri, and he is generally known as Yaseuke. He served as a Confucian Official of Bakuhu. His writings included *the Explanation of Ten Things* (the essentials of political administration), *the Interpretation of the Great Learning's Chapters*, *the Interpretation of the Four Books*, *the Interpretation of Jinsilu*, *the Collected Works of Seyiri, etc.* Kim Yikyo's native place is Andong, courtesy name is Gongse, pseudonym is Jukri or Jukrigwan. He served as the official who works outside the palace (mainly dispatched to Yeong-ando and Pyeong-ando), the official who taught prince, etc., and eventually promoted to Uyijeong (the second vice-premier). He has a writing named *the Collected Works of Jukri*. Lee Myeon-gu's native place is Jeonju, and his courtesy name is Jayeo, pseudonym is Namha. He served as the official in charge of compilation in Hongmun-gwan, the governor of Uiju, the headmaster of Seonggyun-gwan. Kim Seonsin's native place is Sungyang, and his courtesy name is Gye-ryang, pseudonym is Cheongsan. He served as a Military Officer, and his writings included *the Anthology of Cheongsan, Dosa Draft, Jwaro Yuefu Poems,* etc. Lee Myeong-o's native place is Jeonju, and his courtesy name is Sawi, pseudonym is Pak-ong. He has a writing named *the poetry anthology of Pak-ong*, consists of nine volumes.

Koga Seyiri stated that Japan has adopted Zhu Zi Theory as the official theory in the *Exchanges of Zhu Zi Theory between Joseon and Japanese Scholars* and brought his draft of *the Preface of Transcription of Lee Hwang's Book* to Joseon envoys. He expressed his strong admire for Lee Hwang (1501~1570), a learned scholar in Joseon in the book.

Joseon scholars had thought that no one believed in Zhu Zi Theory in Japanese academic circle and felt surprised that there were faithful scholars studying Zhu Zi Theory in Japan, like Koga Seyiri. They sighed with emotions and affirmed persistence and promotion of Koga Seyiri Zhu Zi Theory. Joseon scholars called themselves orthodox defenders of confucianism for four hundred years and expected to expand the influences of Joseon Zhu Zi Theory in the form of written exchange. They pursued metaphysics of Zhu Zi Theory and stressed on Moral Theory. However, Japanese scholars aimed to improve Japanese civilization and prestige, thus they paid more attention to physics and underlined Country Governance Theory to construct social ethics.

Although they had different starting points to discuss Zhu Zi Theory, the exchange atmosphere was extremely harmonious. As the final official exchange between communication envoys, the exchange is a proper end of debate over Zhu Zi Theory for more than two hundred years without consideration of complicated psychology between both sides at that time.

대례여조
對禮餘藻

六月卄一日客館筆語[1]

精里：“樸以去月初二落帆本島，是時諸丈已儼然在賓館，宜登卽
踵門候起居，以官事未竣，遷延至於今日，乃得通刺。不迨其間暇，
而適丁束裝忙冗之時，加以秋暑如煅熱，客可嘲而辱降接垂靑，欣
暢[2]幷臻。敬謝敬謝。”

淸山：“諒非裖襪，誰嘲熱客？若開懷暢敍，俾淸風來襲，則不啻
如浴寒水處涼臺矣，僕等何敢以暑爲解？向見盛什三篇，令人讚嘆。
公事未畢，未敢私會，方以爲悵。今日接見，實慰吾心。僕姓<u>金</u>，名
<u>善臣</u>，字<u>季良</u>，號<u>淸山</u>，製述官。俄者猝中暑暍悶，臥若少間，當出
來耳。瓊投益見，高手天成。僕等適飮暑暍悶，且奉話一刻。勝苦百
篇，姑闕和章。諒之諒之。”

精里：“姑闕和章之言最妙。先是聘使之來，持詩乞次韻者，踵接

---

1 원문은 도쿄도립중앙도서관 소장본『明遠館叢書』57권 속의「對禮餘藻」를 저본으로
   삼고, 와세다대학교 도서관본의「對禮餘藻」를 참고하여 일부 교정함.
2 원본에는 '愓'으로 되어 있으나, 와세다대학교 도서관본에 따라 '暢'으로 바로잡음.

대례여조(對禮餘藻) **171**

肩摩, 至不遑寢食, 旣非待遠賓之禮。其於詩道, 亦神趣掃地矣。今此席上, 約其神旺興來者, 則賦古近體見惠, 其否則不必作, 以待他日償之, 有何不可?"

清山:"俄者, 尊先生祭酒公所問條中, 以漢京出極三十八度爲說, 未知据何典記。而星曆家所云千里差一度之說, 亦頗不合。未知近世貴邦人, 精於星曆者, 別有所推測耶? 漢京之地 比之中土不至差過二度, 而俄有所聞, 故玆質所疑。"

精里:"樸於天學瞠也, 不敢容喙。林祭酒博洽, 必有所考據而言。近世有《曆象考成》《靈臺儀象志》, 湯若望《曆別》之類。諸賢見之否? 其言皆原於西洋, 讀者莫不疑。其言之河漢 至於密合無間, 簡易明確, 實出從前諸家之上, 則不得不取之要之。矮人看場, 莫以知悲歡之所由, 爲可愧耳。"

精里:"《洪浩[3]然家傳》, 是敝妹夫之先出貴國者, 以今千載一遇, 接見諸賢, 故敝妹苦懇使求序跋。其事涉講和前, 恐不免唐突之罪。其不忘所自出之意, 則難峻拒姑以謀從違。"

清山:"壬辰之事, 豈忍言哉? 今聞之, 不覺淚涔涔。"

精里:"是所以慮其唐突也。"

清山:"今見《洪浩[4]然傳》, 旣已談及於壬辰矣。其時我國金河西號

---

3 원본에는 '浩浩'로 되어 있으나, 와세다대학교 도서관본에 따라 '洪浩'로 바로잡음.

麟[5]厚名之子孫被擄入貴邦。因住不還，冒姓河西氏，而族黨繁衍云。其一族在我國，故今番信行，囑得其實。方當兩國無疑阻之日，此一事本不足諱，而問之貴邦諸賢，皆諉以未聞。今見公誠實人也。若知其實，幸以見示。"

精里："俘虜人刷還數次，而其人留而不敢去甚衆。若余姻親有洪氏，所識文人有高麗氏，有高本氏。合高麗、日本以爲姓 其他指不遑摟。然事有係禁條者，不可公然尋訪，何也？慶元刷還，宜無復遺餘故也。是語亦不可爲外人說，碍條有罪，請以畀炎。"

至是清山截取問答紙片，納諸褚。若將投火者然，恐以此復金河西也。

清山："秀吉果猴之子乎？"

精里："以其貌肖，名以猿面郞耳。猴子之說則未之聞。"

清山："有薄紙，請揮染以賜。"

精里："魯般門前，非是弄斧斤處。請持歸寓舍，塗鴉以塞命耳。"

清山："公旣不肯濡筆乾墨，可惜。僕雖拙筆，畧書數字，以呈如何？"

至是清山書數十紙，亦強余寫十餘紙。小童亦乞書投筆，小童自傍牽余袖手，作揮灑狀再三。余笑而不書。

4　원본에는 '洪洪'으로 되어 있으나, 와세다대학교 도서관본에 따라 '洪浩'로 바로잡음.
5　원본에는 '獜'으로 되어 있으나, 오기이므로 '麟'으로 바로잡음.

精里：出示《李退溪文抄》曰，"是江都故友處士志村宗章所輯，敝友岡田寒泉刻之。家塾使樸序之，刻成贐余，望諸丈傳覽賜序跋。又呈諸使主一閲，或書數言於簡端，則最協鄙願。"

出示《大學纂釋》，"是吾平素與朋友講究《大學章句》，辨訂疑晦，乃筆之者。章句集註末疏，如煙海，若不細心理會，則至誤人。故有此纂釋。其乞一閲及序跋，如《退溪文抄》。"

"今日良晤，有所欲于瀆及，求文字二三項，姑徐徐之。且攀舊例，呈蕉詩於各位下。又有欲呈正副使二公。作初意，以使主尊嚴，欲商其可否於製述官，而林祭酒向道達賤名於使主，而獲一謁，是以此詩簡轉託左右而呈之。不復別陳請也。"

清山："《退溪集》，不翅止此，未知貴邦從何處購得，而刪錄其一二耶？或未及見其全集耶？"

精里："《退溪集》，本邦絶無，而僅有此抄，乃節取精要，欲使人易得其書，易領其旨耳。拙序末申此意，更望覆視。"

至是再閲序文頷之。

清山："僕等不敢妄評精微，而若令尾附一語，則亦不敢辭。至於兩使大人，王事雖竣，行期此迫，恐無間隔可以弁卷，而弟當以此意入稟耳。"

清山："公號何義，請叩之。"

精里："樸生於肥前佐嘉郡精街，街名本取諸春州將廚米，使精鑿之義。非妙道精義之精一粲。"

泊翁:"使船來後, 卽聞公文名, 今接雅儀, 何等傾注？筆談極好,
勝於作詩。日汗苦唫, 終非天趣入思, 則幾句木瓜, 仰報瓊琚耳。俄
敎切當切當。斯文如元氣。元氣自盛, 邪氣不能間之。賴有公於貴
邦, 萬幸萬幸。向見貴什, 今接筆語。片言隻字, 亦知文章造詣, 僕
東來不虛歸矣。公詩眞是<u>正始</u>之音, 令人諷誦, 直忘苦熱。仰喜仰
喜。公年紀幾何？令胤幾人, 亦能文章否？"

精里:"馬齡六十二, 有三男四女, 男皆好讀書。雖無以大過人, 亦
足慰目前。"

泊翁:"僕亦六十二, 與公同庚, 驚喜萬萬。貴男三人皆能文。尤
賀尤賀。僕只有一子, 亦頗能文。"

精里:"始知同庚, 覺情誼益親。令郎能文, 使人傾想。"

菊隱:"相逢之晚, 可勝恨歎。日氣雖熱, 故人淸風, 我心則凉。行
期雖促, 少留攄懷, 幸甚。姑闕和章, 誠如所示萍水相逢, 以筆代舌,
足可暢懷。何必役役章句間哉？僕收公之筆談, 以爲西還後, 時時
替面之資耳。"

精里:"或傳公屢遊<u>唐山</u>。最堪欽仰<u>淸國</u>儒者, 理學自<u>陸隴其</u>, 文
章自<u>沈德潛</u>。以後必有代興者, 而未之聞。吾子遊彼中, 理學文章之
名家, 所識何姓號, 所聞何姓號, 幸以見告。"

菊隱:"僕於戊辰秋, 入于<u>中國</u>, 己巳春還鄉, 多與文人韻士從遊。
<u>覇州</u>知州<u>張水屋</u>之三絶,【文也, 筆也, 畫也。】<u>王漢森</u>之魁偉, <u>曹玉水</u>之

才華, 其他不可殫記。而理學文章, 彬彬可觀, 專尙紫陽之學。沈德潛以下代不乏人而。紀尙書、翁覃溪至今生存而最著者也。後使門人審張、王、曺事, 菊隱答, "張子房之奉祀孫道遲也。王, 王陵之直孫也。曺, 曺彬之裔。貴什如示傳致, 而太華暑症猝發, 見方委席, 故不得參座, 可恨。淸翁、笑巴、東岡各有所事, 未及赴席, 終當出來耳。俄兩使相見, 貴什三回五讀, 讚歎不已。僕日昨往以酊菴, 於摺冊之首, 見公之序文, 而知公之學富也。豈勝欽歎? 向見公之《遊以酊菴詩》, 愛玩不已, 留得其一, 以爲篋笥之珍藏矣。今接盛儀, 實慰渴望。欲得公之筆蹟, 爲柱聯。紙本已具, 炎熱如此, 不敢仰煩。僕有病先退, 大違體貌, 悚然之中, 尤切悵然。此呈十片紙, 卽我國一品大臣之筆, 而名位德望文章, 有名於天下。雖本國之人, 得之爲寶, 玆以奉呈, 以表區區情, 哂納如何? 書不盡言。"

單紙來告　　　　　　　　　　　　　　　　　　　　　　太華

自聞高名, 日望承接, 得此良會, 曷不傾聳? 但僕之病症, 似不大段, 火氣衝上時, 不省人事。咫尺之地, 竟失相晤, 此亦有數爲之奈何? 發船前更枉之敎, 寔出望外。僕雖欲躬造舍館, 此則不易。倘蒙屈駕, 其喜難量。諸般言語, 都在面對, 方伏枕叫苦, 不能長語, 亂草不備。太華拜復。

太華實病若此, 不得造話。僕亦不勝悵然。淸山

淸山 : "自伊、物之說, 行於貴國以來, 我東儒賢不相爲謀久矣。其在癸未槎行時, 我國人與貴邦群儒, 有相往復。僕嘗得見其一二, 而至於指顏、孟爲未盡, 斥程、朱爲未廣。誠私心痛之, 不啻如洪水猛獸之可畏。今見公喜閱《退溪集》, 便已實踐, 閫域有所超詣故耳。僕所以傾喜公者, 寔在此一款。無以僕爲喜同而惡異耶? 道者

天下之公也, 公言之而已。三尺童子, 可以說得, 百歲老人, 亦難行得。故虛談不知實踐, 實見眞能力行。僕雖甚譾劣, 嘗欲顧行而後言。故不敢汎及精蘊, 以犯古人僭妄之戒。而聞公有格致之學, 粹然爲一時宗匠。故玆漫筆相告不審。高明以爲如何?"

精里:"伊、物之說, 如暴風騷雨不崇朝, 無復痕迹矣。本邦尙朱學。頃歲, 又下令黜邪崇正, 海內翕然。而夫淸儒毛奇齡之徒, 著述汗牛, 商船流傳, 間不無聽瑩者。然比之寶曆間, 則十去七八矣。故伊、物之熄, 非僕之功, 而異學餘孽, 摧陷廓淸, 未能比雄偉不常, 則僕有罪焉爾。百世老翁, 難能之言, 深荷戒示。但學問講究, 不可避其精蘊, 而弗之及。至是只有爲已、爲人之辨耳。"

淸山:"講究以下, 語此是道學問, 學之不可須臾放。下處爲人、爲己之辨, 有不可草草談及, 適增門路之紛紛耳。"

精里:"世蓋有聞其議論, 則繭絲、牛毛, 窮極精微, 而制行相反者。其談亦必及爲已、爲人之辨矣。其故何也? 因其心不實也。過此以往, 不復可說。高明所言, 恐致門路之紛紛者, 至此有何方法? 何處下手? 請聞其詳。"

淸山:"公之虛心向道, 不以異域而間之, 不以末學而卑之, 有此俯問, 良歎盛度。僕實固不足, 以當此問也。雖然僕雖愚陋寡聞, 行能無稱, 然仄聞長者之遺風, 欽奉昔賢之微旨, 未可謂全無耳目者。竊病世之學者, 不以篤恭爲意, 膠執先儒之片言隻字, 分門割戶虛爲, 此紛紛也。大抵由周公以後, 其說盖長, 長而不已, 益支離汗漫, 無所歸宿。宋儒起於久晦之餘, 辨析精微, 殆無餘蘊。至於明儒之改

換頭面, 互相抵牾, 則已不勝其穿鑿浩汗之歸。適足爲小人之口, 實
非君子之大雅之本意。吾夫子有言, 其身正不令而行。僕之意大都
不出此圈。唯患其未至耳。苟有一二同志, 言下卽悟則就, 互相質
問, 初不妨事。而至於岐貳之際, 輒張義旗, 不足以熄邪, 而適以召
亂耳。僕未見其可也, 言不可旣萬畧無倫。幸恕幸恕。淄川之師, 年
高德邵, 非如僕早而失學, 晩而涉獵, 東塗西抹, 强名爲文人者。此
也。慚愧慚愧。"

右前答訖, 卽書示樋口生, 令轉示之於精里。

泊翁:"異學只擧陽明, 則諸家之邪繆皆該之。此意子知之乎?"

精里:"陽明前輩, 有陳白沙、湛甘泉始唱異論。餘姚之後, 近
溪、見羅之類, 則勿論已。至於郝京山、毛奇齡皆出於王。至淸朝
儒臣。取聖旨定朱、王之一揆, 可謂近兒戲。淸國之所爲萬國倣焉。
故其說之流毒不少, 爲可歎耳。"

泊翁:"公言如僕言, 不可枚擧。吠聲吠影, 何足論哉? 恨相見之
晩, 又恨恨。"

泊翁:"退溪先生於《朱子全書》撮爲節要, 今公之於李先生亦然。
公之學術之正, 正在是書。功朱子者, 自明至淸, 不勝言。薛文淸、
胡敬軒諸公之外, 陽明之學, 陳白沙之道皆是禪學。更熾於象山之
時, 至毛奇齡, 西河者晩出力攻無可言。昔聞貴邦物茂卿、伊藤維
楨力戰朱學。至於戊辰信行, 先大人以書記入來之時, 源東郭、斐
瞻博大攻聖學。故僕常以貴邦學術之不正爲訝。今見公所序《退溪
集》者, 豈非斯文一線不絶, 賴公而爲恃, 卽中流砥柱耶。不勝仰仰

賀賀。"

▶영인본은 214쪽 참조.

▶영인본은 214쪽 참조.

大學纂釋序[6]

余使日本, 日本之儒精里古賀樸, 以《大學章句纂釋》示余請一言。于時王事已訖, 治任將歸, 披閱無暇。雖未能卒業, 然竊觀其所爲序文, 其於朱子之書, 可謂信如神明, 衛如父兄矣。嗚呼! 可敬也。已我國之學尊尙朱子舊矣。雖余蔑學, 猶可以言之。而言朱子之書者, 文集則以爲或有初晩之異, 語類則以爲或有記錄之差。於是乎紛然異同之攷作, 而其異其差, 固不害於爲朱子也。其或不失於記錄, 而謂之誤錄, 已定於晩年之論。謂之未定, 攬掇强辯, 以就已說, 則其爲害朱子之道, 反有甚於公肆詆譏者之爲易辯而無惑也。今精里於朱子之書, 旣能信得及矣。惟願專治而益精之, 察門人之造詣。而知記錄之各自有淺深, 攷問答之有爲而默識, 其語殊而旨同, 則其於異同之辯, 豈不昭晰而淹貫矣乎? 是余所願而未能者, 用以奉告, 未必無助於纂釋諸說之折衷云。

歲辛未 季夏 朝鮮正使 竹里居士 安東 金履喬識

同跋

昔朱夫子, 從《禮記》中, 拈出《大學》一書, 倡明道學, 學者尊崇之, 如日中天。至於皇明 王陽明, 以良知、良能四箇字, 掀飜滾倒, 從上聖賢眞知, 力踐茶飯日用, 學術變爲躐等, 驟進爲學。厮壞了學

---

6 원문은 와세다대학교 도서관본을 저본으로 삼음.

問，至今爲恨。今見古賀精里《大學纂輯》之書，朱父子之精微處發揮之，無復餘蘊。是扶正氣也，植聖學也。從此陽明之學，如陰雲毒霧，掃蕩廓淸，不但爲古賀賀也，爲貴邦學者賀也。

辛未六月　副使書記　李明五　士緯泊翁　謹題如是爲跋，一笑擲之如何？

書古賀氏大學纂輯後

余蚤歲受《大學章句》。耳擩目染，日講月劘，時尙顓蒙，雖有得焉者寡矣。年三十復取舊學而溫習。欽奉朱註，自覺胸中無滯礙，雖有失焉者寡矣。及其出而語人，人疑其奧，雖有同焉者亦寡矣。於乎！以余之擣昧蔑學，掇拾於記誦，詞章之餘者，猶有以自明已業，則其所造之淺深，非余言辭之所能盡。要之，非聖賢格言，吾不得以崇信，表章以犯古人，雜施不遜之議耳。夫紫陽之學　有三不差。自期不差，爲人不差，其聖人也，亦不差。如有毫釐之差，必有千里之謬。而噉噉之譁，至今爲梗，則唯《大學章句》，爲陽明輩所訿變窮格，而爲至削補。亡而不錄猶不忍，公肆詆毀，則及復曲爲之說曰：“道固如是不直則不見。”嗚呼！其亦有似是而難明者乎！是其所以榛塞聖路，蔽痼學源，吾未知其於洪水猛獸何如也。昔我東儒，自圃、牧以來曁退陶、尤齋，諸先生莫不尊信紫陽。辨復數千，至如《或問》、語類之異同，俱字比句櫛，殆無遺憾。余嘗闚見一二，汪若河、漢，內以爲顯微闡幽之旨，外而爲嚴師畏友之益者，亦且有年於玆矣。留和陽之數月，落落無與偶，及其整舟而將施也。始得佐嘉 古賀氏與語。古賀氏出《纂輯》一書，以自序弁首，折衷諸家，羽翼聖經。余旣急於行戶，未及繙閱，而古賀氏忠信博雅君子也。嘗用力於格致，粹然見乎其面，余旣一見起敬。其成書又若此，誠不覺其歆袟讚嘆，而抑以見日東文敎之興，間不容邪經傳，昭昭炳若日星。僕將歸佈此言, 以爲同文之幸古賀氏, 其亦有榮焉耳矣。玆又樂爲之書。

　辛未 榴夏 二十有五日 朝鮮通申書記 嵩陽 金善臣書于和陽館中
　儓行將發矣。再晤無緣, 一別如雨抱此恨, 恨將何以推遣? 惟願
道德日就, 副此渴仰。區區別離之感, 不復措諸詞翰矣。纂集後小跋
一通, 信手寫呈。語極卑拙, 然重違勤敎, 撥冗應命。草草不備。

　十筆、五墨、三束紙使相命, 儓傳致幷以付上耳。

▶영인본은 191쪽 참조.

【영인자료】

여기서부터 영인본을 인쇄한 부분입니다. 맨 뒷면에서 시작됩니다.

極畏拙然童達勤敖撥冗憲余草之不備

十筆五墨三束紙使相命僕傳致并以付上耳

羽翼聖經余既急於行矣未及緒閱而古賀氏忠信
博雅君子也寧用力於掊致粹然見乎其面余既一
見起敬其成書又君此誠不覺其欽挹莊讀嘆而柳以
見日東文教之興間不容邪經傳昭昭炳若日星僕
將歸佐此言以為同文之幸古賀氏其亦有榮焉与
矣兹又樂為之書辛未榴夏二十有五日朝鮮通申
書託高陽金善臣書于和陽館中
僕行將菱矣再晤無緣一別如兩抱此恨々將何
以握遣惟顒道德日祉剴此渴仰区々別離之感
不復措諸詞翰矣纂集後小跋一通信手寫呈諸

窮格而為至削補亡而不錄猶不忍公肆謬戾則及
復曲為之說曰道同如是不直則不見嗚呼其亦有
似是而難明者乎晃其所以榛塞聖路蔽痼學源
吾未知其於洪水猛獸何如也昔我東儒賢自圉牧
以美墜陶尤齊諸先生莫不尊信紫陽辨復數千
至如或問諸類之黑同俱字此句梛殆無遺憾余嘗
關見一二汪君洒漢內以為顯微闡幽之音外而為
嚴師畏之友孟者亦且有年於磊兵留和陽之數月
潜久無興偶及其整舟而將旋也始得嘉佳古賀氏
與語古賀氏出蔡輯一書以自序弁首析表諸家

余登歲受大學章句耳濡目染曰講月剖時尚頗蒙
雖有得焉者真矣年三十復取舊學而溫習欵奉朱
註自覺胸中無滯礙雖有失焉者真矣及其出而
諸人人疑其奧雖有同焉者亦真矣於乎以余之椿
昧蔑學掇拾於訛諷詞章之餘者猶有以自明已業
則其所造之淺深迷余言辭之所能盡要之非聖嘆
揆言吾不得以崇信表章以犯古人難施不逭之議
耳夫豈陽之學有三不吾自期不美為人不美其聖
人也亦不吾如有毫釐之差必有千里之謬而燉之
之譚至今為梗則唯大學章句為陽明輩所訛變

- 27 -

昔朱夫子從禮託中指出大學一書倡明道學之者
尊崇之如日中天至於皇明王陽明以良知良能四
箇字掀翻滾倒從上聖賢真知力踐茶飯日用學術
變為蹶寺驟進為學斯壞了學問至今為恨令見古
賀精里大學纂輯之書朱夫子精微慶發揮之無復
餘蘊是扶正氣也植聖學也從此陽明之學如陰雲
毒霧掃萬廓清不但為古賀之也為貴邦學者賀也
辛未六月副使書託李明士　韓泊翁謹題如是為
跋一笑擲之如何
　書古賀氏大學纂輯後

固不害於為朱子也其或不失於託錄而譜之誤錄
已定於晚年之論譜之未定獵掇強辨以乾巳說則
其為害朱子之道反有甚於公肆誣讒者之為害辨
而無惑也今精里於朱子之書既能信得及矣惟頼
專治而盈精之寀門人之造諸而知託錄之各自有
淺淺攺問荅之有兩㝎黙識其詰殊而旨同則其於
異同之辨宣不昭晰而淹貫矣夛是余所頼而未能
有用以奉告未必無助於纂釈諸說之折衷云

歲辛未季夏朝鮮正使竹里居士安東金履喬識

同跋

辛以洎翁之言傳之如何

大學纂擇序

余使日本日本之儒措里古賀橫以大學章句纂釋
示余請一言于時王事已訖治任將歸披閲無暇雖
未能卒業然竊觀其所爲序文其於朱子之書可
謂信如神明衛如父兄矣嗚呼可畏也已我國之學
專尚朱子爲矣雖余葸學猶可以言之而言朱子
之書者文集則以爲或有初晩之異語類則以爲或
有記錄之差於是辛紛然異同之故作而其異其美

朱學至戊辰信行先大人以書記入来之時陳東拵

郭斐瞻博大攻聖學故僕常以賁朴學術之不正為

訏令見公所存退溪集者豈非斯文一綫不絶賴公

而為特即中流砥柱耶不勝仰之賀之

耳

公言如傖言不可枚舉吠聲吠影何足論哉我恨相見

之晚又恨之

洲翁

洲翁

退溪先生於朱子全書撮為節要今公之於李先生

然公之學術之正。正在是書攻朱子者自明至情

不勝言薛文清胡敬軒諸公之外陽明之學陳白沙

之道皆是禪學更熾於象山之時至毛奇齡而何者

晚出力攻無可言昔陽貨郉物義卿伊藤維楨力戰

塗西抹強名為文人者比比也慚愧〃〃

右前荅託即書示柜口生今轉示之耒猪里

異学只擧陽明則諸家之舛繆皆談之此意子知之

洏翕

平〃

精里

陽明前輩有陳白沙湛甘泉然唱異論餘姚之後近

後見羅之頖剝勿論之至扵都京山毛奇齡皆出扵

王至清朝儒臣取聖旨定未王之一榢可謂近見戲

清國之𠫤為萬國啟𡉏故其說之流毒不少為可歎

此紛紛也大抵由周公以後其説蓋長、而不已蓋
支離汗漫無所歸宿宋儒起於久晦之餘辨析精微
殆無餘蘊至於朝儒之攷撰頭而互相抵牾則已不
勝其穿鑿浩汗之歸適足為小人之口實非君子之
大雅之本意吾夫子有言其身正不令而行儻之意
大都不出此圍唯患其未至耳苟有一二同志言下
即悟則就互相質問初不妨事而至於岐貳之際輒
張義旗不三以爐駛而通以名亂耳儻未見其可也
言不可既焉炅無倫幸怒、
洞川之師年高德卲非如僕早而失學晚而渉獵東

— 20 —

世蓋有聞其議論則爾孫干毛窮極精微而剖析相

反者其說無必為已人為之辯矣其改何也固其反

心不覺也過此以往不復可說高明所言怨致門訟

之紛〻者至此有何方法何處下手請聞其詳

　　　　　　　　清山

公之虛心向道不以異域而同之不以末学而卑之

有此俯問良歉盛矣僕實固不足以當此問也雖然

僕惟愚陋寡聞行能無稱然及聞長者之遺風欽奉

昔賢之微言未可謂全無耳目者窮病世之学者不

以篤志為意勝執先儒之片言隻字分門割〻處為

奇齡之徒著述汗牛尚舩流傳間不無聽瑩者此

之寶歷閒剗十去七八矣故伊物之熄非樣之功而

異學餘孼摧陷廓清末祇以雄偉不常則樣有罪焉

爾

而歲老翁難新之言深荷戒示但学問講究不可避

其精蘊而朴之及至是只有爲已爲人之辨耳

清山

講究以下供是此適学問學之不可顳更故下處焉

人爲已之辨有不可草々談及遹塘門訒之紛々耳

精署

喜閱退溪集便仁實踐間哉有所超請故耳僕所以

傾喜公者寔在此一欵無以僕為喜同而惡異耶遂

老天下之公也公言之而已三尺童子可以說得而

歲老人亦難行得故處談不如實踐實見真能力行

僕雖甚譾劣著欲顧行而後言故不敢況及精蘊以

犯古人僭妄之戒而聞公有格致之學粹然為一時

宗匠故敢漫筆相告不審高明以為如何

精呈

伊物之說如暴風驟而不崇朝無復痕迹矣本邦尚

宋學頃歲又下令燕斥崇正海內翕然而夫清儒毛

相時此亦有數焉之奈何發船前史在之教竟出望

外僕雖欲卽造舍館此則不易儐蒙屈駕其喜難量

諸般言說都在面對方伏枕呻苦不能長話亂草不

備太華拜復

太筆實病羔此不得造謝僕亦不勝悵然　清山

　　　　　　　清山

自伊物之說行於責國以來我東儒賢不相為謀父

矢其在癸丰橦行時我国人與責邦聲儒有相往復

僕嘗得見其一二而至於指頹孟為未盡乎程朱為

未厭誠私心痛々不啻如阸水猛獸之可畏今見公

笥之珍藏矣今接盛儀實慰悒塑

欲得公之筆蹟為柱聯紙本已具炎勢如此不敢仰

煩

僕有病先退大違體貌怵然之中尤切悵然此呈十

片紙即我國一品大臣之筆而名位德望文章有名

於天下誰本國之人得之為寶莫以奉呈以表匠

情兩納如何書不盡言

單紙来告

太華

向聞高志日望承接得此良會豈不倦舉但僕之病

症似不大段火氣衝上時不有人事恐尺之地竟失

可觀專尚紫陽之學沈德潛以下代不乏人而紀尚

書約章溪至今生存而最著者也後使門人舊張王

房之奉祀孫道運也王王

陵之直孫也書彬之裔

責什如示傳致而太華暑症猝羨見方委席故不得

參摩可恨清莉笑困東閩各有所事未及赴席終當

出來耳

俄兩使相見責什三回五讀讚歎不已

僅日昨往以所卷作掲每之首見公之序文而知公

之學富也豈勝欽歎

向見公之遊以所藏詩壹玩不已需得其一以為箆

僕傳公之筆談以爲西還後時之瞽面之資耳

武傳公集遊唐山最堪欽仰清國儒者理学由陸瀧　　　精里

其文章向沈德階以後必代有興者而未之聞吾子

遊彼中理学文章之名家所識何姓辭所聞何姓辨

章以見告

僕於戊辰秋八于甲國色已春還鄉多興文人韻士　　蜀隱

臣遊霸州知張水舍之絕文地畫也筆王漢森之魁州

偉壽玉水之才華其代不可殫記所理学文章彬〵

僕年六十二與公同庚驚喜萬〻貴男三人皆能文

尤賀〻、二僕只有一子點頗能文

泊翁

精里

始知同庚覺情誼益親令郎能文使人傾想

菊隱

梧逢之晚可勝恨歎日氣雅燮故人情況我心即涼

行期雖促少留攄懷幸甚

姑閣私章誼如所示薄水梧逢以筆代舌足可暢懷

何必役〻章甲間哉

向木瓜御報瓊琚所俄教切當〻〻

斯文如元氣〻〻有盛衰氣不能間之賴有公於貴

邦萬幸〻〻

向見貴什今接筆語片言隻字亦知文章造詣儀東

來不虛帰矣

公詩真是正始之音令人諷誦直忘其勞仰喜〻〻

公年紀幾何令胤幾人亦能文章否

精里

馬齡六十二有三男四女男皆好讀書雖無以大過

人亦足慰目前

— 11 —

至於兩使大人。王事罷後。行期此逼。恐無間隙可以
竡卷而茅當以此意入稟耳。

清山

公歸何急請叩之

精里

樣生於肥前佐嘉郡精衛街尓。本取諸春州將尉矢

使精鑿之義非妙道精義之精一緊

洞翁

使船未後卽聞公文名。今接雅儀何等傾注。

筆説極好勝於作詩。日汗喰終非天地人思則歿

左右而呈之。不復別陳請也。

退溪集。不趐正此。未知貴邦後何處贈得而刪錄其
一二耶。或未及見其全集耶。　　　清山

退溪集本邦絶無而僅有此抄乃𧰼取精要欲使人
易得其書易領其旨耳。拙序末申此意。更望覆視。
至是再聞
序文領之　　　精里

　　　清山

僕等不敢妄許精微。而若令尾附一語。則此不敢辭。

대례여조　對禮餘藻

— 9 —

是江都故友處士志村宗章所輯。故友岡田寒泉刻
之家塾。使標序之。刻成贐余望諸文傳覽序跋又
呈諸使主一閱。或書數言於簡端。則最惬鄙願。
是共平素與朋友講究大學章句辨訂疑晦。乃筆之
首章句集注。末疏如炳海。羔不細心理會則亦誤人
故有此篡釋其乞一閱及序跋。如退溪文抄。
今日良覬有所欲干賣。及求文字二三項姑徐以之
直攀薦例。呈蕪詩於各位下。又有呈於正副使二公。
作祐意以使主尊嚴欲商其可否於制述官。而林祭
酒向道達賤名於使主而獲一謁是以此詩簡轉託

— 8 —

有薄紙。請揮灑以賜。

清山

魯般門前。非是弄斧斤處。請持歸弊舍塗鴉以塞令

精里

再。

清山

公既不肯濡筆。乾墨可惜。儌雖拙筆。聊書數字以呈。

至是清山書數十紙。点点余畫十餘紙。小童点如何乞書投書小童自傍舉至神手作揮洒狀再三

余実而不書

精里

— 7 —

俘虜人刷還數次而其人留所不敢去甚衆蓋余姻

親有洪氏所識文人有高麗氏有高本氏本以高麗曰婚

其他指不遑捷然事有係禁條者不可公然尋訪何

也慶元刷還宜無遺餘故也是諸此不可為外人

說碍條有罪請以畀炎 至是清山戴破問若紙片納 故襁茶將投火者此恐以此

復金何
西七。

秀吉采徯之子于。

清山

精

以其貌有名以様面卧其後子之說則未之聞

是㫖以憲其庸突也

精里

今見洪〻然傳既已談及於主辰笑其時我國金河

清山

西虜狩拏名之子孫被擄入賣邪丙往不還冐姓河

西氏而族黨葉術云其一族在我國故今香信行壇

得其實方當兩國無甚阻之曰此一事本不足謹而

問之賣邪從賢皆藷以未聞今見公誠賣人也甚知

精里

其實幸以見示

之阿漢至於密合無間昭明確實出洤前諸家之

上則不得不取之要之矮人看塲莫以知悲歡之所

由爲可愧耳

精里

浩〻然家傳是敝妹夫之先出賣圍者以今千載一

遇接見諸賢故敝妹若懇使求存踐其事涉講和前

悲不免虞實之罪其不忘所自出之意則難峻拒姑

以謀泛遑

清山

壬辰之事豈忍言哉今聞之不覺淚浑〻

清山

俄者尊先生盥公所問条中以漢京出極三十八
度為說未知據何典記而星歷家所云千里差一度
之說以頃不合未知近世賣朴人精於星歷者別有
所推測耶漢京之地比之中土不止過差二度而俄
有所聞故敢質所疑

精里

標於天學瞳也不敢客隊林盥洞博洽必有所考據
而言近世有歷象考成靈臺儀象志湯若望曆別之
類諸賢見之否其言皆原於西洋讀者莫不疑其言

我

為悵今日接見賣慰吾心

僕姓金名善臣字李良辭清山製述官俄者猝中暑

昭問卧若少間當止耒耳

瓊投益見高手天成僕等適飲暑昭間且奉話一刻

勝芐而篇姑闕和章諒之〵〵

精里

姑闕和章之言最妙先是聘使之耒持詩乞次韻者

踵接肩摩至不遑寢食既非待遠賓之礼其作詩道

六神趣掃地矢今此席上約其神旺興耒者剗釗古

近體見惠其否則不必作必他日償之有何不可待

對禮餘藻

六月廿一日客館筆語　　精里

樣以去月初二落帆本島是時諸丈已儼然在賓館

宜登即踵門候起居以官事未竣遷延至於今日乃

得通刺不追其閑暇而適丁束裝忙冗之時加以秋

暑如燃熱客可朝而辱降接垂青欣愒并臻敬謝〇

　　　　　　　　　清山

諒非繼犢誰朝熱客羔閒懷暢叙倶清風未艱別不

喪如添寒水寔憬臺矢僅莘何敢以壽為解

向見盛什三篇令人讚嘆公事未畢未敢私會方以

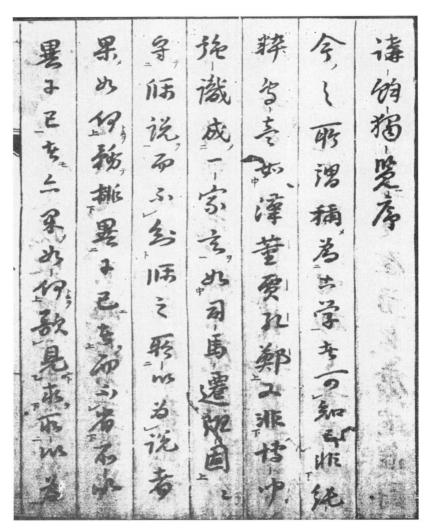

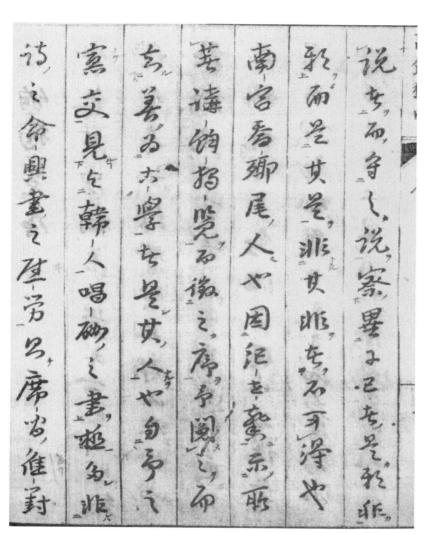

說호而守之ㄴ說審墨之己호믄是䄂非

㮛而못옷是非㤼非오호而浮야

南宮香卿尾人야周詎호藥示耶

菩壽餉招覽而徵之廉호亭闉之而

호善호ㅎ學호是其人야自亭之

竃爻見ㄴ韓人唱硏之書㴾名非

詩之슮興畫之墮勞名席호호推對

曰設令古不中意姑儻更以希云致

已即雖予而為夕夕無不出于此罪韓人

過時香心病不雖親禮接承予修之

詩列條古々為学同異而問々皆非

不知陋之取以為説不者而以異之己

古之屬也後得甚書而不少壽乎

復論雜而直之之非予藝姑淫東以

希云夜已之屬也 以是觀之純粹

言喜如也董賈孔鄭為後代所佩

石可言也博中涉識成一家云此句

馬遷班固之不可言也而之業固出

子喬卿之下遠甚不聲而為之廣

之高浮義而大學之而章之因此

書而徧俗不云有識之人焉然

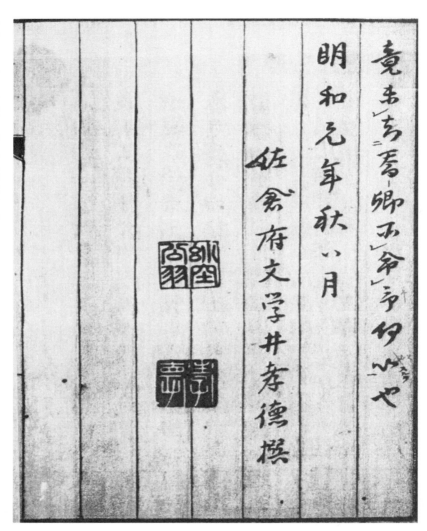

竟志賣卿云命亭夕心や
二 一

明和元年秋八月

佐倉府文学井孝德撰

講餘獨覽

信濃南宮岳著

高須水谷申公甫 輯校

浪華三浦言君謹

寶曆甲申春二月朝鮮國聘賀使來士章子

惠子壽公摳蓮會製述官三書記於美濃令

須驛亭余亦把子惠寄贈書詩往復數篇圖

雖不足觀聊記之以慰病餘一遍

呈朝鮮製述官典籍南君秋月啓路玉字奇曾覽秋月

鸞車曉脂壯萬里之行裝鳳旗日映捲九天之風雲

价人維藩聲稱既及於邦域四牡頌　歌風采方傳于

遐通聘問修禮朝野同慶茲惟南君足下純質卓犖

學識淹通峨峨冠博帶存周室典禮家系應是祖宗歷

世狀元巾幘襪履有箕邦威儀文章即知往時一代

宿苍僕海濱處士朽糞下愚材如樗櫟經年而無用

質似蒲柳値秋而必落半生塹釣地非磻谿渴想之

切徒欲代温其之容於瑊尺帛傳情身非少卿旅悴

之久料難託使子之材於鷹俱是公之雅量過容僕

之譾劣一二質問不吝指斥此附伊東生野詩一律

聊表寸衷若夫高明有所裁　給僕一蒙其照拂豈唯

魚目換夜光之比柳復木瓜得瓊瑤之類已謹啓

呈朝鮮製述官典籍南君秋月

日出之郊海水涯勞君奉命賦皇華入關雲映真人

氣阻地星明使者車客路迢遙褒換葛詞林爛熳筆

生花莫論風俗稱殊域幸賴同文作一家

今須驛亭和南宮老學遙寄之作

秋月

風氣初開折木涯先論岐路後詞華夕陽洙泗天懸

書○捲

曰長夜河閩燭導車漢晉諸儒猶說義陸王餘學但

空花復圭處士皋比抗莫以宗門混異家

來書條次有序議論有据東來後始得講究

之說其喜何齊寒山見片石乎顧行駕火急

未暇作復到東武謹當依戒附所親儒士討

傳姑容俟之

僕徃歲會貴邦諸君於尾張性高院時海皋李

君偶書曰君亦畔朱之徒與僕始不解其意也

遽書對之曰夫祖述堯舜憲章文武宗師仲尼

－ 9 －

學生所奉是已李君無對焉顧我邦一二先賢

有所見各自建幟以誇後生後生亦必待先賢

而學則排朱考亭者君輩無所取亦豈悉非之

乎然今以此爲不是鄹以畔朱見黜爲僕聞朱

文公之言曰常人之學偏於一理玉於一說故

不見四旁以起爭辨諸君必不如此況我邦亦

既以朱文公之學以爲國學則不必排紫陽家

之言乎俱其自信者而言必絵綸聚訟竟爲

場之爭辨耳雖然同是學先王之道者雖所見

有異同而孰不以孝弟忠信爲敎子僕極淺陋

未嘗聞先生長者之言,而幼好讀書每至宋諸

先生之議論未嘗不擊節歎之,然至其駁漢儒

之甚則私心有不安者夫前者倡之,後者和之

漢收秦爐唐從而潤色之宋籍之若訓詁若註

釋傳之,者半一時眩曜以爲如有所異者亦所

謂漢驢胡步胡驢漢步無以異唯議論之異已

宋儒旣駁漢儒則明儒亦駁宋儒如此則駁

任之不眠後生誰之適從如僕淺陋謹不立異

見不復阿所好唯先賢之言之從况於漢唐家

明乎獨以有所不安者一二謹奉問因有感乎

往年李君之言故備稱述之絅此若有言涉抵

觸海涵之量請爲見恕

明鄭曉氏曰宋儒有切於吾道甚多但開口便說漢

儒駁雜又譏其訓詁恐未足以服漢儒之心宋儒所

資於漢儒者十七八只今諸経書傳注儘有不及漢

儒者宋儒譏漢儒太過近世又信宋儒太過今之講

學者又譏宋儒太過

嶽云凡學貴乎博執一不移者固君子所不爲

也譬諸治病邪氣結轖不得不下之若元氣虛

損則別證從而生乃其瀉下之㓮藥却爲後之

病根已夫以下人之手治下人之病尚且如此

而況於學乎

朱子曰聖人教人不過孝弟忠信持守誦習之間此

是下學之本今之學者以爲鈍根不足留意其平居

道說無非子貢所謂不可得而聞者又曰近日學者

病在好高論語未問學而時習便說一貫孟子未言

남궁선생강여독람 南宮先生講餘獨覽

梁惠王問利，便說盡心，易未看六十四卦，便讀繫辭，

此蹂等之病又曰聖賢立言，本自平易今推之使高，

鑿之使深。

岳云朱夫子之言如此今置之論道體說心學，

我不知其稱紫陽家之學者果何謂也元劉靜

修有言曰六經自火於秦傳注於漢疏釋於唐

議論於宋曰起而日變云云故必先傳注而後

疏釋先疏釋而後議論始終源委推索究竟以

已之意體察爲之權衡勿好新奇勿好僻異平

— 14 —

[영인] 남궁선생강여독람　235

吾心易吾氣然後爲得也劉氏奉朱子之教者

而其言也如此不知君意爲何如

黃氏曰抄解尚書人心惟危道心惟微惟精惟一允

執厥中一章曰此章本堯命舜之辭舜申之以命禹

而加詳焉耳堯之命舜曰允執厥中今舜加危微精

一之語於允執厥中之上所以使人審擇而能執中

者也此訓之辭也皆主於堯之執中一語而發也堯

之命舜曰四海困窮天祿永終今舜加無稽之言勿

聽以至敬修可願於天祿永終之上文所以警切之

— 15 —

使勿至於困窮而永終者也此戒之也辭也皆主然

堯之永終二語而發也執中之訓正說也永終之戒

反說也盖舜以昔所得於堯之訓戒爲其平日所嘗

用力而自得之者盡以命禹使知所以執中而不至

於永終耳豈爲言心設哉近世喜言心學舍全章本

旨而獨論人心道心甚者單擧道心二字而直謂即

心是道益陷於禪學而不自知其去堯舜授受天

下之本旨遠矣

愚云堯舜禹天子也聖人也至其授受天下也

남궁선생강여독람 南宮先生講餘獨覽

有如此人而後有如此語也豈此後世所傳道

統之傳者也乎

唐仁卿答人書曰自新學興而名家養其冒馬以居

心者不少然其言學也則心而已矣元開古有學道

不聞學心古有好學不聞好心學云實六經孔孟

所不道今之言學者蓋謂心即道也而元元於解也仁

也危微之旨在也雖上聖而不敢言也今人多怪元

言學而遺心孰若執事責以不學之易乎而元亦可

以無辭於執事子曰有能一日用其力於仁矣乎又

— 17 —

曰一日克己復禮又曰終日乾乾行事也元未能也
孔門諸子曰月至焉夫子猶未許其好學而況乎日
至未能也謂之不學可也但未知執事所謂學者果
仁邪事邪抑心逐謂邪外行外禮外事以爲心雖執
事亦知其不可執事意必謂仁與禮與事即心也用
力於仁用力於心也復禮復心也行事行心也則元
之不解也謂之不學可也又曰孳孳爲善者
心孳孳爲利者亦未必非心危哉心子判吉凶別人
禽雖太聖猶必防乎其防而敢言心學乎心學者以

心爲學也以心爲學是以心爲性也心能具性而不

能使心即性也是故求放心則是求心也心則非求心則

非求於心則是我所病乎心學者爲其求心果

待求必非與我同類心果可學則以禮制心以仁存

心之言每乃爲心障與

嘗云心本動物唯在乎制之何如耳辟如御馬

有轡鞭唯其所用也苟無是二者則何以試

馨控馳驟也況範馳驅者乎若曰無所制而能

制之則我知其必爲詭遇者也孟子本心放心

亦非若後世心之謂矣一樂□□□□緣紀二□

復南宮大湫經案　　　　　秋月

今須驛亭相見之士皆安定門人言談舉止之間已

識有所受而長歲小律亦以見蘊蓄之深厚顧行巳

忽遽草草報韻未盡所欲言盛論諸條並致楷復愧

員多矣此來始欲與有識之士論說率下寇義理得

失之歸奈今士皆臻應酬旁午呉賦後趣詩若予間

或得一二可語之人而未能傾倒困稟固已失其素

心而亦不能不慨然於貴邦文墨之儒也今回事

引朱夫子論學者好高躐等之弊推之使高鑿之使

瀉元氣之藥

於下手用工處漢儒却是含糊恐不可以譏漢儒爲

朱之八字打開其訓義釋音處漢儒迸古多可采至

過誠宋儒之過然漢儒何嘗說得性命窮格如程

以高意以比元氣虛損用瀉下之却藥夫譏漢儒太

所論引鄭曉氏論識漢儒太過信宋儒太過而結以

幸平心而舒究焉

暇暑復所叩俱恐死法常談難望其有創於高題集

深而繁之以盛意以劉靜修勿娸新奇勿娸僻異必

語證之此一節儘平穩儘着實可爲初學駑遠者之

切戒無容雌黃

引黃氏曰抄鮮危微精而章謂爲天祿永終而設戒

非爲心學而堯訓足下仍論以聖人之授受天下豈

似後世道統之傳此則黃氏既誤而足下又不免大

誤夫堯執中一語雖不說人心道心危微精一字却

在包在裹許舜已領悟無疑舜又益之似三言以承

丁寧反復之意非執中二字有所沫是兩禹不能領

悟也憂之深而說之詳時愈下而語愈悉卷不能察

危微之間下精一之工以至於聽無揩廳弗詢忘何

畏忽可愛則天祿將永終此與堯永終之訓真是一

串貫來会謂精一之訓與永終之戒不同者全夫聖

人本意至於下欽二句允緣以千里授爱天下固羕

下之大事道統之傳豈非天下之大事而直以爲後

世童子天下授受輕而道統之相傳重無是統則天

下措於何處舍是心則道寓扵何處願足下勿觀雜

書更取一部中庸序下數月工夫苏悟此言之謬

― 23 ―

引唐仁卿書論心學二字之非盖是而復以御爲喻

之此言似乎有據而不免有弊孔孟言學率說心事

多從日用孝弟上說而要是敎人存心善乎程子之

言曰聖賢千言萬語只是要人將已放之心約之使

反復入身來雖不言心學二字此非治心之學爭奈

世學者未學灑掃應對開口便說心學誠誤矣然自

八歲入學以上未有舍是心而爲學者又不可以心

學二字爲後世之不好麤身也俱制之存各有攸

當纏說以心爲學則便已論於以心觀心之弊此亦

精微之辨也还審高明以爲知何瘳半不寃伏讃哉

蔡甲申二月廿一秋月頓首

再復秋月南君

二月廿一日東武賓館所託木逢萊書不日至勢州

伏審近狀往白諸門生出謁今須驛事時屡賜高撕

及有所諭足下官事鞅掌加之以長途旅憊而情誼

殷好有加無已方今使事既畢西歸有日黯憀驛浪

萍每一懷其德範未嘗不神往俱恨未由邂逅從耳捧

讀尊箋何其心之摯而言之切迄僕何辰得遂念哉

— 25 —

此也其所教示諸條辭理諒通區僕之不違然於其
不安者自若因再托石川太一者敢復贅之夫並其
所見互相駁斥固非盛德事也況爭其同異乎昔者
朱紫陽陸象山俱相論辨往復者數回紫陽遂□謂
各尊所聞各行所知可矣而止者足下所嘗知也於
今亦尚如此雖然聖人教人各因其深痼乃朱夫子
之言亦謂之因病之藥則可豈復問一一脗合乎是
僕之所以藥爲喻也伏冀足下寬懷雅慶專之德古
爲心乃取古義且不慶新注新古並照則貴郑末物

之盛也今才之成也其化必有倍古昔者姦僕陋劣

未敢冒高明獨賴辱足下台教極陳關切之念萬鑒

茹以無此擲之幸甚

兼論議漢儒太過誠宋儒之過處恐不可以譏漢儒

爲寫元氣之藥足下既以譏漢儒誠爲宋儒之過處

則何以云然子且謂漢儒近古多可采又何譏之爲

夫宋儒一過遺萬累至今後世學者有目未覩漢儒

之書是余所言寫下刦藥者非邪苟訓義釋音可取

即漢儒之所長至其性命窮格漢儒所不言宋儒好

言之。今足下以宋儒所好言譏漢儒所不善均之一弊

復爲馮元氣之藥足下明識再察諸

兼論引朱夫子之言以劉氏說證之足下評儘着實

蓋朱子厭棄高深之說一主孝弟忠信擔守調護之

間。非嘗爲末生驚遠者幾之劉氏以秦漢唐宋爲四

變是皆足下所深許之而復謂以譏漢儒之言不可

爲馮元氣之藥以前後之言考之不能無不相矛盾

者也夫自夫子没而微言絶諸家紛紛各建其幟大

誇後生者何世蔑有是以歷代先賢竭日費力暇暇

壽余鴛鴦

不違稅駕也苟玉其不說喜其所見而識其所不是

則班孟堅所謂學者大患朱子豈貴此乎故朱希也聖

言云只理會門內之事門外之事便予不得所以聖

人教人要博學足下偶怠之乎

承論黃氏解危微精一之章誤而僕亦大誤矣又謂

天下授受輕而道統之相傳重且喻僕讚中庸原是

即足下深以宋儒之說信此章之義所謂溺而樂已

此章說堯舜禹以其平日所自試者互相授受乃如

黃氏所謂執中之訓正說也永終之戒反說也可以

— 29 —

觀焉耳是皆訓戒之辭即遺戒遺言之類也但堯舜

爲聖人也故其言也至慎至重以爲後世法語無復

可加者矣然非爲言心學者設之其謂之道統之傳

則似矣抑所謂道統之傳古有此言耶耆曰古所無

今有之則聖人之敎不可一定也唯足下留意勿誤

全章本旨矣按漢藝文志中庸說二篇在禮家子思

世三篇在儒家孔叢子亦言四十九篇古書固殘缺

雖多可疑者然此書古牧禮記中無異說晉戴顒梁

武帝始表出之至宋二程子遂表章之傳信之後世

以作傳道之書然古無此事今有此言何南所愛而

然乎且夫古先聖王之道直萬古而不滅者如青天

白日也不必謂待一部中庸而博之矣是以僕冗長

敷行及黃氏之言也

承論唐伯元論心學二字僕御焉之喻有弊也而足

下別程子之言以為治心之學且謂心學二字不可

寫後世之不好題目也足下冬習深信故僕之所論

漫然弗省焉然足下亦知論於以心觀心之弊及制

之與存之各有攸當則是固僕之所言已乃至謂石

孔孟言學宰説心字多從日用孝弟上説而要是義

人存心則不覺悚然起敬有是乎足下之言何其至

于此也夫心之幾動無所不至也又無所察其稍也

其治之難也自非兀坐瞑目虛萬有則不能也其勢

治也如此其幾動也如彼故云操則存舍則亡聖人

知其如此故立禮義其某之目以克令人制之故云

以禮制心或云以仁存心苟非物以制之存之烏能

得治之乎是僕御馬之喻所爲足下言也今足下纔

能解孔孟從孝弟上説未解治心之要亦不外乎此

豈不惜乎願足下除此舊習循此再熟思僕之所言

其於學亦大有裨益唯足下惡察臨楮不勝運念

至岳頓首再復

呈朝鮮書記成元金三君書

往年戊辰僕在尾張會朴矩軒李濟庵李海皋柳醉

雪四君時僕年廿有一初得繼觀箕邦威儀逆備幾

文物之盛也昔在謝肇淛有言曰莫禮義於朝鮮也

誠非虛語也但僕年未滿自立其所學亦不過諷誦

之間也爾來十數年矣今尾張而寓伊勢追念往事

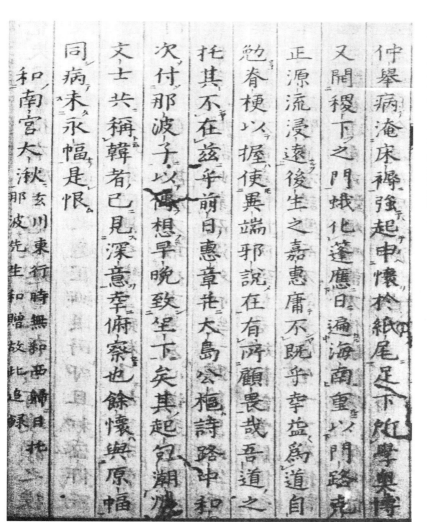

仲舉病淹床褥强起申懷於紙尾足下處學奧博

又閒稷下之門蛾化蓬應日遍海南重以門路恚

正源流浸遠後生之嘉惠庸不旣乎幸塩爲道自

勉脊梗以握使異端邪說在有所顧農哉吾道之

托其不在玆乎前日惠章莊大島公梅詩路中和

次付那波子以傳想早晚致望下矣其起句潮州

文士共稱韓者已見深意奉俯察也餘懷與原幅

同病未永幅是恨

和南宮太湫 玄川東行時無卸西歸且托那波先生和贈故此追錄

都平安西遊長崎、海內名勝粗得經遊、海內知名粗得交
遊、又接見清國人物、荷蘭諸國人、今又得邂逅諸君、何憾
之有、但未得博窺群籍、為可憾耳。

玄川

接芝宇思道哉言、可以知道哉之賢、能知人之明也、蘭玉
扛傍滿座諸賢、俱是東偸云、甚盛哉門徒幾人成就者、亦
幾人、

此地自古稱文士鄉、即今蔚然有聲望者、可得歷數否

鶴臺

獎譽之甚、非所當也、僕已無教育之德、門下安得有成德
達材者。

本州學士戊辰接來賓者。今皆無恙。或在鎮官。或乞骸

是以不來在玆。
　　　玄川

此處亦旦有性理之學果宗主程朱否
　　　鶴臺

此方亦有性理之學滕惺窩林羅山唱首爾來傳其統非
不少近歲東都有徂徠先生者大唱復古之學風靡海內。
所著有辨道辨名論語徵等其詳非一席話所能盡也
　　　玄川

此皆宗主程朱否
　　　鶴臺

排程朱而為禪儒不取其學宗古經而不擴詿解以古言

證古經似可信擴

玄川

捨詿解而讀經猶無相之瞽程朱之學如日中天不欲篤

信程朱者皆異端也高明意見未知如何

鶴臺

筑前有貝原先生者尊信程朱如信孔孟而晚年著大疑

錄標擧程朱之言背馳經旨者僕亦不免有疑耳

玄川

程朱之訓豈有可疑者耶大凡讀書之法最難精詳既未

能精思力踐而遽致疑難則正猶病者眞元不健客邪間

— 3 —

入明儒祖陸者。正坐在此習。今見貴邦人林董出。大有轉

移之機。而源頭之不正。實有瀁漫之憂。如高明之有德。遂

學正。須洞見大源。引進後學區區之意。自不敢置而不論。

未知高明以為如何。

　　　　鶴臺

謹領明諭。

　　　玄川

深謝盛意。曾聞貴邦之人。大抵多誇張。今見高明篤厚有

聯面者。諸少年濟濟有謹愨之風。中心悅之不可怠也。幸

為世道益努力也。

　　　　鶴臺

忽蒙過獎何敢當之深辱忠告可見君子愛人之誠也敢

不佩服也

恐諸公勞倦諸且告別明日得相會幸甚

　　龍淵

具原姓名願聞之筑州有竹春菴者著四書疏林六十餘

册專尚朱子云果爾是正脈也足下何不稱之而稱貝原

耶

　　鶴臺

貝原其姓名篤信號損軒竹春菴亦其門人耳

右十二月二十八日會席

呈秋月用前韻

— 5 —

幸夜次藤詩志懷。有曰吾行不是志杂違。小藝聊將五百

同此一句足以見僕之志也

　　鶴臺

靜退之德不趐感服

五百是伍佰乎

　　玄川

使行六舩合成數五百人。適符徐子採藥同舟之數故用

之耳

　　鶴臺

承貴國成均館儒生冬夏有尊孔子爲王者四配爲諸侯

行朝聘燕享之禮業試選叙之式等之戲不知今猶有此

戲乎。而官不禁之。可以見貴國崇文敎之盛也。

　　秋月

厳邦成均館掌聖廟俎豆多士絃誦春秋上十行釋菜之
禮國子先生以毎月朔望與諸生焚香謁聖後退坐明倫
堂講六經四書有宋性理之書王上三歲一拜文廟試諸
生於泮宮之下國子先生示月試於杏樹下大比之科亦
設於館内而無朝聘宴享之儀況戲之一字非所可論雖
他處固無之如聖廟肅穆之地寧有戲事高閑誤矣

　　鶴臺

如所對則尊聖重道之隆不堪傾慕僕所問事詳載憚齋
叢話僕固疑其專是以爲問耳

慵齋叢話徹邦前世文人之記。而其說本多不經心常海
之此說則不載於慵齋話中。或無乃有假叢話傳播於貴
境否尤可疑訝

鶴臺

書之不可盡信也。如此矣僕非質諸高明則殆誤一生矣

秋月

高明蕐不用此邦紙專用中國毛邊紙何也

鶴臺

此方紙不宜寫漢字故不用耳

秋月

此去東行幾日還春風吹送畢竟問輶軒無語西関路直

指芙蓉天外山

稟

凡天地之間聖人之道莫尚焉雖然後世之儒者以道為
已之私有以標同伐異貴中國賤夷狄為務是其識見之
陋不知天地之大者也蓋貴邦吾邦同僻東維而貴國聲
教之隆民德之醇如四學養人材設歸厚之署賜養老之
燕奴僕示許行三年之喪雖古至德之世亦不過如此已
也吾邦个情風俗之美蓋出於天性忠臣義士孝子貞婦
比比而有奴婢臧獲埋撫先節之類亦不鮮矣彼中華聖
人之國而況人之遂惡有甚於蠻夷者假於明清律而見

之凡律條頒載 妖惑之甚者皆吾和之人所未嘗及

知也又如和蘭不二邑國無乞食皆中國之所不及也且

夫四目人之化詩書禮樂之教所被及者貴邦吾邦琉球

交趾諸國巳也自古西洋南蠻舟舶來吾長崎者百二三

十國又見地球圖坤輿外記而考諸明清會典一統志其

所不載者尚多矣宇宙之大邦域之多如此而其國各有

其國之道而國治民安也乾毒有婆羅門法與擇氏之道

并行西洋有天主教其他如回回教囉嘛法者諸國或皆

有之夫作者七人皆開國之君也繼天立極者也立利用

厚生之道立成德之道皆所以代天安民也國治民安又

復何求何必中國之獨貴而夷教之可厭乎故君子之道

成器達材以供安民之用其子得志也樂天安命優遊卒

歲又復何求故欲使世之不信已者信已欲使夫不好學

者好學不知時不揣勢欲施其道於當世閭閻爭辨好勝

人者皆不知天地之大者也僕之所見如此高明以爲如

何高明前有盡三大之語是以再請示教已

鴨綠江長廣可得詳乎

黃河大江其廣不見諸書問請華人始得聞其詳故以

奉問耳

承貴國至北京道經沙漠自長城外入中國果爾乎行程

幾許ヤ

盛京在遼東廣中國來往所經由乎

— 11 —

足下歸見東郊幸爲僕輩深深致意以謝先生之罪

　鶴臺

領盛意被當感激

　鶴臺

　秋月

足下亦及見徂徠而學之否

　鶴臺

僕生也晚矣不得親受業於門下從事其高第周南也巳

　龍淵

和子夢文中所謂縣子者誰也

　鶴臺

縣孝孺彌周南本藩明倫館祭酒正德中年纔過弱冠與

吾東邦諸子相唱和三使相愛其音必延見試詩者

龍淵

茂卿集中曾見其名而未見其文章可歎

鶴臺

有周南文集行於世如其韓賓唱酬有閑措時賞

玄川

徃迴四五十里所接來人韻士千餘人木挺聰明秀俊調
藻蔚然林立僕輩每相語以爲日東來遲日關古人所
称禾氣自北而南者斯有歇矣但恨見今沫莽而水趣者
太抵是明儒王李之餘弊而唱而起之者物徂徠實執其
答前日足下之語先有及徂徠者嵩山書亦有提說者未

知是下與嵩山常以徂徠子為醇儒正學乎座間雖忿撓
敢一問之

鶴臺

此方学者不導奉徂徠之教者鮮矣雖僕亦然至正不正
之說固非草草之可盡矣不讀徂徠所著書以究其說則
安知其道之所在乎會見梟央不得與諸君論究其說深
以為憾耳

玄川

頃在江戸有以徂徠集來示之者一番披閲大抵以豪傑
之才騁神閣之辨所引用者皆王李徐論之其受病則又
有甚焉者若使此人屈首於振存實踐之地則不獨自我

之辭其所以嘉惠後來者豈至於文章之末而已哉。朱子
之道如日中天是孔子後一人反是者皆魍魎之遠影想
遠識如鶴臺者只欲學徂徠之明處其暗處則蓋已二藏襄
之不有餘但恐後生新學將以二為鶴臺老成者猶尊奉之
如此吾輩所係歸獨不在是邪其為世道之害有不可勝
言者章窒深引在門揮之義無陷胥及溺之弊如何如何

鶴臺

徂徠之學以二古言解古經明如觀火如朱子明德解與詩
左傳不合仁為心德有專言偏言之目其說至管仲而窒
矣古者詩書禮樂謂之四教四術士君子之所以學是已豈
有本然氣質存養省察主一無適等種種之目乎聖人之

道敬天義本祖徠之教亦然敬天守禮之外豈別有操存

實踐之法乎諸如此類更僕何盡是僕之所以有疑於程

朱也

玄川

祖徠明處足下亦與明焉其暗處則足下亦宜有取舍但

此不可隻續片言而決矣辜於靜居幽獨之時却取古今

儒籍掃去心中之物子只從頭順理擘將下要文從意順

後更取物子説觀之則以足下之公平豈無所痛看得破

縫處耶且名教中自有樂地何必拾得礦邊之零砂以較

百練之精金乎區區之誠不欲以異邦人之一論即置耳

足下幸諒之後学新進正如赤子之初学言語長者尤當

十分愼審而裁之使習之足下學半之工尤不可輕也

　　　　鶴臺

深感見教僕當從容尋繹耳

　　　　玄川

君子虛己之盛深用歆歎誠如此也後生之幸也來世之

幸也

　　　　龍淵

茂卿之誤入。正坐才太高辨太快識太奇學太博而其文

華力量實有不可遽序絶者後学若能師其可師者而捨

其可捨者則可謂善學茂卿而茂卿亦將有補於後人也

　　　　秋月

僕熟閱徂徠集及辨道辨名。其学術終不可與入堯舜之
道。而其文焰甚燁燁。有不可磨滅之氣。惜其以過人之才
負誤人之罪。恨不起九原。如鵞湖一會也

　　鶴臺

文焰燁燁者。其豈卿愿之類也乎。孔子曰。君子無所爭也

　　秋月

鵞湖之爭。所以不免為朱陸也

足下可謂傳法沙門。護法沙弥。僕雖心切。老婆無如之何

　　鶴臺

所謂無性暴提佛不能慶者。呵呵

諸君一片婆心。僕敢不感佩。而唯懸空謾呵。徂徠已而未
蒙明辨。似其教與先王孔子之道相齟齬處。是僕之所以

不得默契也。且此方無經義策士用朱子新注等之制。是
以士君子之学各從所好。且此方封建之治與三代同。豈
非漢唐之所得與比也。君臣上下之間恩義相結猶家人
父子也。是以納汙含垢不用皦皦之察。而海宇大治矣夫
紫陽綱目之嚴刻其或可用諸。郡縣之世。而不宜施諸封
建之國也。僕輩世祿仕諸侯國苟不能共治國之用其謂
之何。是所以薬宋後之学。而從事古学也

秋月

三代以封建治國而以个道精微。荐弟忠信,為教其学問
何嘗與後世異乎物子剙出華訓讀經之法,至今学士多
頼之其功不可誣而只是自孟子以下妄加誹斥,此慶外

之人也足下不可以愛其人而忘其惡者爲学術之病非

小慮也僕亦謂物子可與富嶽齊高爲　曰東之一巨手。

非欲工訶此人也足下其愚之

鶴臺

高意謹領物子亦不外孝弟忠信而爲道且僕前所謂苟

國治民安則復何求何必争学術之異同乎

秋月

但叙参辰之別好矣

鶴臺

正是正是白香山詩云匹如身後爲何事應向人間無所

求匹如義如何

장문계갑문사 건하 長門癸甲問槎 乾下

時君到海中聞

奉呈函秋月

遙聘賀新政盛儀尋舊盟善隣王者德華國使臣榮風正
錦帆過日晴文飾明絃歌大平奏振起鳳凰聲　有鳳凰調 高麗琵琶

三和嵩山

楚越開新面齊吳泣宿盟汀梅傷歲暮盤橘愛冬榮赤水
玄珠耀滄洲白髮明長門宅日卷蒹露是葵聲
　　　　　　　　　　　　　　　　　　秋月 嵩山姓

筆語
　　　嵩山

僕自小少志斯文且思友四方賢者雖然朽木之質不唯
其器不成親老弟幼唯事定省故未嘗得遊封外地素願

兩不遂永以為恨而今藉天寵靈得接於邦文雅高士足
以酬素志也感謝何已伏冀得奉君子一言而為韋弦之
箴雖明鏡不疲唯懼亂藻思如何

　　秋月

求道之意令人欽歎豈不欲以一言仰副盛意而進學之
淺深稟質之剛柔始未詳覿未可泛下針砭請聞尊氣質
與所造詣庶得下一轉語為頂門鐵

　　嵩山

蒲柳弱質不堪苦學何造詣之有唯謂效伯高不得不宜
效季陵而陷輕薄矣過庭之訓亦如此強文博物非無素
望附諸餘力公若有所取則焉一言如有不取則為苦言

敢布腹心

　秋月

樂有賢父兄又能先德行、而後文藝可謂知所本矣入則
孝出則悌泛愛眾而親仁行有餘力則以學文是聖門二
十字靈符徹上徹下　一生受用不盡此外恐無別法

　　嵩山

所呈唯幸經電覽耳何圖賜高和屢勞君子不堪慚懼

　秋月

足下貴德而賤藝其意甚善席上和唱本非美事而言路
未通情志未流聊以拙作以代筆舌古何勞之有實慰羈愁

　　嵩山

情志既通言外之意可得聞乎

　　秋月

歸而求之有餘師聖人千言萬語如親承謦欬則一言可
以終身行之者甚多鄙雖萬言何能如聖賢之語約而指
遠但熟讀論孟庸學儻有痛切警省處

　　嵩山

謹領高喩感嘆

　　嵩山

高和中所諷諭君子之言有味哉僕生平之願不過此言
所以請秋月先生教誨亦唯是已如更加一言俾書諸紳

　　龍淵

－ 24 －

僕之所欲言者秋月其之矣其正大英雄從戰競臨履中

出來其作成之方具在孔朱董子歸而求之有餘師矣敢

以廣子之意

　　　　　嵩山

誘言何其切也謹謝南土薄味請試嘗之僕亦引小者剖
之

　　　　　龍淵

匪汝為美美人之貽謹領落爪之賜

　　　　　龍淵

道未成而文有名古人之所深戒也君何出詩之多乎

　　　　　嵩山

参鄉鄙人希見君子唱酬不能自休芸草畔省鼓吹罩得

謂之文雅音哉亂鳴聒耳則或有武陵池亭禁謹領喩

龍淵

前言戲之耳多多益善何害何害

崧山

我東方之勝芙蓉峰琵琶湖為第一矣傳道此山水一夜

生此說難信而數十年前三峰側又生一小峰以是考之

則前說奚必膠悠且案貴圖通鑑當高麗穆宗時耽羅海

中湧一丁山其時雲霧晦冥七晝夜云一與芙蓉小峰湧出

事合將佗山之說可以取證得於潮水不能無疑公博識

多見益貴國廣大若有為潮水所湖者見數

龍淵

齊諧之言君子所不取也公學道者而猶為是問耶鴻濛

一判形局皆定夫爲有此事哉通鑑所載不過一時荒唐

之記僕何敢言其有無耶

　　　　嵩山

吐言爲教失問却一益

　　　　玄川

我國秦氏多武人今行惶不從來尊之世系雖不詳宜有

家中流傳之言本日本人耶抑自外來耶

　　　　嵩山

秦氏祖自賷邦來昨既悉之把筆沈吟間或忽忘乎欮家

無流傳言違高問慚愧

　玄川

昨日未及傍聽故耳自吾邦入來之日在何時何代云耶

　崑山

　當日本

仲哀應神二朝秦氏往往來歸距今殆二千歲事蹟不可

詳知

　崑山

歲聿其莫後會難期高意如何

　龍淵

歲行盡矣風雨凄然遠人之懷益不自耐如復賜臨慰討

毫談何慰如之

　玄川

我國字音出於箕子故於中國最近詩文賦辭等百體與
有讀法韻折惜乎不能與同聲音耳　鶴臺先生使玄川高
　　　　　　　　　　　　　　　和詩因有此言
　嵩山

聲律出於其子古雅可歡賞也目擊道存諸公其人則美
論言音同否如詩賦誦吟蓋直下及例異勢耳何有害意
只恨和詩而不和音
　玄川
和章有可故者幸還投
　嵩山

序雲何穢大清勿勞操筆

　　玄川

僕素乏藥彩且每欲以面前語發樸實辭既知有誤雖遠

可復況事在至近乎

　　　嵩山

小誤尚且攻之君子之人乎秋月龍淵為僕賜一言公亦

思諸

　　玄川

示及於此意甚感甚感六經如菽粟一日不食則餒程朱

為之發揮昭如日星後雖有聖者作無用一字更添見貴

邦之人或不尊程米多為明人主陸者所誤尊者有意於

장문계갑문사 곤하　長門癸甲問槎　坤下

此學必以小學爲先次太學庸語孟三經而加以程朱說

翼之至於太本大源則程朱開口輒說敬字敬之一字可

以一言蔽之矣愛之欲助之區區之意自不能但已諒之

　嵩山

高誨當服膺唯至爲明人所誤之言豈一席上之議哉今

日窮日力後必將與聞妙論如何

　玄川

甚善

　奉呈南秋月

万里長風大海濤雲帆駕太氣何豪文星近傍使星耀郢

雪遙兼撤雪高官跡堪酬弧矢志人問還觀鳳凰毛更知

從方外識高名，天寒卌揖迷銀渚，春返烟霞滿赤城莫道

山河分楚越，償還鐘律喜同嗚。

　　奉呈元玄川

海天縹渺木蘭舟，遙阿三丁山與十洲，筆裡關談君莫厭，秦

人元自慕仙游，

　　酬素嵩山

　　　　　　玄川

五百人同滄海舟，長烟低盡見瀛洲，坐間更有秦人在自

信吾行徐子游

　　　　嵩山

筆語

退石公賁慧如何想舟居費陽之所改也諸公宜助調攝

欲呈鄙詩、未得繕寫歸舍、速賜煩公致達乎

　　秋月

緩送何妨、直致舟中恐好

　　秋月

僕和章不以詩而以勉奮、喜君有志於篤行、微發其言、君
能領此區區之意乎

　　嵩山

欲謝未謝、似失禮者、詩以勉誡、敬服敬服、每奉教言、深思
義方之不可以忽矣

　　秋月

尊公今在萩府否

嵩山

家翁在本州北鄙須佐僕願爲翁請三先生一言故略記

其狀併祈照覽

翁宰於須佐邑殆二十年割雞細事雖不足稱諸大方又

頗好程朱學敬愛自勉七十年如一日今冬將告老期以

僕歸日不圖貴舟阻風于岐及此歲抄願老心迫切

佇立以竢伏冀諸公贈賜一言翁當感戴德意拜誦不置

爲餘年娛僕孝養何唯甘旨之於其口哉翁素尚撲實則

奚其飾言仰高哉諒之

秋月

欲求詩乎抑求他語乎

嵩山

翁不好作詩當填空門名教話願賜一要言非敢擇之從

問訴實已

翁喜洛建之學子有詩書之聞衛武箴做奉獻大庭石家

秋月

孝謹申勉嵩山　秋月為秦氏　父子小題

日東自古多翰墨士而獨程朱之學未有聞赤關詩所見

泰秀才貌溫而氣恭一似有所存者既而求入道之方喜

而贈詩略示勉進之意今聞其尊大人秉燭讀書悅洛閩

之言源濬流長信乎秀才之有所本不必求言於裏閩如

我者過庭晨昏當有不出家之教深喜之又以奉勖

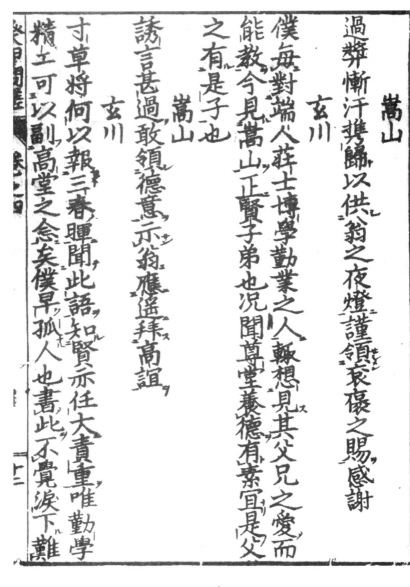

嵩山

過獎慚汗拜歸以供翁之夜燈謹領衰褒之賜感謝

玄川

僕每對端人莊士博學勤業之人輒想見其父兄之愛而能教今見嵩山正賢子弟也況聞萱堂養德有素宜是父之有是子也

嵩山

誘言甚過敢領德意示翁應遙拜高誼

玄川

寸草將何以報三春暉聞此語知賢亦任大責重唯勤學精工可以副高堂之念矣僕早孤人也書此不覺淚下難

將寸草心報得三春暉此張籍詩也

　　　嵩山

斯人也而何其不天也是乎非乎其謂之何諱言佛以責

丘園應映照千秋豈唯三十春哉

　　　玄川

孝義言也百行之源至兄勉之

　　　嵩山

敢不奉教公其安之

　　　龍淵

人樂有賢父兄為足下艶歎

　　　嵩山

慚愧只當領意請餘自記實號

龍淵

教誨爾子式穀似之嘉公有之夙興夜寐無忝爾所生民

下勉之 贈龍淵題贈嵩山

嵩山

可謂要言不煩不學詩無以言者乎謹謝

書牘以下解纜後贈之報章自竈關來

奉呈南成元諸公書

僕也家臣之分七十子之所恥也加之淺見寡聞何幸而

得交於儼然王國大儒宗載是雖二邦文運流通之餘乎

要之各位寬度之賞之所致也僕此忝謝唯其席上應接
掌大簿躓以試機發於片言隻辭未耳寧足以窺室家之
好哉私心雖既懶然於其如此乎裡褐鄙人未嘗接嚴綉
之華縱各位為少假借時或振懾詞義不接胸中古云今
日不為明日已實僕果然遺憾不已長短敗端漫貢貴舟
往年戊辰使鵲不日而張我人有飛書實餘勇者襪裝襪
掌際各自賜報幸留高意奉呈金公已調附上雖未奉聲
欵觀賜諸弊師友高和中雄渾溫藉想其人猶其詩也深
此心醉貴惠如何不堪勞念請致此意兩関之交為普賢
灘利涉最難學波是慎生別之嘆書何盡言頓首

奉謝秦嵩山足下

日者之遇匪夷所思春秋僑札之交何幸於吾身親見之
但下舟時不克更展瞻悵去而益深上關之次承手書意
寄鄭重非足下相與之篤何以及此感尚不容言惠及二
詩皆平雅有味以驗志之所存而長篇尤覺陡健非坐間
酬唱之比儘知對客揮毫終非詩家之所取足下知此道
者信可與言詩也此行再昨到此今日前向而王命在躬
敢以風波為畏哉承此遠念已增感愧退石和章及僕輩
所奉酬者並托朝岡氏奉傳不知何日入照千万留俟歸
時奉據不悉甲申元月五日朝鮮三客頓謝

奉贈製述官秋月　疊前日韻

嗟君學海湧波璘異域馳名一代豪擁節蒼龍雲際動蹄

— 40 —

位貴據屋高懷也小人一被容接意既足矣何數進見

重屬大方哉唯　公曰者所謂仙緣者永絶, 仙緣公遺憾何

已古人樂新知悲生別況新知而生別其謂之何鄙律一

篇發歎餘已已而置終身之歎已謹茲奉呈他在咏師筆

舌不宜

贈書記元玄川書

始未執謁也篇謂詩篇唱酬雖其交也君子走筆短詠寧

足窺其府奧或日下雲間應對競捷何爲於見大人願請

教言於大方以爲紺珠助唯恐難得而幸陪下風一晌之

則耳提面命大過素望何喜如之恭惟　公學極伊洛之源,

抨隱最哲憲綸後進使崔子千載之名擁篲趨拜于今日沖

高歳都宗盛學士當物君育十⋯⋯
護畏貴國⋯⋯學校之興益曲神⋯⋯子吾庸如懷
何得知端倪於丁丙觀際哉但所教境之以六經約之以
孝弟嗚呼何至也蓋治國九經自脩身始載籍極博吾信
六經古之學爲然而博而無要奉而不典其於聖門均是
由之瑟而已然亦謂君子質而已矣貴內賤外要擴充之
功於運寸之微豈得屠直指之見何撰吾邦數十年前物
祖徠者出大倡古學而有若縣東野有若縣周南其它高
足繼踵而起樹赤幟于一方號令不下於使斷文如日再
中矣日觀公兵献師言超天下文章十言子僕雖口未
發心篤信之而其於僕也唯其近者盍亦多術矣懍實
岳庸乏言足當者略陳其所以領教而願再閲高言所頼

君子誨人不倦不得拜送榮歸事訴南公二十別奏胡詩豈

盡情哉不宣

別申往往日賁舟東也僕等亦歸歸則以諸公所題贈授

家翁翁拜受捧讀欣喜踊躍且云嗟汝小子駑駘不自

揣應接太實自汝徃徃矣夙夜不堪上慎之念而長者善

遇人也謀以汝為可教又不以余老耄而辱受此賜又

德莫大焉即裝潢挂諸坐右朝觀夕誦如親奉教諭且

其意深切不唯陳撥枚發則疾亦當尋愈不復大幸哉

敬茲奉展謝辭於南成元諸公

　　贈書記金退石書

求見顏色而言謂之聲既侍者猶獨況公之與僕遠乎異

而有斯役哉○秋月曰方有慇懃之詩君姑待之○

東原曰唯二僕間以解巍惑也 此問~柳鶯有笔語~省于此○秋月

日聲有間暇速出問言○東原曰願不悟齒牙辭示

金言將其盡博洽則痛加箝楚所敢不辭也

東原問秋月日

夫太上者弗可識焉結繩者姑置焉自唐虞而下至

於三代時曲章法言俱布在方策者昭二出于目睹

也雖然邈矣古言以語脈必在隱微之間有其可解

焉者有其弗可解焉者未全載宜以傳諸今也故夫

漢巳來諸家譯言於二華出發識見於前後各闡微

—1—

言而理纖緯縛槩硐戢之大抵陋而皆有超乘而出其
上者也是以我國亦負古異以軌折裘其道者遂惑其
門戶被於安國是唱鄭元有其惡意於捆安有其頹
泄於程朱或切磋之陸楊王之間各互立識分而成
其門矣於是抵斃士大夫所學大率亦從時師被則
棄此此則棄彼各硏究其所好以異孔子之旨也中
至其將盛無若程朱之學是則以　國初巳來其爲
國學最行于世也迄于今淊滴矣徒之古學說有誘
孔鄭河三家聊立其識則稱之古學說有誘子身者
然而以此比學程朱者誠又迃大逕庭不可及其半

— 2 —

也前是十數年一儒士卓出于世大立自已之識黙
駁新安伊洛雖孔鄭河三家亦不敢取之自沾二子
唱古學以興一家四方稍鄉風遊淇毫下輩頤又系
為不多自此之後十數年一儒士又唱古學則舉其
新安伊洛與前之所謂唱古學者俱為之層受別又
立說尊示子身曰夫今古異時事與辭亦異就其所
異均立其說以今言眹古言以古言眹今言均之朱
離鵠舌科斗貝多何擇哉夫世載言以遷言載道以
遷虜百世之下傳百世之上則非其事與辭擇之何
可以得也自斯言一出天下風靡此學與新安伊洛

比肩迄今不衰矣僕固業醫雖匪敢與儒雅者然醫

門著非其得儒未以可得也故自六經下迄百家出

没扵彼與是有足衣食之暇與醫候借繙覆莫不游

泳矣因是所謂雖其古學亦惟僅窺其一斑而已然

而非敢取之姑假蒭言與新安伊洛寧合值問程朱

之人由程朱而曉爻義又問其古學則取理旨於古

學是雖其凶特操而禮樂刑政非我事則若其治國

平天下非敢所與惟扵其所與孝悌與文義而已夫

孝悌也父義也士君子之所重雖最當務之急而至

其所學俱從程朱固不以姑所謂從古學亦不敢可

妨也辛卯年間貴邦聘使來我國時文學李氏詠我

大阪人曰朝鮮之學不出程朱間視他之有識見所

敢不取也方今貴國程朱之說專行于世耶抑又有

異說以盛于時耶請詳就公聞學化之所有

又問文章翰墨雖已異世脩辭與達意二派而已憂

商時蓋未分二派同有懲久自化大行明哲輩出文

與質相均莫不彬二也於是脩辭達意亦彬二漸分

孟荀老列最主達意左國莊驟最主脩辭超秦至漢

文遷洪興振雅言於一時之徒勃二爾如沸錐南北

爭出然其所爲亦不肯出二派焉則若韓賈遷固偕

主達意相如揚雄俱主脩辭齊是矢家文章自與今
異矣世易人異沿華展轉互成其業交運亦與時陵
夷屬辭愈工體裁愈下至東京時偏拘脩辭至六朝
蓋失之浮華唐初益居其弊也於是天降命於韓柳
乃能使之以木鐸于天下昌黎河東於斯大竭吾之
才削次朝浮華用達意振于世而自中葉文化復大
興若宋之歐蘇輩大率皆宗二家抵抗振于世祀諸
家亦宗歐蘇遂自其遠於韓柳漸又流溺至胡元益
衰皆用語錄語未曾有文也明興北地李子韓脆鷄
群獨唱古文於前李王繼奮用力扼腕和於後脩辭與

連意衆二派宇宙一新殆羽翼于兩司焉摧固懲以
除宋元之弊也於此文運復煥發若日月以升盈卉
木以向大陽暸三子復古矣是則三家之力可謂勞
焉夫以時尙道污隆世猶日月代明四時送行衰卽
盛盛卽衰矣雖我日本莫不亦然也我邦古來所稱
大率皆八大家唐宋元明凶敢擇體用語録中之語
爲父者旣久矣然天降命出一儒士扵時元禄正德
紀年之間振古文辭于東都論體扵韓柳李王爲謨
已下之儁也其論例曰唐稱韓柳宋稱歐蘇歐雖則
非韓柳伍爲識韓之先鳴子瞻仙才筆韙意到而二

— 7 —

民之法韓柳已且其體焉學者苟得其法雖區區一氏司
也夫於文章之體惟敍事與議論耳又選雖已且其
體浮華之言不勘韓柳因論敗以理勝之別開其門
戶宋元之文冗長界弱宗於議論踈於敍事於此滄
滇弇列偕脩其辭以捄其弊也夫滄滇者一家奇才
屬辭全不用韓柳之法弇列雖稍用全脩辭字古文
二家乃俱振自用辭勝之復古之業始備矣至斯言
一出都下大槪操觚之士駸駸繼踵爭學斯文其徒
或離散四方往往咸唱李王迄今稱其雅言者勳駆
二家也僕也皇二子世且莫本奇走食技雖橋藻結撰

非吾事聊又好雅言得有間睱乃自傍作彫蟲之態

私叔瓲史之間取所謂論例惟恨未能肄古言是邪

非邪不識所以然也戊辰信使來日本也文學規軒

詠我東都謂李王文辞若頭咺瓦礫余不敢采二家

也今也貴邪之於文辞唯在韓柳二家歟或又有因

李王而脩古文者歟冀聞大國之稱于時文辞

秋月荅曰足問二條火體有捩立意不裕造語且高

但道學則懦程未於漢儒文章則配李王於韓柳此

物雙招瞎矢之論其壞入心術錯入路逕至此而極

矣雖以三君之明泯然不自思其渝胥可勝痛哉夫程

－ 9 －

朱不出則孔孟之道晦孔孟之道晦則人獸幾乎雜

糅矣庸敢以三三層淺之見妄議於其間至於李

王則不過鉤棘其辭艱澁其句力追秦漢而坐不及此

爲李世杜撰之文滄溟未及悔而死余卅聰年有偏

根返德之心而未之能也豈可以擬韓柳之奴隷乎

坐間艸木報告不服細答

東原曰孔孟之道從程朱而明者僕不敢信焉夫闘

孔孟者豈止程朱漢魏之間大家又不少則至取道

於彼取於此各在自已之識而已謂其善程朱則可

也何獨謂其闘道也且也議論李王爲韓柳之奴隷

東原曰欲問貴邦之學化却及議論也大凢學問之

專窮力以委憶扵韓柳也莫似與溝渠之奥同隊○

綱羅顏破之以游其江海當龍修德以任心於程朱

子耳不然則又幾乎固陋○秋月日悲夫君未出其

也舍之之奴隸之下則非也至君之議論似乎郊惡二

家二子之業可以謂彭爲謂李王之文下於韓柳則司

大抵出於二家李王出而變二家修辭體裁別成一

遊文辭之徒蹈迎逐風咸服韓柳之禮稍至於明亦

攀龍者雖顏似過響死又不虛也顧其宋元之際几

胡議譚之之甚也二子之美所謂稱漢廷兩司馬我代一

— 11 —

道各有所見若至其議論之雖月夜竭其力及筆戰
理弗敢盡而已○秋月曰加三散議論論者必破交誼
惟能唱和以述雅懷○東原曰僕將辭諸君願覯再
和○秋月曰君詩屢和他人之初呈甚多未得和勿
答走卅不正好○退石曰卽章飛雪走卅以難和○龍
澗曰僕等數和一二無和亦無妨耶○東原曰帝上
非敢乞和侯聞以開詩囊○退石曰夜來有開當以
奉報○東原曰一顧末挑散羨瓊琚○又曰明當蚤
來以竟夕而親送歸裝○退石曰目求辱慰旅愁而
每將辭輒恒後於他人筆話唱酬從容至夜感荷感

荷明日明之月必來以申別意〇東原曰箕聖之遠

風窓不仰欽哉他日又欲斯時不可復以得也必期

明日猶貪親與諸君周旋

六　謁

退石曰東原來耶今日唯可談風月不宜及議論也

東原曰晉時議論多皆風月至若斯議論亦不妨〇

秋月日入我黨者但有清風對我筆者唱當明月清

風哉明月哉何不速來〇東原曰君實清爽不可減

謝光祿也清風之韻明月之才固非吾事可愧

〇東原曰不遇之醫且夕來往于城市爲伯休之態

韓文會序

蘇

韓文會者○吾括囊先生與韓
客所筆語唱酬之書也○盖葩藻
之文○實學之要○無不兼備○使客
知吾　邦明洙泗瀍洛關閩之
正學○於是乎學士嘆以爲第一
人物第一文學○然客舘冗劇不

— 1 —

能盡所懷臨別有悵然之歎矣

道一則雖四海万邦各異風俗

而其心之所妖契如合符節臻

于馬焉眷戀不已愛寄書浪華

亦足以觀其意也曩者　安敬答

筒索舘中所筆者次叙錯亂筆

畫潦艸令人讀不能曉相其評

闕參訂以爲一書乃謂同志曰○

先有萍水諸集今也非敢欲以

此書追而與之比儷鏤版行于

世庶有益乎若不早圖事迹無

傳其及圖之乎圖之此爲時矣○

以請先生先生弗許曰○此所謂

大市賣平天冠也因卷懷不更

擧矣頃書肆植田氏來請不已

乃議彊先生○敢不自揣述編次

之大略以弁篇端云爾

寬延戊辰陽月下澣

門人

岡田安敬　叙

和韓文會上

伐州　岡田安敬　編、

嘗聽周武王克商箕子率殷人五千避入朝鮮武
王因封之都平壤敎民禮義田蠶織作設八條之
敎行井田之制然中葉衰弛至于麗氏之末程朱
之書始至而道學可明近世有退溪晦齋之徒出
而唱起正學余讀其書識其人素切遙仰今玆朴
學士李柳三書記之徒從三聘使承命來賀我
柳營之榮祚道經浪華余因蘭菴紀氏之紹介屢得

相見其屬文作詩也筆翰如飛初若不措意見者
皆服其敏捷議論確實能蹈伊洛閫閾之正轍加
旃官階一遵明制體貌不變於胡是足以觀箕邦
文教之美其項一二生徒纂輯為二卷題曰和韓
文會聊記所感以遺于家云戊辰之秋波速鈞徒
括囊識

화한문회　和韓文會

奉和矩軒惠韻

東望冨峯足目邊母中春盡不知年吟頭雲錦堂十

括囊

古筆下波瀾障百川學通洞源開氷土風陳籩豆奏

鈞天閒君令作遠遊賦燁々名轍到處傳。

筆語

棄

括囊

僕聞之詞藻者学問餘事文章一廛咘非本領工夫

惟於身心上用力最要身心之功有餘力則游爲息

爲可也於是未曾習声病之技時暢雅懷吃披埋欝

任於中心之所感無復拘巧拙使字造句出乎凡酒

實有韵鄙語也哉故今日不欲屢鳴撾鼓於雷門以

使群公發洗耳之歡顧雅延清奂不在必多取諸吐

露心情以足摅苦耳即信筆揮出或無知所止為假

令鏗金戞玉亦唯一場閑言語非君子之所貴也僕

嘗慕周孔之道二隨程朱之訓然固陋寡聞淺譾多

慙頮沐教澤開我茅塞因呈疑問

仕元之臣許魯齋為之冠冕而薛敬軒極襃之丘瓊

山極與之使學者抱龃龉不决之疑是實係晏嬰出

處之大義固非泛然史評也伏請明斷

右向二朴學士一二觀手推ㄕﾒ以示二海皐而和語卒二無二答

詔

稟

　　　　括嚢

錄賢書

　後

諸公襟懷坦徹如風欞月牖韻致清曠似雪山氷壑

其登科芽實撥蟬之手也昔日科場凡何等題目頭

　　　　　　洧菴

矩軒登癸丑進士壬戌庭試

洧菴登癸丑進士

海皋登辛酉進士

今按牀菁徒言其歳不言科場以何等品題被試

爽答非所問也

稟

　　　　　　　栝囊

貴邦思齋金氏所作警民編近傳于我　邦僕得

觀足以振起愚民蓋金氏名字鄉里及学術淵源可

得聞與請見示

復

金思斎名正國為学術之純正文章之古雅立朝大

節行已謹訓蔚然為鄙邦宗師教言民編特其作寧時

一施爲一政令之演出者也

稟

江府右山宮維深宗仲潤者僕莫逆友也才敏志篤
以扶植斯文爲念諸公留止於江府之間不知得通
刺於賓館捧見於諸公召若未謁則請告僕爲先容

　　　　　　括囊

復

山宮氏若接面於江戶則敢不拭書而致高明之意
但僕革無繫花之論爲右齒牙之假耶
今將辭席因攄二律敬布謝悰　括囊

　　　　　　濟菴

浪華一處士。寂寞好樓居。不臥茂陵病。仍觀長者車。

惠詩同白雪。授詞比丹書。歸去壁間揭。煥然照敝廬。

敬奉呈醉雪抑詞宗梧右　　　括囊

使星遙度攝江限。影入波間擷藻來。彩鳳映雲天色

動玄鼇衝浪海光開。揮毫徐就遠游賦。擁節常欽專

對才千古清風交會地。歡心終日坐樓臺

　　　括囊

○與製述官朴學士書

日本國大坂留守友信奉書，　朝鮮國矩軒朴公案

下昨始接光霽既知筆海翻瀾學山聳秀足以爲挺

— 12 —

和韓文會　卷

世之器但音吐不同為可恨耳顧僕之不似獨以懶
散過甚周還群公之間誠可愧也然各天絕域唯是
風馬牛之不相及而一朝邂近於咫尺之間吐露心
膽者猶然故人情誼也天假良遇如此而不為之盡
言恐不免失人之譏焉故敢陳鄙言僕弱少時讀金
臺于琨吃盡苦中苦方為人上人之語勃然奮勵以
為聖可學也於是朝夕於師門磨礱之務公然塞足
步距驊騮萬萬自疑終身役役而不見其成功因
古今異時聖愚殊質學不可能也持此說既久之一

且恍然悔悟竊謂宇宙之間道一而已矣雖倭漢壤
絶而風殊以乾父坤母之稱觀之則豈唯四海兄弟
也哉宇内人類皆同胞也而其所具之性無彼此之
別則道之爲一可知也故一心之妙通乎天地互乎
萬古至其當道不多讓他僕之心於是乎有怍焉輒
近文學振起人誦戶讀盛則盛矣然徒愛其文辭之
工而不察其義理之情各自是其所是甚者拾明儒
誇高詖辭之餘唾矜誇衒沽飾其虛妄以眩惑後生
竊謂上學三代之文閩洛不論也舉世傾動若夜蟲

和韓文會　卷一

之就火然唱道學於其間者亦世不乏之人而獨推闡

闇山崎先生爲儒宗識者彌稱曰本朱子其學問之

純粹造詣之卓越可謂繼往聖開來學兵其所著述

編輯之書數十百卷梓行于世使學子治經專熟者

於正文朱註之意而不注目於元明諸儒之末疏嘗

言釋詁訓解彌多正文大註彌闊實甚於洪水猛獸

之災者也著中和集說以發明未發已發之微旨揆

仁說問答及玉山講義附錄以推演仁愛之親功成

性論明備錄以開示氣質本然之性又於周易則有

— 15 —

朱易衍義於洪範則有全書平素指導以居敬窮理
之功詳出處而尚行實貴王道而賤霸業行四時之
薦居三年之衆以獎誘其徒於是一變從古善道者
長衆皆先生倡之於小學則不取陳克菴句讀其意
謂不翅刪本註而乱成書曰其詮擇亦失朱子編輯
之旨其然弊邦與失于原本因就　貴邦所印小學
集成中抄出正文及本註以上梓別著小學蒙養集
以培其根也於近思錄則以葉氏集解爲惑本旨不
鮮乃復朱子之舊以與學者又嘗謂朱先生之後知

道者明薛文清胡敬齋　貴國李退溪是也故吾黨

學者呼稱三錄者讀書錄居業錄自省錄是也獨胡

敬齋不通易學爲可惜也山崎先生易簀之後升堂

親奧號稱高第在京師則絅齋淺見先生尚齋三宅

先生與江戸伊藤直方先生三人是也三宅先生乃

僕所師事也僕嘗竊謂世儒敎人不問齡之長幼學

之淺深湊合於一堂中日講授以四書六經而反覆

輪環終而復始然經傳中有小學焉有大學焉如此

則如告懿子以一貫之道告顏淵以無違之孝乃背

馳於聖學之次序所以學者往往躐等凌節也蓋就
經書中隨學者造詣之淺深而說喩之則庶幾其不
差矣不可必隨篇卷之序逐一說喩也又按有盛世
之學焉有衰世之學焉至學校之政不修而異端雜
出於其間則當知其教學之指趣異於古而後得師
遠之正也請試論之近世有偏曲之儒焉其所爲所
教者皆同宗六經師周孔而所道者異也而混乎邪
正爲二者易難而似正而非者難曉也何則天下之
是非與所定世各是其所是非其所非此是其是非

其非則同而其所是者非眞是其所非者非眞非也
是以分離乖隔不知孰是孰非也眞知其爲眞是非
而後知世儒之所謂是非之不是非也故先賢推明
乎太原爲偏淺乎天機爲中庸太極圖說沖漠無联
說之類皆衆世之書也盖欲使人由大原而尋繹統
緒以諮得斯道之準的也此雖異於三代教人之法
然其實同一揆也耳顧以初學之淺識欲驟窺其奥
如之何其可及也因近思錄首篇載道体之意次後
乎先賢之微意則於爲學之法亦将有見矣此

學之所以古今隨時而有異同也一則論行遠必自
通二則論求流必自源二者如矛楯觀齡而不相悖
也僕平素用心於聖學如此足下以爲如何俾僕得
仰觀大邦君子之德容文物之風彩則雖固塞聞
淺識不能有得而比之文人詩客徒費日於筆墨之
間者將大有徑庭敢述區區所見以爲高聽幸不恠
叩盡教我不備
　　延享五年戊辰孟夏廿四日

　副啓

昨所問許魯齋一事以坐客唱酬不暇見答而不敢

請耳頋不否傾備教我

　　與濟菴李書記書

日本國大坂留守友信奉書　朝鮮國濟菴李書記

　　　　　　　　　　　　　　　拮囊

足下昨筆把唐儀多日積懷咯然氷釋不甚懽懌諒

惟足下胸羅万象筆燦菁華化雨弘施文風丕振每

觀高詩頌心敬服特修數字託阿比留氏轉達聊

寫鄙意耳僕間之也學之要在知道故聖門之敎以

鶴理爲先以無師友爲孤陋之學平素就右道而講

明其所疑乃可以浹洽而通貫矣若不能窮理者足
於已知已達而不窮其未知未達此其所以於理未
精也僕生蓬蒿之下歆磧礫之間弱羽纖鱗無所依
附今幸遇於君子之至欲以素絲之質而就朱藍之
染謹按昔神禹治洪水錫洛昏法而陳之相傳至殷
太師殷太師授其王其他莫得傳授所以聖賢相傳
之際敬畏貴重待得其人者彰然不可掩也然後世
湮晦其數不傳故或不知洪範因洛昏而出或知禹
箕因洛書而作不知其皆出於天而不涉於人爲也

妄易置圖曰以謬認易範之本原託言出於陳圖南
之類朱夫公既訂其誤闡其幽九峯蔡氏受父師之
託沈潛反復數十年遂成洪範皇極内篇真西山稱
與三聖之易同功厥後無能講明其數者而至顧氏
不知範數之妙妄忓議真西山之說也年吾　邦闇
齋山崎先生獨心得之遂表章皇極内篇以加校訂
定為上中下三卷而冠洛書於洪範篇以為首卷取
周易全書所載以為末卷且發揮理數與占卜之敢
旹錄于其後九六卷題曰洪範全書斯道也元明諸

儒不能究其微唯薛敬軒得其旨矣其於洪範數也
連化氣數天理人事皆具晷之義也其樞要在五之
皇極盖圖圓内數與内數相對曾為十外數與外數
相對為十至於叟至五才得無對然八十丁數
無不得五而後成為一得五而為五之右其四得五
而為右下之九六得五而繳右下之六餘數皆如此
此九舉以暴月之末為未用之末富而所以稱至德
者此此令参天兩地之數而位於中央所以圖書之
數皆係五為中也朱亥公曰中者為至而外者為客

正者爲君而側者爲臣山崎先生曰五中一點貫乎

縱橫縱亦三橫亦三此三才十貫所以爲中數也乾

曰五皇極則大學之至善是也數曰五之五中則中

庸之中和是也君予無所不用其極致中和天地位

爲万物育焉至矣哉大哉故至於五數尊諄承皇

極之道最足以覩禹箕用心之懿意焉吾　邦上古

聖神彌天地之中心曰天御中主尊益五與土倭者

同義而以中五爲帝王御極之要道也而國君則之

則士民以治爲士民則之則四肢百骸以治爲此與

夫堯舜禹授受一中者如合符節ヲ其他月理數以奉ス

大占龜卜之敏雖日出處日没處之異其妙契如此

者以有宇宙一理千聖一心之實也夫範數之浩浩

姒道精義之所寓而討論及此者極知慣喩懷懃之

甚然景慕之情不能已試舉平日耳剽者以質諸有

道耳冀　足下憐僕跛鼈之醜明延清論嘗聞之也

退溪先生憂箕範失傳歷世茫茫可嘆也夫近世明

儒著述之書傳吾　邦者汗牛充棟不可勝數而無

足爲斯道之羽翼者況於易範之妙乎又聞之也

貴邦前乎退溪先生有趙靜菴金寒喧鄭一蠹李晦

齋後乎退溪先生有鄭寒岡李栗谷成牛溪尹明齋

此諸先生並倡明道學者龜族國表準於世若有語

及箕範者則亦幸無否傳焉所特者書所致者心願

足下垤察焉懷懷不次

○與海臬李書記書

延享五年戊辰初夏廿四日

括囊

日本國大坂留守友信奉書　朝鮮國海臬李書記

足下吾黨諸生僉曰韓客簪筆曳裾乎是行者皆黟

— 27 —

彬文學君子奚嘗稱梁閣鄰下之才也則莫不延頸

思從游之款者也僕亦恐獨失千載之遇於一朝此

豈翹首西望久之昨幸逢披雲謬荷盛眷僕也白屋

魭生增榮改價感謝不已窃謂 足下寛宇包含之

量雖空空鄙夫之言猶必察焉且乎人之樂告以善

也因叨侍慶瑣瑣冒于淸聽蓋四聖之易其所至谷

不同而學者往往不鐸于此亂繼文難傳羲使四聖

之易混而不明其朱子之後古易遂亡而據今易者

偏於天台董氏而成於大全者實朱子之罪人也辭

敬軒曰朱子本義依古易次序自爲一書不與程傳
雜最可見象占卜筮教人之本意後儒摘以附程傳
之次失朱子之意矣其他格論散見錄中
貴邦退溪李子答鄭子中書康節之術二程不貴
云云之說亦得其旨矣如蔡虛齋已知古易之不可
不復而其作蒙引則依今易者殊不可曉也胡敬齋
以理學爲倡而以朱子言易爲卜筮而作爲非也即
胡氏之賢尚有此惑況其下此者乎按古易上下經
與十翼凡九十二篇也今易漢費直倡之鄭玄王弼繼

之作註解呂祖謙復古易而朱子據之作本義其後
天台董氏復令易而大全據之於是乎易道晦塞矣
吾　邦闇齋山崎先生復古易二用本義而不混程
傳更著朱易衍義三卷其上卷明古易今易之別中
卷發明啓蒙之旨下卷泛說易道之要領學者先讀
此書而後及啓蒙本義則庶幾有得朱易之旨矣敢問
貴邦亦因朱子之定本而用古易否嘗聞之也
貴邦道學大闡礼義盛行正德中東郭李氏隨聰使
來時答人書曰惟我諸老先生一以程朱兩夫子爲

繩墨非其道不措也非其書不讀也王陸兩儒之學

既與程朱異趨則學程朱者其可尊尚之耶我國尊

聖學斥異端甚嚴且截豈可容曲學拘儒倡鼓邪說

於其間爲吾道之蟊賊而莫之禁乎僕嘗信其爲人

也而知足下之學亦循舊轍而出乎醇正懍懍有所

思而不言何以見愚陋之區區質疑于君子因叩叙

數語伏請是正亦惟少垂諒不宣

延享五年戊辰桐月廿四日

和韓文會上終

筆語

　上　拖囊足下

向自浪城發向東武時承見　足下長書私心欽仰

　　　　　　　　矩軒

窃欲得一暇作答以攄區區鄙懷而長路撼頓泊無

開心處尚爾闊然何嘗以忘再昨又承見　委書責

以前書之不答心窃愧赧必欲於未發前二幷修謝

而連日匝接諸君子又復遷就其即又賜委枉加以

別語之既是何洪量不少芥滯藏容至此耶且感且

愧無以自容初書所敦之意行遠必自通求病必自

源十字握是儒門正正門路僕何敢更容一言唯願

由是而更進笐頭一步則可以下闞聖城是區區之

望也僕有所懷若非 足下僕不當以是語聞也僕

日東學者專以排斥程朱爲第一能事盍自□

見

□仁齋以下皆然耳今則已成膏肓之症僕雖有眼

眩爲得以用之僕見 足下書與詩已熟其唯 足

下可以付之回瀾之責故爲此脊脊之說幸望留意

烏孔孟後千五百年世界長夜而吳東有濂洛一派

後明已絕之學至今撑柱乾坤人而不知此道則無

以立於世其其忍開口詬罵不知其自歸於西江拍

頭之流波耶瞎別不任耿耿爲此縷縷　足下豈有

此樂耶盖欲曉諭諸迷務尋正脉也四坐紛忽之際

昏不達意唯在諒悉

　　　　後

　　　　　　　　　　　括囊

忽厭　而諭副以　瓊篇其提舉聖學入域之要領

啓發愚魯之憤悱者深切痛快入骨髓矣近世此

方有伊藤仁齋昔其所著論孟古義太學定本中庸

發揮等書行于世其說浸淫氾濫矣先輩細齋後

生撞其巢窟砭其病根於是乎漸次衰廢今也百存
一二又有倡陽明之學者僕先師不得已辨詰剖折
竭力闢之其黨亦幾區兵又近有姓物字茂卿號徂
徠者博覽高才善文章初學古文辭以于鱗元美爲
標的乃溯而治經紕玆新見著學則辨道辨名三書
命之曰古學然其所敎不過模放春秋戰國秦漢之
文也而以此爲俏辭之道斥居敬窮理存養省察之
功夫爲邪說觀思孟周程張朱如蟊賊以欺世盜名
兩海內黃口瓢生之小者寸者靡然從之其徒太宰

德夫張皇其說以倡古學議山崎闇齋目之曰通

學先生以道學二字㸃綴辭也猶采朝攝偽學其罪

遍於徂徠也夫文者載道之器也彼不載道徒以文

字為詡戲之具猶農夫得形弓以驅鳥南畝得蓑衣

以負薪噫亦陋哉其於吾純儒之道何曾彷彿夢見

耶當是時也僕開口先排徂徠及太宰氏將以芟除

蓁蕪澄清海內唯恨落魄之寒士徒勞而無功耳雖

然僕終身之志無他在明正路闢邪說而已矣

再復　　　　　　　　　　　　　　　　矩軒

蒙賜回教快差披霧見天不意辱桑以東有此長夜

之煩也僕之言非謂 足下之萬一是病也欲以開

導拝灝耳此事所關甚重非 足下無以救得他日

聞 日東有正跪之學云則僕尚再拜賀 足下之

力耳在東武與中村深藏論辨甚苦而扞格不入無

一分之效可歎也巳

稟　　　　　　　　拓橐

新聞繋以仁爲級自孟子殁以来千五百年知此仁

者鮮兵唯河南兩程子始發明之其丁寧親切之訓

可謂盡矣朱子又以未發之愛開示仁之意者洞發
揮古聖賢之微旨無復餘蘊盖已發之愛彰然易知
未發之愛渾乎難見然未發之前敬以存其心則於
已發之際有可試知未發之愛之氣象者也朱子曰
本末之生意泮泱融融渾乎慈良朱子論未發之愛
者多矣未有若此語之深切著明者也盖敬則有嚴
厲之意而如與未發之愛相反者然不敬以收斂其
心則其氣象無以存也近世諸儒體認此意恐者鮮
其几以愛説仁為要故註之曰愛之理心之德也而

元明諸儒以爲愛者用也愛之理者体也此說姿其

此愛便是未發之愛也而已發之愛依然在其中此

乃體用一源之謂也此義不明則失聖賢之本旨遂

向別路走去　高明以爲如何伏諸指敎

　復　　　　　　　矩軒

愛属性情敬是工夫敬者欲四情之發皆得中和也

不可以整齊嚴肅之故謂有妨於仁愛之意也若論

仁愛之体用則仁是體愛是用也而其所以愛之理

則乃是仁而謂之体亦可也若專以愛謂之体則亦

未安未發屬体而為仁已發屬用而為愛未知高明
以為如何

　　再復

辱承　高喻　愚非疑敬之與愛相非庶也謂不敬則
不可存未發之愛耳盖仁字對已發之愛泊惻隱字
則仁固體也然以天命之性貫体用動静論之則仁
亦兼体用然愛亦有動静体用也未發之愛者体也
就心静時而言已發之愛者用也就心動時而言未
示云所以愛之理則乃仁愚謂此愛字指已發之愛

　　　　括嚢

耶然則非朱子之意朱子直以愛之理爲仁此愛字
指未發之愛而言者以愛之發爲仁則仁只是生於
與物相接之間而不見天之所以賦我之道理也愛
之理三字諸儒往往誤認謂愛非仁但愛之理是仁
愛之理是體愛是用此諸儒不知理字愛字故其說
如此盖人之生也固得愛底物事在謂之愛之理
足下說已發之愛之爲用而不論及靜中有未發之
愛者然未備也熟讀朱子晚年之定說則愛之動靜
体用瞭然于心目之間其伏乞　覽察

稟

聞海皋詞伯為二豎見崇今日得少愈否　高明為　　括囊

致意幸甚且有餞儀請可得達否以無介紹之緣聊

問諸　足下耳

復　　　　　　　　　　　　濟菴

領之

稟　　　　　　　　　　　　括囊

頃得東武山宮雪樓書致意於　諸公連日得接見

渥荷盛眷永矢無諼且僕師三宅尚齋所著祭祀來

搯說　公在東武經電矚否乎

復　　　　　　　　　齊菴

雲樓雅儀尚立眼中萬里北歸無日悵之來搯說矣

禀　　　　　　　　　括囊

入寮中耳

閒雲樓請　足下以辛亥有許諾而未成爲僕亦誠

切頃倒之念是以顯得　公之一言以壯此書取信

於來裔定必賜巨作

復　　　　　　　　　齊菴

目今行李怱卒恐難草草了當扣上或畢竟思付諸蘭

卷如何

　再復

昌言一吐惠澤永傳于海内吾黨諸生為道珍重　括嚢

明朝發行辦嚴忽劇若果無餘暇則必書於舟中從

日託蘭卷而轉達爲幸甚萬萬敬謝

　稟　　濟菴

足下詩文誠爲　日東第一非諛言也　括嚢

　復

화한문회 和韓文會

僕鬼蹟陋儒麗鼠技單夏虫智短諛蒙撝與祖贈愧
耳如詩文古　邦諸先輩蔚然崛與既入漢唐之閫
域方今播州有梁田蛻巖先生紀州有祇園南海先
生獨步一世而擅其美如僕詩文一鄉可以百數也
僕唯有一點志氣存于方寸間而欲脱名利關中以
有神於聖門之萬一也雖然愚陋之質恐不免爲鄉
人徒仰屋浩歎冀　公憐憂足之步示爲學升進之
方幸甚

　凜

－ 45 －

濟菴

先聖友舟昭揭宇內神而明之存乎其人李世以來
流俗之弊甚於異端滔滔皆是膠漆盆耳亢會之運
日久共許多生民雖是三代之舊而都不過因之
生而幸而免高明之士亦多不免於仙佛之歸吾儒
之咏不絕如縷近世又有陸王之學分門割戶悍然
為末門之對壘此莫非聖遠言埋百怪叢生之致也
貴國專以武力為教文明之運姑未盡闢尚有一
二思之昌明經術循蹈軌轍則三綱五常之理天人

性命之學何患乎不造其極而僕於五千里往返之
役閱歷數百文士而詞章記誦之藝都不關繫於爲
人樣子間有以經術爲問而皆以濂洛關閩之正路
爲老生常談睨而不顧眞所謂蚍蜉撼樹者也江戸
藤原明遠頗有才識而亦於朱學陽尊而陰擠宛其
所就亦不過伊藤維楨之餘派也未知草野山林之
閒窮經而講學不悖程朱之言者有幾人哉

　　復　　　　　　　括囊

所喻曲折詳尽三復奕然警於昏憒者爲享其夫性

命之賦與於人者極天罔墜而聖賢所敎成已成物
之道亘古亘今攦撲不破但世之有治乱與發實係
于天運盛衰之機然至於上成出震向離之德下有
補天浴日之効則雖季世吳患不可復于三代之治
亦唯在待其人而已扎孟周流天下爲此故也吾
邦 天武帝時建學校於諸州使子弟學之 文武
帝行釋奠之禮置勸學院悲田院施藥院學館院行
常平義倉其政事多皆因漢唐之法今也風陋俗衰
不如古昔然 天朝律令以問學爲第一義京師有

敎業坊東武有昌平山諸儒亦谷建亭墅以相講授

且吾 邦固尚武力雖非武以征乱賊擣戎狄不能永

護 王室以保百姓不然則至夫北虜侵中原無之

能禦此所謂有文事者必有武備也僕嘗竊恨世運

不復于古治敎故今世大淸海内為胡俗鄒魯無純

儒寥寥乎未聞有其人也天命無常聖道東遷 朝

鮮有退溪先生 日本有闇齋先生文敎煥乎開於

天東而孔孟程朱之道粲然明乎 兩邦之間可謂

為大東周矣而吾闇齋先生生于元明駁雜曀晦之

後求於遺書以發明伊洛關閩之正脈其門多有成

材德者其今也同門處士唱道學爲師表者京師

有久米訂齋石王塞軒井澤灌園者尾州有布施氏

者自餘有索居於列國或仕爲或隱爲其他諸老先

生爲各國之矜式者亦多兵僕先師深憂流俗之陷

溺詞章使學者專用心於內不爲售名衒功故吾黨

學者急先務不遑及詞藻之技凡東西都下接見

諸公而唱和者多有俊才而通達詩文也然異學偏

曲之徒亦雜出其間爲 諸公見鄙渠徒戲弄文字

於聖賢大學之道則憒然如癡人說夢耳偶有一二

隱君子求識荊者然以賓舘法憲甚嚴不能任意而

出入嫌於侵分越佐非素行之道又固不欲與火壯而

之徒競先奔走于道路也故就舘通刺者鮮其頂聞

足下觀波上所游者大半魚兒而怪淵中無巨鮮

因與上月鶴洲相議不肯同僚所呵責屢侍下風談

及學術一欲沐敎澤有新得之益一欲告吾邦聖

學之明備崛然高出於元明諸儒之上此僕非驚然

擧國之無人而著其善也與夫詩人就舘相唱和者

同行而異情耳同行也故有罪我者異情也故有知

我者僕雖至愚非以毀譽爲憂喜者待佗日公論而

已

　　稟

尋遂是何如人而能爲詩文否曽見其人言語行止

　　　　　　　　　　　　濟菴

多異常人

　　復

　　　　　　　　　　括囊

壹岐國人也僕亦不知爲何如人頃聞太社之奉祠

官也弊邦方言稱神主人皆以爲異人云

他日聞三諸鶴洲尋遂氏吉野稱常陸介壹岐神祠
之大宮司此示所自作詩千餘首於韓客以請和
韓舡數十首尋遂憾其和不全備浮海而西近
餽性論明備録一卷拘幽操一卷同附録一卷孝經
外傳一卷濃州紙若干於三子以表贐儀矩軒濟卷
各容納倉忙無暇竿缺然無報
右筆談午起至申起其他坐客十有餘人皆有唱
和濟卷起席入終不復見也明將開江辨嚴駿然
蘭菴拂溪交来使退席因向矩軒告別矩軒攬筆
書示如左

上　括囊足下　　　　　矩軒

逢塲草草未悉所懷之萬一行色蒼茫甚可恨一別
更無相逢日此後音問亦無可憑臨分徒有黯然而
已唯望爲世道保重云
矩軒起席再拜括囊亦起答拜退出阿比留蘭菴
在坐矩軒操筆書示云
括囊第一人物第一文學
○疇昔之夜思之愈終霄不寐坐以待且漫爾
揮毫奉寄　矩軒朴先生濟菴李先生旅轎下

芳亭開絶學永世仰餘光吾未窺門户君先升朝堂

高鳳戀霽月皎潔暴秋陽今日道東處德辉咫尺香

思之二字有源古莫容易着過此延享五年戊辰

秋七月四日 日本處士括囊留守友信拜具

此日俊展將啓行計拙溪贈之

○奉呈 括囊詞伯案下

別意悵然去其辱忝瓊的寄意鄭重詞致謹然何

足下之就念至此無巳有相感於不言之際耶接

數行筆話於文墨槭泪之中不能必攄胸中所欲言

者想　足下亦同此懷也来時因翠嵒堅長老有所

奉逸者果已入坐吾僕山海驅馳不死者　玉靈而

解纜在明旦望浪華已屬千里此生已斷却兵當奈

何寄韵當有此報病泪囷暇竟至關然流水高山何

待撫絃而後相感也唯乞以道自衛以厲世道之責

忙發不敢長語都在二　穎亮不具

　　　　　　　小華　朴敬行頓首

蘭菴枡溪隨韓使歸于對州時枡溪八月五百手

書至于浪華養裡附此手簡曰矩軒手親託余□

勿使此書浮沈。友信按吾邦人有假名實名

而與異邦所謂名字者較相似而義不同焉余假

名必藏而實名友信也然通刺書名友信字退藏

者恐韓客之難曉姑曲從於先輩通刺之舊例耳

余所著稱呼韓附錄論之詳兵因不贅于此

— 57 —

附録

○與海皋李書記書　　　　括囊

日本國大坂留守友信本書、朝鮮國海皋李書記

足下嘗聞武禁暴戢兵保大定功安民和衆豐財者

也故爲國之道武備不可廢必於農隙講肄所以有

文事者必有武備也易曰師貞丈人吉无咎然後世

之兵在於利已殺人逞忿快欲噫弊也久兵昔時程

子看詳武學減去三略六韜尉繚子而添入孝經論

孟左氏傳言兵事者良有以兵我　邦古先神王制

神軍之法有百戰百勝之妙焉

天朝金櫃石室之書而不許闢出獨當其器任其職

者治其道耳故姑措之按漢土兵道之要在八陣八

陣之制始於風后墾於武侯今所傳握機文魚腹石

磧是也盖上古有八陣圖而今亡兵諸葛武侯出而

有以得其妙義於是乎制石磧圖以傳於来裔其書

握機經而其圖則石磧與圖互相發明兵後

人誤以為魚腹圖異於握機經故往往想像臆度以

作陣圖者甚多兵觀者泛然不知其所適從唯宋蔡

口韓文會

李通卓然默契於握機經石磧之為二而著八陣圖
說故於卷首開示其旨其功為最大其竅謂天衡之
於八陣也猶陽儀之於八卦黃鍾之於十二律此所
謂天先成而地後定天地位而後萬物生自然之理
也又有虛壘焉有實壘焉圖亦有縱橫之異其義夐
然不同何得混為一盖虛壘猶伏羲先天之圖也實
壘猶文王後天之圖也就虛壘以識陣形渾成出於
天地自然之妙初不假人為也就實壘以識陣形實
用兼於四時變化之機終不陷覆敗也正軍方列象

陰靜也遊軍圓後象陽動也靜者亦以爲動動者亦

以爲靜也正遊二軍天地合德之象也就正軍言則

動靜同時者有爲奇正之謂也動靜不同時者有爲

戰不戰之謂也其不戰也渾然天地方圓之全體爲

象森然備於中所謂虛壘也臨戰也東時應變爲八

變陣其用不窮也而其本體者依然存乎中所謂實

壘也圖說曰八陣之斺在乎四奇四奇之發在乎二

變二變者一之用也然則二也者八陣之根本樞紐

也而未詳其所指何義雖有臆見不敢質言於　君

子之側昨肇接 懿範酬以嘉章受賜多兵熟觀
子德容威儀綽綽然有餘裕愈自耻管窺之狭見是聞
雷運而覺布鼓之陋見巨鯨而知寸尓之細乃端分
自安縮首不出猶鼊鼈者固其所也亦一心以為探
明珠不於合浦之淵不得驪龍之夜光也採美玉不
於荊山之岫不得連城之尺璧也質疑問道不得其
人則終身竟無所成遂敢呈鄙問以瀆 清聽棠指
教得開茅塞豈不感刻哉冀俯 无 霽照、
右一道戊辰四月二十四日欲寄海臯以問蘭菴

蘭菴云此文字似有輕渉忌諱者因別裁書論易

道贈之

和韓文會下終

寬延元年戊辰冬十一月穀且

大坂安土町心齋橋

好文堂

植田伊兵衛梓行

世不之其人實貴國之榮也願著氏皆有所述其絕

解道書以何等題名耶　青泉　寒岡有五服圖采谷有

聖學輯要輳蒙要訣等書十餘有本集沙溪有儀禮

一東國通鑑要其國必賞辟行之書也開無此書不

屏　東國通鑑尚有列本行世

知然否答　青泉

右　青泉所答九

件張書記錄之

案

小兒安方冥蒙籠耄不勝感謝谷足貴國儒先鄭汝

昌八歲其愛鄭六乙攜之見天使浙江張翠巖東

名張寧名之以冰昌且作說贈之　今公爲此兒　物

屏山

慶尙州郡耶陶山書堂隴雲精舍尙有遺踪耶

答陶山在慶尙道禮安縣書堂猶今完然猶在復

廟宇於其傍春秋享祀 屏山李退溪所作陶山八絶

中有郡說青天在服前零金朱笑覓爐邊之句零金

朱笑何言耶 答 青泉 零金朱笑未及詳或詩家別語

一山嘗有實國石刻書或鈌僅存紙半片者題曰宋

季元明理學通錄其下記爲退溪李氏所著不知有

全書否有則願教大意及卷數客 青泉理學通錄我國

耶今之所罕傳關之問 屏山 開退溪之後有寒岡鄭氏

栗谷李氏牛溪成氏沙溪金氏等蔚蔚山前道學

상한훈지 桑韓塤篪

佔畢何人耶名字如何　答〔青泉〕佔畢齋金氏諱宗直

一屏　貴國儒先錄所載李晦齋答忘機堂書其言犕

微淺詣實道學之君子我國學者仰慕者多晦齋所

著大學章句補遺續或問求仁錄未見其書以爲憾

願必其書各有立言命意之別願示大略　答〔青泉〕晦齋

所著大學章句補遺則大意在於止於至善章本末

章有所疑錯而爲之然先生亦以僭妄自謙不廣其

而後生之得見者盖寡今不可一一枚舉

一屏　僕嘗讀退溪李氏陶山記已知陶山山水之流

峙不凡之境也聞陶山卽靈芝之一支也今八道中

- 3 -

一屏　開朱子小學原本行于貴國不勝抃義藥界所

行則我先儒闇齋山崎氏抄取小學集成所載朱子

本註而所定之本也貴國原本與集成所載本註能

增減異同之處耶　青泉　朱子小學則我國固有刊本

人皆誦習而專尙朱子本註耳貴國山崎氏所敍者

求多得見不知其異同之如何耳　屏山　近思

國且原本而行耶葉采之所解貴國書生讀以敎否

講習其否　青泉　近思錄亦有刊本而葉氏註蕭生皆誦

習耳

一屏　貴國儒先寒喧堂金宏弼從佔畢齋金氏而學

－ 2 －

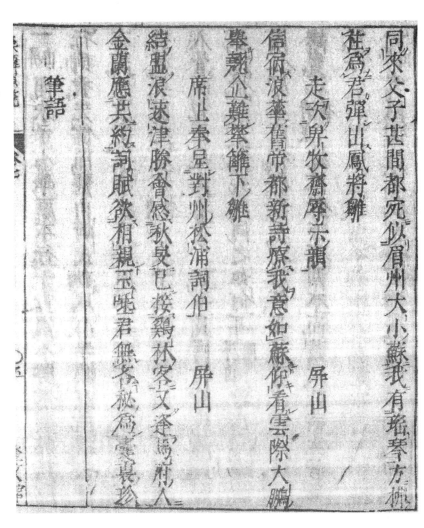

筆語

同來父子之間都兖必眉州大小蘇我有瑤琴方櫃

莊爲君彈出鳳將雛

走次界牧齋辱示韻

　　　　　　　　　屛山

信衍浪華舊帝都新詩療我意如蘇依看雲際大鵬

擧親企難攀雛下雛

席上奉呈對州松浦詞伯

　　　　　　　　　屛山

結盟浪速津膝會慇懃臭巳接鷄林客文峯爲府人

金蘭應共約詞賦欲相親玉瑳君無斁秘爲臺裏珍

指揮徐出藝待如不經意以者吾厭所望而其

氣豪其青宏源於意而贍お詞所謂長滄河

三佗得見一端其賜之大豈奇瑰臺所錐比元

求懷而帰者義不容歓於毛乎観水之説以

鼎鳥新歌此意併致嚴南云君吾聞君子澠物

如海其長之拙蟹以不納為憂哉

○送嚴書范序

　　　　　　観瀾

孔孟之後程朱之荀距乎歲矣下憂學士固多

矣程朱之後以近于会誑衆貴歲夫乎之學士

— 1 —

又增多矣上以是教誨下以是求仕父兄督子

弟趨自朝而野戸誦家説曰極其盛佳哉程

朱復生必將願其會之流行為駿慄而

及索心知其意而躬體其全甫嗚呼其鮮也殆

寥寥響絶而跡熄趙宋之季筆其譬嗟也親玄

其典刑也迺及門私淑之後如蔡黃輩愈諸公

猶其傑寫无專許魯齋劉靜修所趣曉不能用

而丕明有薛文清丘文莊惟其精神輝光不能

以鼓振一時闡化百姓而識之卓宇約侶之

厚由之正一皆有所淵源不共夾事佐俾訓詁

之末而論簡捷虛誕之域青俾鑒萬而巧一寫

其後遼之東弓退溪李子專尚朱氏嘗窺蘚著

十二或辨四端七情者換克制抑之方因之益

判或指己為仁者體認克治之功因之弥切身

凡性命微云章句猶論潛淫縝密莫術莫速循

循然必察其所終乃就軒反肉禮而義行

及其後我邦弓山崎敬義者尚虫專尚儉戒

易盼原太古之精義範則明九峰之全數句

廉洛闖閩揚攉表揭於析經緯所述以垂世敎

乎數十百卷而其所爲歸不出灑掃應對忠信

萬敎之間終身持論諄諄漢之董隋之王廣

之韓非思丞覃也非言不詳而唯其不斯之察

所以不臻乎極嗚呼世距敎歲壞阻幾乎里而

其云之合若執契于去也爰按者于讀而計數

于籌也已所謂萬而得上者將見之貴曉與我

邦豈不偉哉明人嘗有論費境之文者其意儻

然以申夏文明句處及隨訂其所爲嘗以尚釋

— 4 —

難〔老〕刻章琢句治ㇺ喜以テ才子ヲ相為標榜不渡

知古聖賢之大法要道属而在外美此謂蓋而

褒裏可也而揚其張唯名之狗曷仰慕效不

置父兄子弟赤皆以是督而趨之今而馳盂程

朱再起復将悔其怨甚言之流弊至此之不達

宜乎能知其意體其全者絶矣而僅ㇱ方今

義邦之賾山崎氏而起者世不乏人而如貴

境設科選材俊乂如林勾王京至里間挾詩書

談仁襄歓以砥行于家而建業于国其能継退

溪氏以傳其宗者此而然歟僅上而存歟

能增基堂光已以出其上者邦世而鑑行也

請公皆其人焉而特是下浚容東海以辱幸一

言之知及送其旋以財也以實以言也則酒辛

舉我　邦而能以道學自任與炎境先賢同

其指趣之人以贈写請其齋婦

○與嚴書記副帖

　　　　　　　　　　觀瀾

僕於我　邦多士之中每推山崎氏為稱首意

願託呈下齋致此言僕學晦齋退溪風者知異

代殊域亦未嘗不同調其趣〻人莫敢詆呰垂

諒是祈今日海〻以復兄弟分袂之際將難為

情海陸邈笑為道保慎

○臨書有感因占餘楮

　　　　　　　　　親瀾

○復觀瀾書

即誦一離曲〻雖〻不李勲棄竟難融鄉人若問

仰山李愉快憂悲到處同

　　　　　　　嚴漢重

敬奉惠牘瀋意勤摯圭復再三為笑學字僕與

其下希在海陸〻〻外〻〻壞匂別影響不及

倘非兩 國修聘之會豈安得與是下同在

虔齋和詩篇吐論裒曲耶良覿多歲遠別在即

私慄惘若所失贈人以玄去古人攸行而降賜

及季世此道幾廢是下未以不安為恭他辱賜

盛諭許隤古今講確道學僕隨庸鹵女敢容嘆

蓋吾道之盛衰不以世代之下壤地之偏而閒

而其晦其明實係斯文之幸不幸耳尚笑孔盂

不敢容議而程朱継聞之切亦可謂可量哉為延

平元定勉齋西山可謂需時之碩才衛道弓窓

儒也彼魯齋靜修雖其天姿既美學術頗精生
乎左維之世二來贊右文之治云可惜爰明興隆
有程篁墩陳白沙王陽明諸人閒出聚雜之病
亦多偏係之失而至如文清之學純實為博
洽多聞肯以此為巨擘可乎所謂丘濬者為學
詭異立論謬蓋以岳飛為末必懷復稱秦檜為
宋忠臣意見如此其他可知此不必辨乎粤
若我國之退溪李先生兼人號稱東方朱子其
造詣之超邁嘗聞之純正吳下已悉之乎不必

疊床而莫乎退溪有靜養趙先生光祖寒暄金

先生宏弼二蠹鄭先生汝昌晦齋李先生彦迪

俱以今世之人偶明爲已之業養龜於國表二進

推世艾卓之可稱有惡可彈記於尽牘後乎退

溪乎高岡鄭先生述栗谷李先生珥牛溪成先

生渾率皆養德山林羽儀淸朝國家待以賓師

士林仰若山斗踵是而継出肩代不乏人方今

今儒相明齋尹先生拯即艾人也聖朝禮遇夐

出于古旌招屢煩終不憚斑位玉音鼎迖在丘

— 10 —

國家高德邵擧國莫慕其他讀書求習砥礪名

行為指不勝屈右人所謂道在東者壽俗不

仰慱貴邦倍尚丕變文教蔚興宜其名儒輩

出扶植斯道而至若山崎氏以是下所云論

公益亦俺貫墳典探賾義理眞可謂好學君子

而彊域晩分聲聞不遠獨使異邦之人不聞盛

名甚可恨也明人云二之說誠不諶二一唯我

國身殷太師設教之後國俗一變士趨歸云身

我聖朝闢闢之後尤多大鷲文物彬之賁飾洪

猷雖_五_天_童子_皆 知_貴_玉_而 賤_覇_崇_儒 帝 宗_佛

尚_釋_雜_老_歿_知_大_道_之_春_豈_非_秉_彝_意_者_乎

僕_兵_東_来_也_興_諸_君_子_相_来_書_開_折_者_多_矣_未_嘗

閑_審_格_之_說_笑_今_肅_獲_承_来_書_開_折_之_語

愚_幸_良_幸_但_臨_行_卒_之_未_遑_所_蘊_略_將_草_之_數

語_僅_寒_青_知_罪_知_罪_惟_是_怒_諫_南_寬_償_寫_別

日_此_迫_更_晚_無_路_臨_楮_冲_悵_不_知_所_喻_不_備

辛卯仲冬

○和

嚴漢重

誰料良朋海外逢一團和氣藹春融驪駒唱斷

河橋路黯然雛懷去住因

○浪嚴書記書

　　　　　　觀瀾

僕所奉寄四送文耳示料晤對勿勿徐再以

見教論討及復良為感佩遠寄書松浦

其因裁片楮敢此報謝大抵學情通病動涉矜

勝固非孝退溪家風所貴眈吳下莫以僕所報

為爭是非而鬪意氣者幸甚幸甚嗣云文清為正

劈河乎此段苟後活脈難以領會其以薛氏為

可尚邪則正與鄙意合以為不是尚邪心所趣

大異空措物論也正安莊以岳飛為束心必愜腹

是於時勢各多所見始不以為道義心術之累

況金兵之強此宋十倍勝敗之跡未獵易以書

生紙上語而斷也其以秦檜為宋忠臣呂此老

好高奇矯眾論之弊逃耳然辨夷夏正肉外其

終身精力所用正在乎斯二部世史正綱眼經

可見豈以裂冠毀冕稱臣金虜為是者耶特其

眺詢深淺識趣高卑固有不及文情而由之正

與信之厚蓋亦朱明ノ一代非ノ所易得矣

僕序文
以二由之

正信之之厚ヲ論ス論文　且夫訂學脈ヲ以論先輩自當ス

莊二請更二被シ審メ

體ヲ乃高德偉績如下王守仁ノ當ル門路ニ所ニ乘

馳此義當棄之不顧而為文莊之學之正當可ト

辛然摘小疵遺其大醇而術義之補學的之

編亦豈可下以為詭異謬蠢而論邦續退溪啓

蒙傳疑常疑下所說煩雜失古潔靜精微棄象著

第一圖尤涉中辛強多錯而至其講學之醇養心

之密未嘗援彼僕以嚴此美ヲ僕之議退溪ヲ此偕

事而以其罍不而取文亦曰尚論之體當然也乎

貴國之豊泰于殿之太師則敬聞命矣盖範之名

傳退溪既以為憂中間二千餘載一以一失至

金大猷實始知其程朱之所得朱知與鄭達

可孰為淺深達奇文章徑濟氣節感慨前後名

此但其所謂說其胡雲峰四書通腸合而已出

諒見所造罍可窺測而自孝復古出大加精明

以至退溪然後集其成而得其要矣是 僕之所

以於貴國將誦退溪不皇它及也而於我 邦

專擧山崎敬義亦 此意耳乃承退溪之後

谷牛溪諸公務美好當君子還化之盛呈可鈇

仰蘇文乃云明人論養閩文者指于世貞語見

其集而所云尚釋雜老亦以批世貞之學來簡

似未悉鄙意請更被審来簡又云我 邦倍尚

不變文教蔚興坐其實我 邦上世尚文中葉

事武乃至今日祖章繪白之巧来能及古而韜

鈴索韜之業已日益精以今之武併古之文是

又僕所拭目而望觀也寫眞別真是濊水不

— 17 —

司舟回恨天慳良緣不使僕與足下復獲對床

把筆以傾倒所懷也 臨紙益〓阿〓〓思不備

○呈趙正使

觀瀾

大命司賓處遠人黃金闔豁日羲新雲中暑影

庾珠砌陌上〓〓流綉闔儀比〓鵷鷥裏世瑞材

如湖璉是邦珍歡和結作〓〓氣直匂屠城薄

九皐

○奉謝觀瀾寄示之作

趙泰億

彤廷鐘鼓饗行人朝月東闔喜氣新縹緲〓烟

似ㇰ蜀ㇱ

問　　　　　観澗

李晦齋李退溪之於朱子平心醇粹可謂下

其宗者固似欽服晦齋則之退溪所述行狀

可考至退溪事跡亦必有門人子弟所録未

得傳而見之爵里世承為何仕自以朝至何

朝是下如有所記請被録示

答　　　　　李礥

退溪書先生豐洞之醇粹実國諸公既已称

閑子須更容贅說先生本以憂患道醴川之

人宦至二相家景浩其平生事跡已不足名賢

之摸攷國家特設書院為多士藏修之所笑

宣廟末遭際遇特隆我東書栗谷先生亦其

門人也

問

　　　觀瀾

得承退溪氏後吾能振其宗風者壽栗谷上可

欣也栗谷名字為何有論述可汸而見者乎

戡國有山崎敬義者實唱朱學之當矢些

遠客帰心日覺怱海門塞■又饕風休嫌雪意

偏蕭索和氣氳佛塵懷

○再呈書碧生

　　　　　觀閣

料館事多宂再悟龍巢而放彌亦期偃矢取

獻一杯侑以鄙什

其為使佐逞稱豪姿限出風送節龍銀鶻搏空

秋色動玄鼇吹浪悔光高酬欵且挍勾蘇鄙意

氣將投日本功㑴玄摇池之弟里復飛觴羽進

蒲萄

禽戀越故園　日鶴歸遼岩　楓尚赤經秋藥岩

竹狷青傲雪像玉李朱幾歸　此後鏡巾渾覺鬢

○疊和　　　　斂閒

毛洞

材似精金鍊不銷　螢光逐月樓遙古文上軋

東西漢逸氣旁馳　左右遠學間隙曲波範圍

傳俎豆守箕條扢逢欲致殷勤意離落絲横菊

亦洞

○再呈李黌生見其善飲因賦呈　觀瀾

禽戀ヒ越故圍ム日ツ鶴帰ル遼岩粗尚赤經ル秋葉岸

竹犯青傲雪條王李未竣帰此後鏡中渾覺鬢

毛洞

○疊和　　　　　　款開

材似精金練銷螢光逐月横遶古支止軏

東西漢逸氣旁馳左右遠望開源由流範厚

傳俎豆守箕條打逢欲致殷勤意離落縱横誦

亦洞

○再美李学士見其善飲困賦呈　觀瀾

就貴國所印小學集成中抽取本註以登于
梓世賴知考亭原本貴國之惠多矣但外
篇本係秦漢以後文字一一書之體合某強擇
而嘉言善行内三條下訓厲題為東註字
此缺脱鑑為鑄字所誤而然宋元明板傳我
境者並考亭原本不知貴國除集成所牧
外別有本註以行乎　時坐客重沓唱酬交起
日已曛黑
矣

再問　　　　　　觀瀾

前所問小學末話ハ一事請見教示セ

答

李礩

日已曛黑眼睛不能壽當待明仰渡明間取

去如何此子平生略ッ之豪氣棄未嘗以不平之

氣留于胸方寸間笑今日杉琴不能世一相

鼎方言之不平而通罷笑不平雲曲呵々之使指

行呈詩稱豪

乙ー字ヲ以テ云々

復此答數日

後所贈

李礩

敎意備悉我國栗谷李先生者宣廟朝名臣

嫡傳書退溪先生絶緒其學以明義利正中王

覇爲本以天道策問登魁科所謂王居策問

頤者天朝能文章者所出而中朝之人不解

對我國使臣乃以其題而來出於科場栗谷先

生々作以爲等上之中爲第一其所對之策

流入於中朝其後天使之來先生以兵曹判

書爲遠接使天使問其名曰是製天道策者

邪仍與抗禮執手論交其敬待如此矣名辯

字叔獻官至兵吏部尚書兼大提學年四十

九早卒ス号ニ文集ニ三十一巻行ヌ世ニ嘗已配享ニ松夫

子聖廟矣先生道義之友同時有ニ牛溪成先

生成先生名渾字浩源號牛溪其道学之高

明與ニ栗谷ニ同亦登崇于朝官至吏曹参判ニ此

蹕享ニ聖廟矣古今夢着祀不ニ為矣經綸之才

攜ニ栗谷ニ為ニ第二十豈不ニ韙哉我國小学ニ之東

一号ニ朱文公ニ為ニ雄四一六則李栗谷先生刪翳

就ニ要具補闕送ニ以便ニ考閱ニ進講ニお經延旦今

士大夫家皆以ニ新朱ニ教ニ子弟ニ盖艾註解詳焉

乞遺簡約而不繁而非不悖於晦卷本也目舊本

亦骨經大賞之手堂有疑晦之慮而不可讀

乎小學一編實學聖踐頭工夫而考國志刊

布梓國中右文之治即此可知矣幸甚幸甚

眼昏清草悚土

○呈洪壽記　　　觀闌

疇昔指館弓美幹弓以見被披鶯陽

想頎頄

貫月樓浮来子期欣瞻故國美姿儀自殿教化

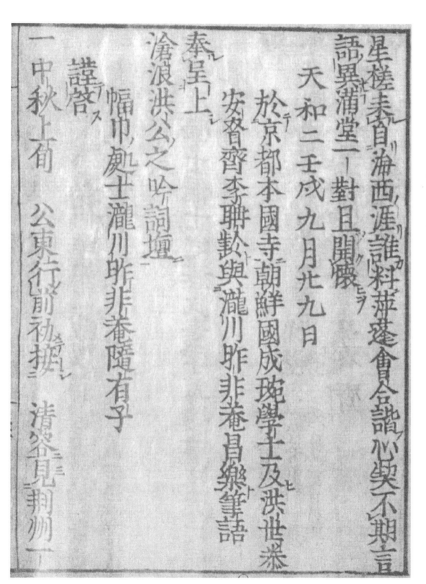

星槎奉使渡西涯　誰料萍蓬會合諧　心奧不期言

語異滿堂一對且開懷

天和二壬戌九月九日

於京都本國寺朝鮮國成琬學士及洪世泰

安奫齊李聃龡與瀧川昨非奄昌樂筆語

奉呈上

滄浪洪公之吟詞壇

幅巾處士瀧川昨非奄隨有子

謹啓

一中秋上旬　公東行前初披　清容見潮州

— 1 —

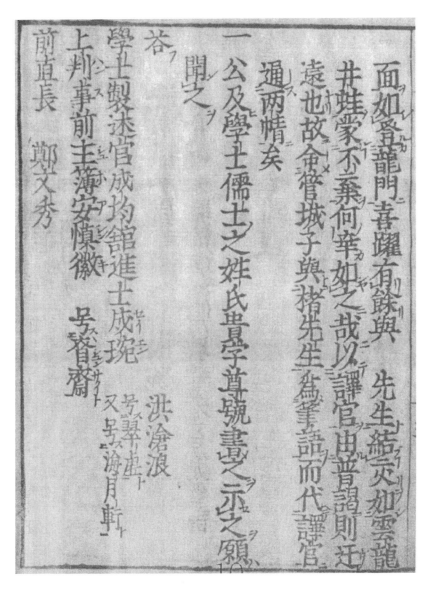

面如登龍門喜躍有餘與　先生荏苒災炎如雲龍
井姓蒙不棄何幸如之哉以譯官由普謁則迂
遠也故命管城子與楮先生爲筆語而代譯官
通兩情矣

一公及學士儒士之姓氏貫學尊號畫之示之願
開之

答

學士製述官成均館進士成琬　洪滄浪

上判事前主簿安慷徽　号篁渚 又号海月軒

前直長　鄭文秀　号鰲齋

－ 2 －

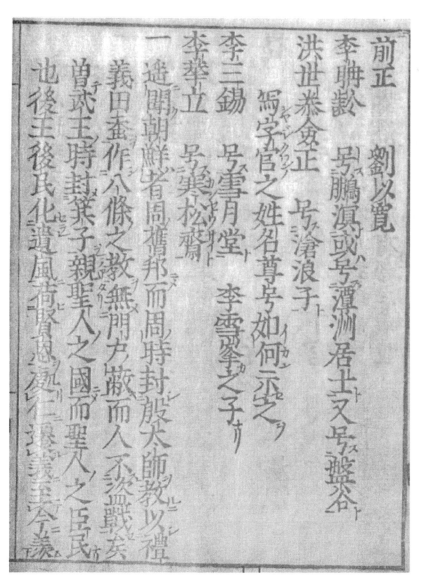

前正　劉以覽

李冊齡　号鵬溟或号潭洲居士又号盤谷

洪世泰僉正　号滄浪子

寫字官之姓名尊号如何示之

李三錫　号雪月堂　李雪峯之子也

李攀立　号蓴松齋

一遁聞朝鮮者周舊邦而周時封殷太師教以禮
義田盃作八條之教無開戶嚴而人不盜戰兵
曾武王時封箕子親聖人之國而聖人之民
池後王後氏化遺風荷賢思邊仁讓義至今義

鄒魯遺敎不頹敗夏周學術無陵夷焉今日域
之後學慕　貴國者以有聖賢之遺風之故也
一今也三使及貴體且成學士僉從之上下數輩
官人越千里之鯨波涉百里之太形遠々驛程
遊々海路無恙到東武降國聘問之禮事畢及
歸帆是珍重莫甚

　　　　　　　　　　至祝

　　　　　　　　　洪滄浪

荅

如　公示諭三使及上下官人馬嶋太學無難
無恙海陸安穩而到蓬壺東武盡降盟之礼西
入芉洛歸國亦有近惟芉也

— 4 —

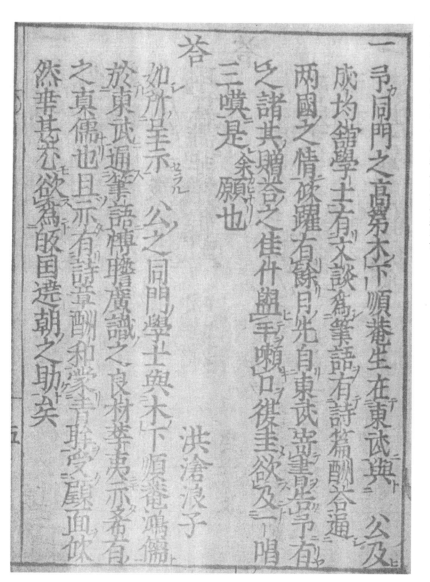

筆端驅景愜心鮮、航、海棧山賜谷邊何月抹桑

再遊客先吾蠟淚濺離筵

瀧川昌樂

謹問

一周武王封箕子於朝鮮箕子傳河圖洛書洪範
九疇於遼東之李氏李氏之子葉孫枝世爲家
業李氏之後裔傳之菁川姜沈所公素知也姜
沆傳之日東儒宗北肉山之廣肝藤歛夫惺窩
而易阮東矣惺窩以河圖洛書困易春秋詩書
傳之我師松末昌三及林羅山此二學士惺窩

師之伐柯而責於藍者也惶窈既没文不在茲

歟爾來再傳而昌二傳共子松永昌易同姓永

三及未下順卷某龍川昌樂其餘皆曰本俗傳

之固陋癀學而不足取者也其姜沉之苗裔今

猶存乎仰願聞之曲告之

即答　姜沉之後嗣苗孫介則亡中葉其後賣貴

洛街學貪得駆利逢流刑而駅剝於官祿遇赦

死路矣惟餘臭名乎

一宋童具鄉之開易會通二十卷有　朝鮮本而

魚大明國之板本也此梓核今存　貴國乎予

從未欲畫之矣

一　互卦之說邵雍絕說而無全言雖朱晦菴不說
之蕫真鄉言之詳也全篇載而有會通而乾坤
二卦無互如何誁示之

一　孔子大象傳小象傳者指何理義而說之乎願
聞之審示之

一　乾上乾下如此在每卦之上而六十四卦俱繫之何
人註之乎

一　繫辭者孔子之精力在此書周易之深理皆籠
之殊我懦知人間一生生死之去末知幽冥鬼

神之情狀又曰精氣爲物游魂爲變矣朱註曰
陰精陽氣聚而成物神之伸也魂游魄散而
爲變鬼之歸也生死鬼神皆陰陽之變天地之
道也樂按人死而燒之則爲灰埋之成土此時
魂魄寓何処而爲變爲人鬼乎殊有佛氏七七
之説故大藏一覧首巻説摩達多曰中有楬多
矣住七七四十九月定結生故也迷中有住經
七月不久住故也以是有詭言癖説邪誕矢妄
之説蜂起殊不知韻語陽秋曰人生四十九月
七魄全其死四十九月而七魄散是以有七七

之說夫生死氣之聚散也不散不死禮之有復
孝子情而致其情而止矣味此言則佛氏言迎
理而大乱真誣民惑裂甚多矣　我儒　有人鬼有
形質天陛則往々鬼哭而與人接之說盖誠論
之是氣逆則其餽氣降散碍凝現形質來隂氣
徃々鬼哭矣又氣順則散冥寞餽歸泉矣董仲
舒曰有一鬼蓬頭手提屠刀勇而前歆其祭者
是逆氣所為變是其證也然為浮屠事而朱喜
不說之鄭子産漢鄭玄高誘且淮南子楊外巷
等集亦雖有鬼餽聚散之說不及人物生死鬼

神游魂爲逆氣凝滯而爲憂之說矣林子獨從
識神而憂者以夢說之其言曰自太虛中來者
元神也遂化爲識神矣故其夢都從識神而憂
釋氏四生六道亦從游爰而憂故孔子曰游魂
爲變此說得之乎千雖近理非的理夫夢寓五
藏爲之爰寓脈恚肝而見夢燒其肺肝而爲
土灰則鬼魄識神寓何處爲夢乎爲土灰則其
七魄心神散而歸太虛而成空爲天地氣又滿
太虛此時何夢之有哉豈地獄天堂之有哉是
林子亦非的說莊周曰死生亦爲夢也釋氏以

— 11 —

謂生死事大無常迅速而其氣順則歸天地而

一念三千万法一心無上上等正覺涅槃妙心

實相無相不生不滅之妙體者因飽終正念無

心無念真空妙智順氣之工夫也吁二聖如二

鏡其氣正順而聚散於天地之間況於儒家豈

何忽之乎常拳く服膺守幽明生死游魂變鬼

神之理引而伸觸類而長之雖不中不遠乘化

以歸盡樂夫委命復吳疑矣而於生死游魂之

說無的說詳亦我渴心願之

荅云 生死鬼神游魂說今古之真儒亦無正說

嘉言何況於廥儒哉

一　前十卦後十卦之説朱子雖説之啓蒙月東儒
士失其正傳晤然卜筮考之有提徑之理乎聞
之説愉之

一　河圖方位南有火西有金矣而洛書方位者南
有金西有火者何乎曲示之

一　人生一生木卦之占戰國時有鬼谷先生断易
之説而無眞儒邵程朱陸之正説而謂不足是
信用棄而如土然近世有邵康節之玄玄合璧
説十生年月月時之本卦詳也貴國示有占於

人生一生之本封乎否願聞之

一春秋經者聖人之志在此書讀之行之則正五

倫定名分因之乱臣賊子童有勧善懲悪而不

蒙首思之名千載不易之常法也然宋王安石

爲爛朝報不列學宮先聖筆削之書棄而不用

人主不得聞講説學士不得相傳習而宋末遂

有虔狄北轅之禍孔子曰我志在春秋行在孝

經二書抹去祸及国家宣尼之書可謂靈矣故

月畏聖人之言矣御講官春秋館李彦綱公及

弘文館兼經筵侍讀官春秋館朴慶後公通讀

於五經宏贍之才華豪縱之臣肇有弘文館之

號則通六經秘矣是經學之淵源宏酌而可探

知者也

一公者親炙于兩大人化德通經不言而知焉我

日本亦以十三經為聖學之階梯殊以羲易麟

經為儒家之舉業而不可一日而闕也曾聞

貴國有陳哲之春秋集解之細註　春本之春

秋釮考之箋解及曹學佺能之春秋義畧之註

釋今猶存　朝鮮之板行本否

一經元年春王正月者雖千歲不决之論累扣問

難王天王也紀年書王以見周之正朔行于禾
下也據春秋年月或用周正或用夏正或云以
夏時冠周月論不一矣經用夏正傳用周正林
氏左氏故從周正學者自不宜悖經而從傳也
然傳文亦有用夏正者于其本文駁出自見胡
氏始用夏時冠周月以調劑之依之從夏正
也詩書周礼所言時月皆與夏正合也而春秋
何獨不然且若韓周正則春秋之所謂正月者
曾史之三月而二百四十二年之事皆非當時
之月矣聖人豈為之哉如謂以夏時冠周月

意必姑十一月爲正月而時仍爲仲冬計正月爲

三月而時仍爲孟春是謂孟仲失其倫又如憂

五六月而在周巳七八月秋八九月而在周巳

十一月是謂時序乖其度與先王平秋四時之

義舛矣且夫子周臣子也所修春秋魯史之舊

文也以易世之時而冠邦代之月義之所不敢

出也然則冊與八月俱從夏正者于義何居願聞

之

一　公子益師卒　是益師者隱公之叔父貴戚之

郷而親然知薨其終而不書官不月然辛酉二

月夏辛卯尹氏卒是尹氏路人他姓之鄕而踈
然却厚其終隆其卒而壽氏書月此尹氏家父
者據詩小雅節南山之篇節彼南山有實其猗
猗赫ゝ師尹不平謂何又曰尹氏太師維周之
氏秉國之鈞四方是維以之見之同尹吉甫之
苗裔而世鄕壽氏公羊子曰其稱尹氏聚而譏
世鄕也左氏因舊史訛艾鉞一口字加之爲君
氏聲子遂爲此曲說而不知聖筆未堂有也左
氏之說不足信矣尹氏非尹吉甫之末而有他
尹氏乎未可知　按　胡氏曰尹氏天子大夫議世

節左氏傳曰夏尹氏卒聲子也此二説俱非前

據餘有正説之明乎願聞之曲示之

荅　旅館倥傯平不暇考追而欲言之以及踈巻也

一秋九月乙丑晉趙盾弑其君夷皐

左傳晉靈公不君趙盾驟諫公患之趙穿攻靈

公於桃園殺之宣子未出山而復大史書曰趙

盾弑其君宣子不服對曰子爲正卿亡不越境

及不討賊非子而誰孔子曰董狐古之良史書

法不隱趙宣子古之良大夫也爲法受惡惜也

越竟乃免樂　謹按使趙竟而免則如宋萬之行

殺而奔陳者即爲無罪乎夫子言不誤恐不着
是誣　貴國春秋館二大人侍講講筵振三寸
爲帝王師説之有深理冀曲示之

答

未考之未聞講説矣

一

詩夫聖人教鯉使避面墻是以雖貴魯詩中華
大明日東亦失其傳雖朱文公不讀之是以不
知魯詩之貴矣蓋齊詩韓詩毛詩次之接前漢
書儒林傳曰魯申公培少與楚元王交俱事齊
人浮丘伯受詩申公歸魯退居家教終身不出
門弟子自遠方至受業者千餘人申公獨以詩

— 20 —

經爲訓疑者則闕弗傳申公卒時以詩春秋授
弟子爾来傳之傳山陽張長安張生兄子游卿
爲諫議大夫以魯詩授元帝以後在明朝西蜀
虎頭山人韋調鼎王銘傳之而以魯詩之意詩
詩號之月詩經備考亦讀之知意味深長詩
借問　貴國有貴詩之板本乎否曲示之我欲
来之
一　苑陵梅聖俞全集六十卷有　貴国之梓扱而
無中華大明國之鏤刻今猶有此板本乎曾朱
晦卷曰唐後無詩唯有梅堯臣之詩同朝諸公

甚之二程溫公歐蘇安石黃陳曹豪之故司馬
光哀挽詩云我得聖俞詩於身果何如留爲子
孫寶勝有十金珠又王安石挽詩曰頌歌文武
功業優經奇韓麗散九州貴人恰公青两睞吹
噓可使高吟樓又曾王文康嘗見而歎曰二百
年無此作矣雖知之深亦不果薦也若使其妻
得用於朝廷作爲雅頌以詠歌大宋之功德薦
之淸廟而追前周魯頌之作者豈不偉哉如此
諸賢抹莢噉々今　余　誄其詩知之去誕棄誄八
百餘年掃去朽枯如鄧元氣變化百殊支外見

蟲魚草木風雲鳥獸之狀類往々探其奇怪內
有變思感憤之樹藝其興於怨刺以道羇臣寡
婦之所歎而爲人情之難言蓋愈窮愈工然則
非詩之能窮人殆窮者而後工也者深州歐陽
俗評之愈少蕷補爲史抑於有同困於州縣芳
陸沉首以不得志者樂詩而變之矣其妻之兄
子謝景初懼其多而易失也取其自洛陽至于
景與以未所作次爲十卷矣吁可使食魚無內
不可桃無聖俞之詩也如此之千金珠玉詩無
註解而知之者少也然東坡死剌譏訐山谷散

乱属曲之蘇黄之詩集以有注釈而圇行于世

何乎　予潜力之杜詩多註者李詩豪註解世間

幸不幸之類如斯然　貴国有聖俞之詩集之

鏤枝煮瀦泗泂詩流之溯源知詩道之玄昧之至

乎　予従未欲求之矣

一　李律述註之作者莆林兆珂孟鳴父之傳在何

書乎

一　杜律集解之註者邵夢彌之傳在何書籍乎

一　古文後集制序者旴江鄭本士文之傳頼渡辞

書小説楊外巻之集百千年眠千一録野客

叢書等之集不載之彼賤種野夫一面藏花涌溪

黄四娘耶

一七書議議撰者施子羙之傳未審記之

一七書句觧作者江自虎之傳殊詳願聞之一示

之

一貴邦聖人封國而文獻足而多珍書古籍而有

勝於中甚大明者矣故深問之也

咎　右數件之問訊於我　藏邪亦考之未知之未

知所出于何書也且昔月羅兵火珍書金經悉

燔失焉

— 25 —

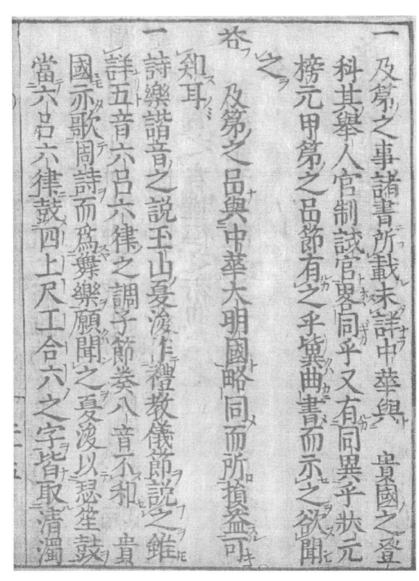

一及第之事諸書所載未詳中華與　貴國之登
科其舉人官制諡官號同乎又有同異乎狀元
榜元甲第之品節有之乎冀曲書而示之欲聞
之

卷〵 及第之品與中華大明國略同而所摸盖可
知耳

一詩樂諧音之説玉山憂後〵禮教儀節説之雖
詳五音六呂六律之調子節姜八音不和　貴
國亦歌周詩而爲舞樂願聞之憂後以瑟笙鼓
當六呂六律鼓四上尺工合六〵之字皆取清濁

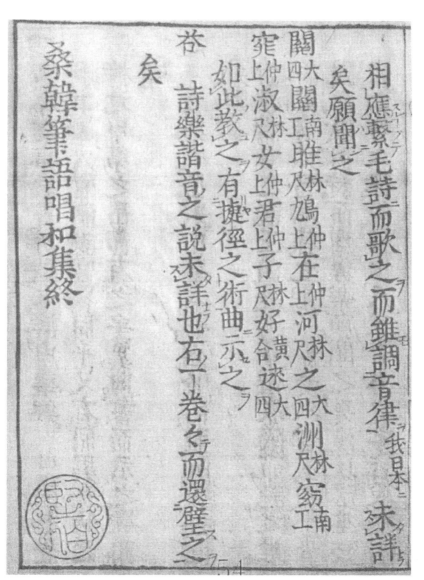

相應豪毛詩而歌之而雖調音律ヲ我日本ニ　未詳

矣願聞之

闊四闢工雕林尺鳩上在仲河尺之四洲尺南工

窄仲淑尺女上君上仲子尺好合迷大

如此教之有摭徑之術曲示之

巻矣　詩樂諧音之説未詳也右一巻々而還壁之

桑韓筆語唱和集終

二日午前到本誓寺水野右衛門大夫忠春秋元攝津

守喬朝大久保安藝守忠增館伴内藤左京亮義概

小笠原大介在中堂招安判事成翠虗等書大字畫

師咸東岩作水墨翠虗請余問座客之封戸余書示之

醫官鄭斗俊亦在座安藝守使之診脉問其藥劑翠

虗書字多〻似倦勞余書示曰足下若勞則宜歸旅

舘多謝翠虗荅曰使道將有招問事後日更拜爲計

然大字何其小數書之耶想其疲勞而然耶呵〻

於是翠虗揖去安判事猶書大字堀田織部正昭兵

部俊兼及酒井權佐忠雄各来觀爲今日与對馬太

守約到顧行寺故洪滄浪及李三錫李華立等先在

顧行寺忠雄伴任處士先到顧行寺与滄浪筆語

忠雄問曰頃雖接清儀未通姓名僕是靜修齋之𤲬

名忠雄号忘己齋今日欲靜話故未願受教誨滄浪

荅曰僕甚荷靜修公厚誼今過足下如拜靜修公誠為

幸矣靜修公来則僕那不企待忘己曰靜修亦今日来

有官事未果雖到夜必来會〔今夜靜修有官事而不至〕滄浪讀之點頭

忘己又問曰達巷黨人實知孔子者也所以極稱其

又曰盖慕聖人不知者也若斯則可曰惜哉而以大

哉嘆美之則其義燦然無可疑也孔子稱堯曰大哉

堯之為君也蕩蕩乎民無能名焉若以黨人為惜孔

子不成一名於藝則亦以孔子為惜堯不得一名於

民耶以予觀之則四書六藝之文自有宋儒曲說繁

解而失本義者不少乎滄浪荅曰黨人之意盖稱極

稱孔子而惜其不得行道於世以成其名矣集註則

以為孔子之行道与不行皆天也孔子亦不以不行

其道為歉爲則其成名与不成名固不足言矣是所

謂不知者也忘己曰受誨固然得此說如披雲霧耳

又問曰格物之義古來說多想是易所謂精義入神

之理乎滄浪荅曰愚意以為格物致知然後無不通

可以入聖神之域矣忘己問曰中孚六三曰得敵或

鼓或罷或泣或歌程傳曰或鼓張或罷廢蒙引曰或

鼓或罷是沽字主擊鼓言是奮發之意程傳蒙引二

說皆非也鼓師進也罷師還也儀礼言語之礼云朝

廷曰退燕遊曰歸師役曰罷楊子法言曰鄗食其說

齊罷歷下軍一證也漢書高帝紀曰帝乃西都洛陽

夏五月兵皆罷歸家二證也滄浪答曰亦論儘好但

以我所得不當遽非先賢之言也忘己問曰子曰素

隱行怪後世有述焉吾弗為之矣疏曰素讀為傃、、

猶鄉也謂無道之世身鄉幽隱之処應須靜黙若行

怪異之事求立功名使後世有所述爲集註素按漢
書當作索蓋字之誤也索隱行怪言深求隱避之理
云、羣書之中引用經典与元史不同將處半未必
所引正元史誤也凡解經典者經典之文其脫誤分
明不得已而後因群書之中所引之文解之可也俄
以所引爲是而舍元史則經典橫生瘡疵其害尤大
也何子容曰漢人引用經文与今本多不同間有可
以證其闕誤然傳繆亦不爲無二不可以漢人所引
爲是蓋各得其師不同如此況探賾索隱周易之繫
辞儒學之根柢也未必求隱僻之理以予觀之則素

如字讀而可文義燦然脈絡貫通乎滄浪荅曰愚意

以為經解當從朱晦菴先生為正忘己問曰詩鄘風

升彼虛矣以望楚矣管子曰狄人伐衛〃君出致於

虛桓公築楚丘以封之註虛地名詩所謂升彼虛矣

朱註曰虛故城也者恐是失於考乎滄浪曰此論極

有見但以其故城故改壽之可見其中興之意忘已

問曰貴國有龜卜耶戎邦無知之〃人故問為滄浪

荅曰弊邦亦無之任處士問曰貴邦尊宗朱文公則

排老莊之言乎滄浪曰凡為儒者莫不法孔孟而尊

程朱至於老莊之學則只取其格言而已任處士又

問曰自古雖稱孔孟或有剌孟非孟疑孟之書且如

司馬公猶有此說如何滄浪曰天地間孔孟如日月

不可廢一司馬公之言愚不敢信忘己問曰不可磯

亦不孝也此義難辭細間之滄浪曰此義古人多有

觧之者終是不快活忘己問曰不佞不好詞章之學

唯以存覇省察為工夫耳請間靜坐之說滄浪答曰

詞章之學一小技也君子宜不取収心靜坐最是向

學工夫及其熟也則人欲消而天理明矣忘己又問

靜坐之受用如何滄浪曰居常讀書學聖賢之事無

事時當靜坐澄心不使雜閙底意思于吾靈臺則吾

— 7 —

心之明如鏡之磨漸自光明無不洞然矣忘己曰此

靜坐之說与李延平同得間命滄浪首肯忘己曰美

談不知日夕將今弄筆墨之人来姑止重来受教誨

滄浪曰獲間清談亹亹不厭自今以可繼拜乎

織部兵部及余到顧行寺滄浪与忘己寮任處士相

對坐于南廟滄浪見織部兵部及余相揖而書呈織

部曰見足下儀貌端重可知其尊貴人也可敬亹亹

且問讀過幾家書乎織部答曰僕為武官常以騎射

為業無讀書之眼然如四書莘經小學等則平日稍

澄心讀之滄浪曰武官而能為學尤為奇特 余自

側書示曰姓紀名正昭字天民元老之次子本立齋

即是也滄浪書呈織部曰向因鶴山得聞大名今按

清鞾不勝欣幸本立齋問曰善人之子孫或絶不善

人之子孫或嗣有此理乎滄浪答曰此天理不可知

者古今賢人君子之不能無憾也本立曰聞故鄉有

老母我贈之以我邦畫工之丹青三方圓之香盒二

因足下達之滄浪荅曰古云老吾老以及人之老閣

下之謂也感荷千萬　滄浪危坐余曰可穩坐滄浪

笑謝而安坐　本立問曰人之氣質依學問之故而

変乎又不変乎滄浪荅曰天禀之強弱清濁雖不可

－ 9 －

変人能學問則粗者精麤者實蕩者定守者固 此
間俊兼忠雄使李三錫李華立寫字東巖作畫余以
通事与滄浪時〻相言耳滄浪書示余曰僕毎對定
下不語而意自通矣 元老家臣等數輩奉從本立
齋而来中有大野清介者能學於是書呈滄浪曰僕
姓藤氏大野名清介号觀瀾子公何鄉人何姓名而
何官滄浪荅曰勤示姓名多感僕姓洪名世泰字来
叔号滄浪子官為僉正副使老爺以僕稍和文墨辟
為裨將而来矣清介問曰先生離鄉万里室家須相
思羈旅顧惓之情不堪想像昌月昌日而出於朝鮮

乎且聞渡海艱難也布帆得無恙乎洋中或見怪物

乎荅曰客中之懷不言可想僕以五月初八日發程

見怪事清介問曰貴邦多有好學者乎荅曰樊邦最

六月十八日開洋風浪蕩激之中僅得無恙而亦無

尚文學文章之士代不乏人故有小中華之說清介

問曰僕自成童好讀書未得其要近頃竊意心昏昧

而好讀書是甚無益也只其心無欲則心頭清明書

与心相照文義迎刃而觧且無物役其心而擴然大

公也此所謂居敬者乎以是觀之則初學先須用敬

不可以与書竝讀古人自八歲入小學而學洒掃應

對之事是自然居敬也如今無此等事故皆馳空文
而無踐履之實多博文强記之徒而寡忠信篤敬之
人是敎之不明故乎如何用工夫荅曰讀書必以窮
理踐實為主則無空文文蔽敬者不可須史離必讀
書而不為敬者非也為敬而不讀書者亦非也當讀
書而為敬矣然愚論何足取也須問於博雅之士且
何不問於鶴山整宇諸名儒子清介問曰宋儒有變
化氣質之說以余觀之則不能無疑蓋氣質稟有生
之始無可變化之理且夷惠則聖人而顏孟則亞聖
也皆不能移其性而有清和溫嚴之不同只氣質則

問曰事君之道以義乎以誠乎荅曰事之以義報之
之道則蒙者有知賢者益善其非変化之效乎清介
穢悪而擁腫不中人亦何異於是也讀書而學聖賢
培養者易為豊而枝條不曲生於朽壊之内者多有
乎変化之説愚以為必有此理也試観草木乎人之
之不同則堯舜周孔皆不同也然則何害於其為聖
孔是也學而至於聖之聖顔孟以下是也若其氣質
聖有學而至於聖之聖生知之聖堯舜禹湯文武周
氣質不同者不害皆謂之聖賢如何荅曰有生知之
不可変化欲則可克去之欲既克去則天真也雖有

以忠清介謝曰玄談奇論仍慕高明之盛德願書自

警之一律以教僕之不肖　余在側書示曰足下雖

太勞宜吟案之滄浪荅曰僕不生見文士未嘗不盡

心況足下暨諸名士在座誠未知勞也滄浪即書曰

率爾口占錄示座上諸公　以義事吾君以孝事

吾親終身行此道方為君子人

語雖俚義或可取　壬戌季秋滄浪草

清介揖謝懷之余把片紙次韻而書示曰

移孝忠其君致忠顯其親能事洪子語宜不愧天

人鶴山稿

— 14 —

滄浪把片紙見之欣然擊扇扠入袖中 清介又聞

曰蒙聞貴邦之先君所謂殷三仁箕子也今猶其姓

乎滄浪答曰箕子之世已過數千歲易姓者屢唯其

子孫在耳清介問曰聞貴邦有三代之風猶存爲三

年之喪亦行之乎答曰三年之喪自國王至庶人

本立齋問曰爲學者勤之倦勞則必病者多想夫爲

學者不益強健何到病乎是亦怠惰之疾乎滄浪答

曰學者刻苦太甚則病或生爲怠惰強爲則病亦生

爲刻苦者當養氣怠惰者當務敬本立問曰武王伐

紂之事千古論者多乃爲忠臣者爲可乎爲不可乎

一　荅曰武王奉天命順人心不得已有孟津之役然異

於尭舜之禪矣本立曰足下所戴者何名乎若脫之

而穩則請脫却予但貴国之法然則難客言雖然一

面而兩心己熟乃如旧議雖所脫而無妨予滄浪荅

曰其斜笠也獎邦之人加冠則必著此著之已習少

無所勞今承脫之〻語足見愛人之厚意也　余書

示曰昨賜芳簡偶多官事未作報所附之兩品即達

于和州太守及整宇和太守云今矣園則面話謝之

有官事未知至否先使僕謝之整宇云紛冗之間被

寄佳什幸甚佗日呈和章謝之云〻就言昨日二見

儒生皆誦法孔子常讀四書六經國家有取士之規

學性理乎或又有生員進士兼之者乎余曰成均館

而終三歲矣余問曰闕城均館眞五百人其生負專

貴男年幾許既讀書耶滄浪答曰二子天今有一兒

其若是之奇也僕繞有一子不勝健羨之至余問曰

見二郎君極其嘆美目之以驚鳳之雛足下生子何

墨於二兒多謝足下為僕被謝之牽甚滄浪曰老爺

能縱家聲鶴山其有福人哉余曰昨副使老爺賜筆

佗日滄浪答曰二郎君極佳大有鶴山風度異日必

至宿舘多哽謝然座客多而足下用筆刀亦多故期

— 17 —

有生貞試進士試或有兩中之者　滄浪出副使所

筆之書目所謂水滸傳後西游記玉支機玉嬌梨乎山冷

燕肉蒲團傳香集夢金苔掀鬚談金粉惜催曉夢濟

頗全傳云々滄浪書示曰隨所得覓借為牽此不唯

不俟欲見之老爺無聊之中欲一覽破寂雖一二冊

未可惠借耶後即當完璧耳　余出陳希夷睡圖

請曰或人切請於僕謂此圖畫工常信之所繪也足

下贊之多幸滄浪曰何難欲直書畫帖之空子別書

他紙子　余指畫帖之空而使之書贊而曰足下姓

名之印則此行不佩之乎滄浪荅曰姓名印則在金

山日忘却不携来矣又曰不楷書而草書乎余曰楷

書特可也余曰僕所藏有寒江獨釣圖常信所畫也

足下好柳之州之詩欲贈之不知納之乎然則佗日

可呈之滄浪曰古圖文人之所嗜何幸如之余曰今

所示之書目或有電矚者僕不藏之水滸傳更覺在

家藏之中搜索而呈之其餘亦可有藏之者若然則

可呈之滄浪曰水滸傳明日未可惠借耶余曰搜得

呈之耳滄浪曰間足下有黃勉齋集信否願借暫時

之覽余曰是朝三所頻求也僕不藏之十數年前聞

西京人藏之太秘今欲借之道路太阻其實否亦不

— 19 —

可知之若以數日問之可察其實否今草〻之間朝

三頻求之最難得之間貴国亦有藏此集太秘之者

然乎滄浪曰此集自中國而來獎邦之人亦多藏之

僕常好觀之而恨其多有誤字欲覽貴國所藏而考

較之耳然足下既無所藏則難得而見矣余曰卷數

幾許僕數年前所見今思之有八卷如何滄浪曰獎

邦所刊行則或有七八卷或四五卷細者或數卷蓋

隨篇而為之故也　滄浪書示曰異日相別之後雖

隔万里自釜山常有馬島往來之便不仫當寄書札

於朝三因以傳致於足下未知得免浮沉而必傳之

否余曰僕亦未知之料知被寄朝三可達之滄浪曰

公見不安奉靜修公書其言如何恐不合掛於長者

之眼余答曰往傳足下所書於靜修齋主讀之大

喜謂終身之孝心不可不如此且其所自警者一、

足為戒省譬如瞑眩之藥能愈其疾也今夕不来定

知其太有遺憾耳往日其所謂之靜修齋記未知既

告副使老爺予且又元老所請之靜字記亦可被

書子否滄浪答曰老爺欲搆之而因公冗紛擾且以

微恙尚未出蓋然從當書送耳

五日今日有公事退朝過晡有約到顧行寺既近黃昏

【영인자료】

여기서부터 영인본을 인쇄한 부분입니다. 이 부분부터 보시기 바랍니다.

김용진　1986년생, 남, 중국 연변대학교에서 동방문학 전공 박사학위를 취득하고, 현재 절강대학교 고적연구소(古籍所)에서 박사후과정을 밟고 있다. 저서로는『석천 임억령 한시 문학 연구』가 있으며, 논문으로는「석천 임억령의 한시에 수용된 장자 사상」, 「석천 임억령 의 한시 창작에 표현된 성정미학」, 「도연명이 16세기 조선 문인의 시가창작에 끼친 영향」, 「한국고전문학사 교학에서의 심미교육 연구」 등이 있으며, 서평으로는「Explore the origin and center of east asian cultural territory – Ten Lectures on East Asian Cultural Circulation」, 「Reinvented as the Butterfly – Cultural Memory of the Miao Women of Xijiang」, 「Phoenix Nirvana – Cultural changes of She Ethnic Group in Southwestern Zhejiang in the Context of Tourism」 등이 있다.

허경진　연세대학교 대학원에서 허균시연구로 박사학위를 받고, 목원대학교 국어교육과 와 연세대학교 국문과 교수를 역임하였다. 『허균평전』, 『허균연보』, 『조선의 중인들』 등의 저서 10권, 『삼국유사』, 『서유견문』, 『허난설헌시집』, 『해동제국기』 등의 역서 50권이 있 으며, 『조선후기 통신사 필담창화집번역총서』 40권을 기획하였다.

조선통신사 문헌 속의 유학 필담

2020년 2월 28일 초판 1쇄 펴냄

편저자 김용진·허경진
발행인 김흥국
발행처 보고사

책임편집 황효은
표지디자인 손정자

등록 1990년 12월 13일 제6-0429호
주소 경기도 파주시 회동길 337-15 보고사 2층
전화 031-955-9797(대표), 02-922-5120~1(편집), 02-922-2246(영업)
팩스 02-922-6990
메일 kanapub3@naver.com / bogosabooks@naver.com
http://www.bogosabooks.co.kr

ISBN 979-11-5516-987-2　94810
　　　978-89-8433-900-2　세트
ⓒ 김용진·허경진, 2019

정가 33,000원